张学东中篇小说集

张学东　著

中国言实出版社

图书在版编目（CIP）数据

张学东中篇小说集 / 张学东著. -- 北京：中国言
实出版社, 2022.5
ISBN 978-7-5171-4143-3

Ⅰ.①张… Ⅱ.①张… Ⅲ.①中篇小说－小说集－中
国－当代 Ⅳ.①I247.5

中国版本图书馆CIP数据核字（2022）第069910号

张学东中篇小说集

责任编辑：史会美
责任校对：王建玲

中国言实出版社出版发行
地址：北京市朝阳区北苑路180号加利大厦5号楼105室（100101）
编辑部：北京市海淀区花园路6号院B座6层（100088）
电话：64924853（总编室） 64924716（发行部）
网址：www.zgyscbs.cn
E-mail：zgyscbs@263.net

经销：新华书店
印刷：徐州绪权印刷有限公司
版次：2022年6月第1版 2022年6月第1次印刷
规格：880毫米×1230毫米 1/32 7.125印张
字数：220千字

定价：68.00元
书号：ISBN 978-7-5171-4143-3

张学东　1972 年生。中国作协会员，一级作家。著有长篇小说 7 部，中短篇小说集 11 部，两度入围鲁迅文学奖终评，四度荣登中国年度小说排行榜，多次获《中国作家》《上海文学》《北京文学中篇小说月报》《小说选刊》等刊优秀小说奖，宁夏文学艺术评奖一等奖，作品被译介到俄罗斯、日本等国。现为宁夏作家协会副主席。

Zhang Xuedong, born in 1972, a member of the China Writers Association, Zhang is one of the national first-class writer and has authored 7 novels and 11 collections of novellas. He has been shortlisted for the final evaluation of the Lu Xun Literature Prize twice, listed on the Chinese Annual Novel List for four times, and has won excellent novel awards of Chinese Writers, Shanghai Literature, Beijing Literature Chinese Novel Monthly, Selected Novels and other publications for many times, and won the first prize of the Ningxia Literature and Art Award. His works have been translated and introduced to Russia, Japan etc. Now he is the vice-chairman of Ningxia Writers Association.

目 录

一意孤行

黑夜就是欲焰的上扬，就是黑暗，就是不见月光的罪
——帕斯捷尔纳克

一

横七竖八的一摊小黄车，乍看，仿佛散落在滩涂上的某类色泽艳亮的大块头猛禽，它们几乎阻塞了通往向葵学堂逼仄的水泥小道。

所谓学堂，其实就是最常见的可以短时托付学生的小饭桌，眼下在国内只要有中小学存在的区域，你总能见到形形色色专供学生就餐和午休的简易场所，通常开设在学校附近，或是校区临街的那些显眼位置，每当散学后，三五成伙的学生就从校门涌向此处，而低年级的小学生，往往是由小饭桌派专人负责统一接送的。这些孩子们的家长，午间是绝无闲暇照料子女的，而学生所在的学校，也未能提供午休或就餐的条件，即便有也因为设施太

差、学生太多，而不得不放弃，毕竟留给孩子吃饭和午睡的时间少得可怜，不能把有限的时间，都白白葬送在排长龙这种事情上。基于此，家长只能咬咬牙，掏更多的票子去另辟蹊径，在学校周边就近挑选学生托管机构，每月费用一般在六七百元不等。

向葵学堂名称独特，它并没取名某某饭桌，饭桌听起来总有些粗鄙简陋，格局太小，且没有一丝书卷气，这也多少能看出业主的眼光和品味；此外，它还有一个优势，楼前有片巴掌大的小广场，那还是新千年初为这片生活区配套修建的，平时学堂里的孩子可以在这里自由活动。小区的老年人早晚来此遛狗舞剑，或慢悠悠地练习太极拳；妇女们一到傍晚，就迫不及待拖着那种带轮子的简易音箱，来跳佳木斯健身操，音乐的调子又总是曲里拐弯的，好像那些唱歌的明星刚刚挨过揍，正扁着个嘴巴痛苦地呻吟。

吸烟的男人四十岁开外，脸上裹着厚厚一层沧桑和忧郁，脑门子锃亮，头发稀疏，倒是很符合一名中年厨师的基本模样，他正散漫地跷起二郎腿，脚尖不停点晃着，坐在学堂门前最高一级水泥台阶上。这阵子，学堂里的学生早已吃过晚饭了，正在柳苗苗老师的辅导下，焦头烂额地赶今晚的家庭作业。这群孩子午间都固定在此吃饭休息，晚上通常还有一半的学生，放学后再赶过来待上个把钟头，直到把当天的作业通通完成才能离开。如今，家长们最头疼的不是管吃管喝管穿管玩，而是给孩子批改家庭作业和辅导功课，一想到自己白天累死累活亡命职场，晚上回到家还得管小崽子写作业到深夜，这样的生活简直就像人间地狱……而向葵学堂之类的小饭桌，雨后春笋般出现在街角巷尾，某种程度上，倒也缓解了家长们的焦虑，解除了他们的后顾之忧。

男人身后是一幢半新不旧的单元楼，早年间粉刷过的一层竹绿色乳胶漆，现已斑驳脱落了，有些地方便露出狰狞的灰白色楼体，像是被刀子划破的装得很鼓的绿皮口袋。向葵学堂租用的就是这幢旧楼西把头底层的一套住房，精明的业主在前阳台上另装了扇防盗门，这样做的好处是，不必再绕道进入人家的生活区内，孩子们直接穿过前面的小广场便可直达。在那扇崭新的防盗门的正上方，居中堂皇地挂着这家学堂的招牌，金灿灿的镀了铜的板壁上，红色凹陷的四个大字，看上去倒更像是某个权威部门颁发的荣誉匾额。

白丝丝的一股股烟雾，正从男人黢黑的齿缝间悠然溢出，又径直钻进大而空洞的鼻孔里去了，好像那些年被残酷剥夺的宝贵光阴，一丝一缕都值得他珍惜和反复咂摸——逝去的总是最好的，这就是人生。男人眯觑着双眼，目光也像是缭绕的烟气，被拉得老长，最终又无聊地散落在那堆黄兮兮的自行车上。男人的左眼明显有些残疾，眼眶像被一股不可抗拒的内力挤扁了似的，促使那眼球严重外凸，但又恰到好处被变了形的眼眶卡住，不至于惊厥时突然溜走。左眼角紧挨太阳穴的位置，曾被同号子的一个莽汉用拳头打烂且缝过数针——对方也因此被关了半个月禁闭，出来以后再也不找寻他的啰唆了——而那疤痕就如丑陋的蜈蚣，邪恶而永久地趴在眼角处，这算是过去的牢狱之灾送给他不可磨灭的印记，好比古代被官府刺配的囚徒。想想看，一个人在那里头待了那么久，身上总得留下点儿什么纪念吧。

又有那么几辆小黄车，前仰后合倒伏在地上，黑胶轮子则像流浪汉的臭鞋底翘起老高，又似被人摔得不轻，一副痛不欲生再也爬不起来的样子。准是来学堂做作业的学生干的，其实他们的学校离这里并不算远，可那些孩子总喜欢赶时髦，反正拿手机轻轻一刷，一块钱的事，车子就能痛快地骑走了，到了目的地，他们可不管三七二十一，随手往路边或空地上一丢了事。这帮坏蛋……男人吸完最后一口烟，嘴里鼓含着烟气，闷闷地嘟哝着。他先将烟头在水泥台阶上用力捻熄了，然后直起并不强壮的腰身，左右拍拍屁股上或许并不存在的灰尘，就去扶那些躺倒的自行车了。

按理说，这些乱七八糟的小黄车，并不关他甚事，眼下在城市的犄角旮旯，小黄车们有时简直像一大片一大片的蝗虫，撂得哪哪都是。而他这样一个负责给学堂采购蔬菜，兼做两顿饭食的伙计，并不需要搭理那些学生和他们骑来的车子，可他就是瞧不顺眼。或许，在他骨子深处，存在着某种类似强迫症的东西，可以说由来已久根深蒂固。他必须得让他眼前的东西都摆放得像那么回事，就好比过去的许多年里头，在那个令人痛心疾首的鬼地方，他总是把自己的被子啦，床褥啦叠得四方四正，让它们都跟砖头块一样标准有形，甚至到现在还是，一个人的习惯是很难被改变的，况且还有个性气质等因素。

今晚他一共从地上扶起来六辆小黄车。这种车子倒也轻巧，完全不是过去那种笨头笨脑二六式老飞鸽，眼下的共享单车，更像是专门为大孩子设计的彩色玩具，有一种款式甚至连最起码的车链条也没有，他只消一只手就轻轻地把车子拎起来。就在他要去扶最后一辆的时候，身后的防盗门吱嘎响了，有人快步朝他这边跑来。同时，他听见柳苗苗老师抬高声调唤道，喂，还是等你家长来了再走吧？都这么晚了……柳老师话音未落，一个穿着蓝白相间的普通学生运动装的女生，已经神秘地出现在他眼前了。

最先看见的是对方齐眉的刘海儿，一双乌黑的杏眼在瀑布一样的额发后面闪闪烁烁，那双眉头蹙得正紧——借着水泥道旁路灯斜射而来的迷蒙光线，他发现女生的脸颊上似乎有点点泪影。

不知怎的，这个印象非常深刻，到后来几乎深深嵌入他脑海中难以消弭。女生不无心慌地从裤兜里掏出手机，手指快速滑动屏幕，那种刺目的荧光突然照得那双泪眼更加忧伤凄迷，也许她正在跟同学怄气，再不就是刚才因为作业让老师剋了一顿？看来，她是想刷开一辆小黄车立刻骑走，而屠师傅正好把刚从地上扶起的那辆车子拎向了她，那感觉很像一个忠实的男仆，将一匹驯服的马驹牵到小主人面前。女生稍愣了一愣，像是刻意躲避什么，眼帘旋即无声低垂，半天不再瞧他，倒也领情地抓住了车把，然后用右侧的身体靠稳车子，再弯下腰去刷车锁处的条形码。于是，他听见嘀嘀几声清脆的鸣响，小黄车就在女生的手机照射下复活了，竟有些跃跃欲试的样子。于是，女生把后背上的大口袋似的黑帆布书包，用力往肩头提了提，顺势跨骑到车座上，接着，她嘴里像是咕哝了一声什么。他想，应该是冲他道谢吧，可声音忒小，蚊子哼似的，他确实没听清。

这时候，防盗门又刺耳地吱嘎了一声。喂，屠师傅！柳苗苗老师再次从里面走出来叫住他说，我看得麻烦你一趟，去送送那个学生吧，反正这阵子也没啥事了。柳老师的声音虽然柔和清爽，但他能听出那种不容置疑的口气，兼具了托付和叮嘱的意思。主观上他可一点儿也不想去，诸如接送学生、辅导功课，那可都是柳老师的差事，他今天的活计在刚才坐下吸烟之前已经完成了。他下意识地朝女学生渐行渐远的路径瞟了一下，眼前倏地又闪出那潮湿的泪光和莫名的忧伤来，心里多少生出些说不分明的牵挂，便迟疑着嗯了一声，就摸索着从兜里拿出手机，横折横画了个Z字（这是他以前女朋友姓氏的打头字母，恐怕下辈子也忘不掉），屏幕解锁了，然后他用指尖去触ofo单车软件图标。这个应用软件还是柳苗苗老师帮他下载安装的，来学堂打工前，他从没接触过这些新鲜玩意儿。当时柳老师半开玩笑地对他说，你也太 OUT 了，进城随俗嘛，以后也要学会共享生活。

屠师傅骑上共享单车出发时，能感觉到柳苗苗老师就站在他刚才坐过的水泥台阶上，正透过那副斯文的细金丝边近视镜，朝他张望呢，这目光让他觉得非常柔和妥帖，尤其是在夜晚。

二

穿过学堂所在的那片稠密的生活区，小黄车便顺道驶入民主北街。这条街自南向北延伸而去，纵贯这座城市老城区的中部，就像一条永不停歇的大动脉时刻躁动和流淌着。屠师傅下力蹬了一会儿车子，共享单车并没有想象中好使，它更像是为健身运动设计的特殊器械。当他快赶上前面那个女学生时，明显感觉腿部的肌肉绷得紧紧的，仿佛刻意跟谁打赌比赛，必须全力以赴，这种情况好多年没有过了。他明显觉得自己老了，甚至有点儿力不从心，或许，骑车本身已经不能给他带来任何乐趣了。

夜色中的喧嚣度丝毫未减。公交车在路边排起长龙，罢工似的吭吭哧哧走走停停；狡猾的出租车最善于见缝插针，突然就像鹞鹰似的挤进公交站点，肆意停车载人或下客；私家车则铆足了劲互不相让，鼓噪的喇叭声代表了车主负面的情绪和对城市交通拥堵的种种不满。此刻，黑色的马路上爬满了大大小小甲壳虫样的玩意儿，也爬满了市民一天的疲惫昏沉与无可奈何。一旦自己也汇入少数骑车人的行列，屠师傅才意识到这些小黄车们的尴尬处境，在这个交通极其混乱的三四线城市里，留给行人和自行车的道路，几乎窄得像条无关紧要的阑尾，如他这样的骑手不得不前冲后突左躲右闪。更多时候，人被夹杂在汽车的缝隙里，搁浅的鱼儿似的动弹不得，只能鼓着腮帮子喘息，发动机的轰鸣和恶毒的尾气将肉身完全裹挟，耳朵里什么也听不见，鼻孔里臭气不断呛涩难忍，眼睛几乎不敢睁开，机动车轮旋起的霾尘蚊蛾般到处扑撞，他觉得自己几乎就要窒息了，骑车简直是在活受罪。这让他一时间心生感慨，二十多年前的那次决绝的骑车经历，如电影蒙太奇般，猛地闯入他迷茫的视线中……

那是他一生最最黑暗的一个冬夜。那年更早些时候他高考败北，沦为"家里蹲大学"的一名新生，父亲一直耿耿于怀，他固执地认为罪魁祸首是因为儿子搞了早恋，母亲总是哭哭啼啼说这都是命啊，而他的认识注定没那么深刻。年轻人总是自负而倔强的，他天真地以为自己输得起一场考试，不上大学也没什么了不起的，社会上没念过大学的人多了去了，他们不还照样活着。那阵子，街面当然还没有出现什么小黄车小蓝车，你想骑自行车就得自己花钱弄一辆，而那时候可不是谁都能拥有一辆车子的，至少他还没有。所以，如果想上街溜达溜达，就得偷偷摸摸骑上父亲的那辆老古董，前提是出门时没有被大人察觉。

那晚记得比较清楚的，还有家里的炉盖，那个生铁玩意儿被烧得猴屁股一样通红，坐在火炉一角坑坑洼洼发黑的铝制茶壶，正咝溜溜往外喷着热气，那气息跟一群险恶的白蛇似的四处慌窜。屋子里有了这些缭绕的白色水汽，人就变得朦朦胧胧像在梦中。电视机的声音很吵，春晚几乎把一家人的目光都瓷瓷地吸住了。唯独母亲进进出出忙碌着，一会儿和面团、拌馅子，一会儿又预备盖帘，着手揉面剂子，好像包饺子是天大的事，一丝也马虎不得。

"你就像那冬天里的一把火，熊熊火焰温暖了我的心窝，每次当你悄悄走近我身边，火光照亮了我……"电视里唱歌的那个高鼻梁小伙，有双蓝洼洼的大眼睛，大爆炸头倒是炭黑蓬松着，说他是个外国佬吧，细细端详又不像，说他是二转子、假洋鬼子吧，可满嘴都是中国话，那舞扭得叫人吃惊咋舌，好像从壶嘴里窜出的小白蛇，都钻进演员的身子骨肉里去了，所以才扭得金蛇般欢腾。

一直斜身倚靠被垛看电视的人，正是他那古板的父亲。呸，扭屁虫子，瞎闹哄，丑得不能看……父亲终于不满地一挪一挪下了床，趿拉着黑棉布鞋出门去了。平常儿子若穿上那条水墨蓝的牛仔裤，父亲总鼻子不是鼻子眼不是眼的，这种流里流气的电视节目，父亲自然要坚决抵制。母亲低头干活时，顺嘴挖苦了一句，你爸真格老封建了，啥都看不顺眼呢，人家那是给小年轻人演的。

母亲豁达地说到这里，忽然扭过脸眼睛一眨不眨地盯着他，好像儿子是那台外表灰突突的 17 寸电视机。表面上看，儿子也跟家人们坐在一起，津津有味地看晚会节目，可知子莫若母，母亲那么一瞅，肯定不是随随便便的，她知道儿子心里有事，但今晚是大年夜，母亲素来守规守矩，就算天塌下来，那也要等过完年再提。他被母亲那么盯着看，心里的别扭劲又蹿了上来。母亲说，都去洗洗手，好帮妈包饺子。其他姊妹很听话，纷纷行动起来。他始终戳在那里无动于衷。母亲又说，每个人都要包够三十个饺子，要不初一早上就饿肚子吧。他知道，母亲是说给他听的，可他就是不想动窝，动一下觉得自己会立刻死掉，或者就要发疯。

很快，父亲解过手回屋，边走路双手还在提弄着老棉裤，好像出去撒泡尿的工夫，裤腰变窄了或腰身变粗了，怎么也提不上来，那条皱巴巴的老棉裤裤腿上竟挂了几坨湿痕，实在叫人厌恶。母亲见父亲直接站在案板跟前撸袖口，就埋怨道，越老越没出息，进门也不知道净个手。父亲一声不吭，又板着脸转身去脸盆架前撩水打香皂。香皂洗秃了，着了水更是泥鳅样打滑，父亲总拿捏不住，连着吧嗒吧嗒落入盆中。他便听父亲又开始嘟囔，怨母亲抠门不及时换块新的。接下来，大伙都团围在饭桌边，母亲霍霍地擀面皮，父亲带着妹妹们包起了饺子，一个个手上沾满了细面粉，看去都跟戴了白线手套似的。

母亲真是麻利，她一个人擀面皮足够供大伙包的了。父亲似乎觉得这很没面子，很多时候，他总是不想当着孩子的面输给母亲，他一生好强，把面子看得比什么都重要，就连包饺子也不例外。父亲便又虎着脸斥责他，怎么，等着喂你吃啊！看来，今天他若不搭一把手，父亲手下就缺了个生力军，战绩将大打折扣。可他哪有心思包饺子？他已情迷意乱，不，心里头简直就跟眼前的炉盖子一样，被烤得通红通红的。

父亲接二连三地叫他过来，可他死拗着，半天愣是连饺子皮也没摸一下。饺子饺子，你们只知道饺子！好像世上再也没有比饺子更要紧的事，谁又知道他的心里头在着火？当父亲最后一次乜斜着眼扫视他并呵斥道，把电视关掉，坐在那里像个木头！他知道以父亲的性格，今晚非得让他包这顿饺子不可，否则决不善罢甘休。他犹豫了几秒钟，就慢吞吞地从椅子上起身，可他既没有去碰电视，更没有去拿饺子皮，而是抬腿端了一脚趴在他眼前的大狗。整个晚上那条老狗都懒洋洋地趴在屋里，什么活都不用干，傻乎乎地翕着鼻孔睡大觉。

那畜生竟矫情地吱呜吱呜着，委屈得像窦娥似的。父亲终于火冒三丈了，给老子滚出去，养你有啥用，连狗都不如！这大概是那年除夕，父亲对他的最高评价，后来的一切证明，他非但没用，简直就是家里的一颗灾星。再过几个月他将满十八周岁了，可以选择自己的生活了。但在父亲眼里，他远不及一条狗重要，他没考上大学，给家人丢了脸，还恬不知耻地领了个女朋友跑回家，母亲对人家倒也装得和颜悦色，可父亲见了面甚至连眼皮也没撩一下。那回女朋友走后，母亲代表父亲表明了立场，说让他趁早死了那个心。

母亲也许觉得父亲骂儿子骂得太重，很不利于欢乐祥和的节日气氛，忙来打圆场说，你还是把它弄出去吧，这屋里一股狗味。母亲不是很喜欢狗，可父亲总惯着那畜生，只要一家人吃饭的时候，大狗就垂涎欲滴蹲在桌子底下，随时能捡到一块骨头或什么吃食。他之所以踢狗，很大程度上是冲父亲去的。可打狗得看主人，这狗很小一点儿时，是父亲从路边捡回家来养的。因此，父亲难免要夹枪带棒地借机奚落他。

哼，就知道在家里跟你妈横，怎样养了你这没出息的宰货！

在他们老家，"宰货"的意思是，一切该挨刀子的货色，比如猪啦，羊啦，鸡啦。换句话说，他在父亲眼里，也不过是个小畜生。他倒希望自己就是畜生，六亲不认，自己的事完全由自己做主，想跟谁好就跟谁好，谁也别来干涉他。心里有火，五脏六腑似要爆裂，仿佛刚才电视里唱的《一把火》也烧着了他。他的喉咙跟柴火似的嘎巴响了一下，太阳穴被看不见的针刺痛了。随即，他听见心里有个声音很执拗地冒出来：还傻愣在这干啥，去找你心爱的姑娘吧！于是，他大步流星冲出屋子，在屋檐下顺手推起父亲那辆半新不旧的自行车，那是当时家里唯一的代步工具。

外面寒风砭骨，每年腊月总得飘几场雪，匍匐在路边的厚雪在夜色中白洼洼发亮，雪这玩意儿有时很阴险，最爱在深更半夜假扮清高，远远望去白得离谱，好像这个世界已经很完美了，没有一丝污点。他用力蹬着脚蹬顶风前行，路面嘎吱嘎吱响动，双轮歪歪扭扭往前滚去，突然极不情愿地咯喇一声，该死的车链条竟也跟人作起对来！他气火火跳下车子，发了疯般连踹了好几脚车轮，车子一声不吭，死尸般躺翻在雪路上，他却抱着一只痛脚原地嗷嗷跳蹿，模样十分滑稽。

父亲跟他过不去，车子也跟他作对，那晚几乎所有东西，包括饺子和大狗都让他痛恨。不知谁在附近放起了双响炮，天上一声，地上一下，乒乓炸响，空气中就有了浓浓的火药味，这气味倒是很符合他当时的心态。后来他总算是捣鼓好了该死的链条，等他重新踩下脚蹬，后轮又恢复自由旋转了，十根手指早冻得棍硬，不过内心倒是愈发火热难耐，任凭什么也不能阻拦，一想到马上就能见着自己朝思暮想的人儿，所有委屈似乎都是值得的……

——屠师傅胡乱走神的工夫，那个女学生已没了踪影。

他忙用双腿叉住车子左顾右盼，没道理啊，刚才分明还在他前面骑行，怎么一眨眼就没影了？那些小黄车电动车和摩托车，都如杂技高手从屠师傅身边鱼贯而过，然后又蝙蝠似的消失在夜色中，或者让黑夜的海洋悄然淹没。他不得不扯开嗓子，叫那学生的名字——柳老师刚才说过她的名字。夜晚真是个神奇的存在，就算男人的嗓门再高，可话一喊出口，就变成一片轻飘飘的羽毛，落在水面上似的，他甚至怀疑自己，可能弄错了对方的姓名，是郑奇梅，还是程希微？反正他把自己能想到的几个相似发音通通叫了几遍，可这样在马路上大呼小叫简直像个傻瓜，不时有路人侧目以视，表情充满厌嫌。

他忽然有些愤愤然，许是那个女学生故意要甩掉他的吧？想想看他跟人家既不沾亲也不带故，只是柳苗苗老师临时吩咐的一个活儿，她爱上哪就上哪，他干吗那么上心呢？他可是从早到晚忙了一整天，买菜洗菜淘米做饭，还要收拾锅碗盆碟，这一天够他受的了，先前柳苗苗使唤他的时候，他本该一口回绝。再说，那女学生一看就不是盏省油的灯，小小年纪净学林黛玉的泪人相，大人花钱供养她念书容易吗？不好好学习闹什么狗情绪！他确实留意过对方的表情，冷冷的，倦怠的，眼皮都懒得抬起，不无孤傲的，一副全世界都得罪过她的样子，甚至，在他好心好意把自行车递过去的时候，她连个起码的表示都没有，真不像话！

这样瞎合计着，屠师傅已掉转小黄车往回返了。不过，他倒是注意到街边有个岔路口，那是可以由民主北街拐入白塔湿地公园的一段捷径便道。这个湿地公园他刚来的时候逛过一两次，少说有十多个足球场那么大。北面有一座砖木结构的古塔，据说明清年间就有了，围着古塔的是一处红墙青瓦的佛教小禅院，规模虽不甚大，可逢农历年节香火好像还挺旺的；西面是一片湿地湖泊，水面十分宽阔，天热的时候游人可以下水游泳或划船玩。逢春夏时节，园内杨树柳树槐树泡桐枝繁叶茂地生长着，各种鸟雀在枝叶间叽叽喳喳叫嚣喧嚷，树荫下的草坪也修剪得妥帖平整，花坛里还栽种了月季花地雷花太阳花小黄菊等，花期可以从初夏一直维持到深秋。园子中心广场中，还有一段水泥结构的曲曲折折的紫藤花架，天气炎热的时候，它总是披头散发地静默着，活脱脱一个落寞而风韵犹存的绿妇人，仅用一双冷眼观瞧着熙熙攘攘的游客，对这个世界漠不关心。这么偌大一个园子，如果一个人诚心钻进去，你再想找出来，那恐怕得费些工夫了。

此时，屠师傅若有所思地扭头望去，园里黑灯瞎火，树影幢幢，单单打它旁边经过，就能感受到一股潮湿袭人而来。或许，正是这股凉丝丝的草木的苦涩气息，拖住了他和那辆小黄车。

三

傍晚六点一刻，陈琪薇才走进了向葵学堂，这比她平时晚了近二十分钟。那时，该来的学生早各就各位了，他们像往常一样疯闹戏耍个不停，调皮的男生因为用手机偷拍了女生的视频，便被那个恼了的女生穷追着，在桌椅间跑来跑去骂骂咧咧；趴在桌上赶作业的同学，则时不时皱起厌恶的小眉头，只有陈琪薇一言不发，她进来后悄无声息，就坐在靠窗的那个固定位置上。穿过透亮的玻璃窗，前面的小广场一目了然，妇女们已经占据了有利地形，开始欢实地扭动肢体了。她显然没心看这些，只把书包从肩上摘下来，像卸下包袱似的搁在桌面上，然后整个人颓然地趴下去。

临近饭口，柳苗苗老师才走到她跟前。这位同学，你不舒服吗？柳苗苗老师关切地问道。陈琪薇却懒得动一下，或根本没听见老师的声音。柳苗苗老师又连着问了两次，最后，多少有些愠怒地伸出右手，扯了一下女生的胳膊，才迫使陈琪薇扭过脸。陈琪薇的声音同样软塌塌的，或者心事重重。柳苗苗老师当时的印象是，这个女生像是刚刚从梦中被唤醒的，脸上有种与现实隔得很开的迷雾和错觉。你是不是哪里不舒服？不然来了，怎么光知道趴着，今晚你不用写家庭作业吗？柳老师很直接地质询道。陈琪薇模棱两可地摇了摇头，方才有些不很情愿地，慢吞吞地打开自己的书包，应付差事似的取出书本和有初音未来图案的彩色文具袋。柳苗苗老师其实还注意到一个更小的细节，就是在女生的上衣左胳膊肘那里，有很明显的污痕，像是在什么脏物上用力蹭过，而且还有些磨破的迹象，依稀可见里面的白色内衬。继而，她又发现那女学生的后背上，同样有更大更脏的一片污渍，边沿微微发黄，像是沾染了便液。其实，疑问都滑到了嘴边，柳老师又思忖，也许只是体育课上弄脏的，不必大惊小怪。于是，她便没再去细究什么。事情总是这样，人们对司空见惯的事物不想多置一词。

晚饭依旧是两菜一汤：西芹百合烧肉片，干煸绿豆角，外加紫菜蛋花汤。每次都是屠师傅把饭菜用不锈钢餐盒盛好了端过来，孩子们一人领取一份，汤是用一个大瓷盆盛来的，里面有把长柄汤勺，同时还带来一摞子干净的不锈钢小碗，孩子们可以按需盛取。不过，这件事基本上都是柳苗苗老师亲手代劳，她这人天生爱整洁，学生干活总是顾头不顾尾的，不是把勺把丢进汤盆里，就是漏斗似的到处滴答汤汁，弄得教室里总有异味。所以，她会趁大伙吃饭时，给每位同学盛好一碗，款款摆在小条桌上。柳老师也跟这些学生一起吃，屠师傅从不，他会躲在后面的厨房里一个人解决。等学生们吃得差不离了，他才过来收走那些狼藉的餐具，然后扔进厨房的大洗菜池里，加上白猫洗涤剂稀里哗啦一通冲洗。应该说，他干活算麻溜的，平日话又不多，这是多年的囚禁生活炼成的，此外他最大的嗜好，就是死爱抽烟，只要空闲下来，嘴里马上得叼那么一根，不然他心里便没着没落得厉害。

柳苗苗老师有一次去后面送碗碟，一进厨房满屋子的烟气，呛得她肺叶都要咳出来，感觉跟着了场大火似的，她忍不住尖厉地叫起来，还很不客气地批评了屠师傅两句：喂，这里是做饭的地方，你怎么能在这抽烟，还抽那么多！屠师傅就像做了大错事，慌忙把手里烟头丢在地上，又不死心地拿脚一下下去踩。柳苗苗老师又瞪着眼珠叫唤起来，我的天哪！这里是厨房，你怎能随地乱丢烟头，要是让学生家长看到，人家还敢把孩子送来不？屠师傅彻底被这女人的大惊小怪给弄蒙了，他忽然变得像个无所适从的小学徒，简直有点儿怕了她。这个整天教孩子做题的知性女人，对一切事物都那么警惕和较真儿，真是像极了牢里的一个不苟言笑的女狱警，眼里揉不得沙子，没有她不管的事。

不过，打那以后，他对柳老师倒是服服帖帖唯命是从了。他觉得她批评的都在理，他是人家雇来做饭的伙计，不能太那个了，确实得注意个人卫生和安全问题，他可不想因小失大或惹是生非，能有个像样的地方安生待着，他已经很知足了，他觉得自己早过了那种打拼的年纪，在哪干活不过是混口饭吃罢了。所以，他通常会在忙乎完厨房的活计之后，去外面找个清净地方美美吸上一阵子烟，把瘾过足，免得自讨没趣。柳苗苗老师后来显然瞧在眼里，有一天她点着头地对他说了句，我看你这人还行。话说得没头没尾，不过他还是听懂了，继而脸也红了起来，能得到这样一个比自己年轻的女老师的称赞，那感觉还是挺美的，虽然柳苗苗在旁人眼里，也许根本算不上是正规的人民教师。

晚饭摆上桌，学生们跟饿疯了的鸡群似的，叽叽咕咕扒拉起来，嘴巴却始终不闲。有不喜欢吃豆角的，皱着小眉头直嚷，哦，My God！又是干煸豆角——我恨你；也有不爱吃西芹的，说什么西芹是转基因蔬菜，吃多了肠子会打结，屙不出屎。柳苗苗老师就拿睿智的白眼狠狠瞪他们：热饭也堵不住嘴，净瞎说，西芹富含大量的粗纤维，最利于我们人体消化，我看谁再敢胡说八道！学生们并不能彻底静声，那种嘻嘻窃窃的诡秘笑声不绝于耳，毕竟这里只是临时性托管机构，老师也不像在学校那么有权威。对此柳老师心知肚明，只要他们凑合着把饭吃了，把当天的作业应付掉，她也懒得去跟他们纠缠什么。

柳老师自己也有孩子，不过她的孩子尚在幼儿园里做游戏呢，她忙的时候都由老人帮着接送。她早先在城边一个郊区学校当过一阵子老师，后来准备要孩子的时候总不太顺畅，流了两次产，家里人都非常担心，劝她还是请个长假安心保胎吧，中国人的观念总是把不孝和无后扯在一起，她也不例外。后来胎总算是保住了，等产假休完再想去上班，人家学校却婉拒说，她不在的时候临时聘了人，而且，那个男老师干得很不错，所以她还是继续回家照顾小孩子吧。为了生孩子，她丢了工作，反正小家伙总是离不开妈妈的，丈夫又常年在外地跑推销业务，个把月能回来探一次亲就不赖了。好在丈夫的销售公司待遇方面还算优厚，她即便几年不出去上班，经济方面倒也不那么拮据。再后来，孩子总算进了幼儿园，她才经一个要好的朋友介绍，来向葵学堂做了临时辅导老师。每天中午晚上各三个钟头，对她来说倒也轻松自在，况且人家给她的酬劳跟在学校差不多，时代再如何发展、社会再怎么进步，毕竟女人还是以家庭和孩子为重，她没什么好抱怨的。

陈琪薇几乎没有动几筷子，她的嘴里老像含着一块难吃的糖果，目光要躲避谁似的，执拗地偏向窗户那边。在某一瞬间，柳苗苗老师依稀瞥见，那女学生的眼泡微微泛红，眼睛里始终有湿漉漉的东西在扑闪。柳老师巧妙地敲敲桌子提醒学生：必须好好吃饭啊，最好不要剩下，那样浪费不说，你们正长身体呢，营养跟不上，学习成绩自然就下来了。陈琪薇应该意识到老师可能在说她，才忙低下头，眼角果然垂下两颗泪珠来，不过，她马上用袖子抹了一下眼睛，筷子很机械地在餐盒的米粒里划拉，可半天什么也没往嘴里送。

柳苗苗老师给大家分好了汤，一碗一碗送到每人桌上，轮到陈琪薇的时候，她小声问：你咋吃那么少，怎么，不合胃口？陈琪薇依旧木讷地摇了摇头。柳老师总觉得这孩子哪不对劲，便又说，身体不舒服的话，可以举手告诉老师，日常用的小药，我们这里也备了一些。陈琪薇再次木然地晃晃脑袋，也许她是不想给老师添麻烦，并让对方相信她身体没有大碍，便双手端起汤碗，很努力地喝了几口，喝得太猛竟又咳起来。柳老师这时正好看得非常清楚，女学生靠近窗边的那半拉脸蛋，特别是颧骨处明显有点儿瘀肿泛青的迹象。呀，怎么把脸摔着了？老师再次凑近对方，且压低了声音询问。噢……没……没事的……体育课我不小心，跌了……陈琪薇怯怯缩缩地支吾道。其实，柳老师一开始看到她外套的时候，已经猜出八九分，这时也就不再追问什么了，但她脑子里还是画了个问号。

事实证明，没好好吃晚饭的陈琪薇，后来同样也没怎么好好做作业，她就那么满腹心事地一味懈怠着，有时还会坐立不宁。这中间她的手机突然唱起了《甩葱歌》，几个吭哧吭哧做题困难户竟突然来了精神，有个最爱闹的胖男生竟搞笑地跳到椅凳上，随着手机音乐胡乱扭起了肥肥圆圆的大屁股，看上去十分滑稽，逗得其他学生都咯咯直笑。陈琪薇脸颊羞得通红，她几乎慌慌张张逃离了座位，径直钻进卫生间里。柳老师很严厉地批评了那个胖男生，你瞎兴奋什么，不就是手机来电吗，我就不明白你有什么好闹的？快抓紧时间做你的作业吧！

过了一会儿，陈琪薇从卫生间出来，她望着老师的脸，轻声说出四个字（感觉一晚上她都在酝酿这个重大决定）：我得走了。柳苗苗狐疑地盯着那双忧伤的眼睛，显然刚在卫生间用自来水洗过，不过眼圈更红了。陈琪薇，你真的没啥事吧，不用等你家长来接吗？对方使劲摇头，又解释说她可以骑车自己回去，家里人是知道的。然后，她就迅速去收拾桌上的课本和文具了。当肥大沉重的黑帆布书包负在女学生后背上时，柳苗苗真切地感到，那两根背带简直像法西斯残酷的绳索，勒得那女孩快要向后仰面倒去了。

——那件事情发生以后，柳苗苗总是被不断地问起当晚的情形，她记得最清楚的其实只有两点：一是陈琪薇跟她说她得走了，而不是说她要回家去，或许她真的没打算回家，只是有人打电话把她叫出去的；其二就是，书包的背带那么野蛮无情地，紧紧勒住了陈琪薇正在抽条的少女身体，让人多少感觉有些不安。

当然，柳苗苗后来也不止一次想过那天午间的事。中午学堂里将近有三十个学生需要吃饭和睡觉，这也是一天里她最忙碌的时刻，三十张嘴巴吵吵嚷嚷简直能把屋顶掀起来，每次她只给学生半个小时就餐时间，然后再用一刻钟让他们漱口和上卫生间，午间一点钟，所有孩子都得准时上床，这样才能保证他们有四十分钟的休息时间，不然下午返校后他们准会打蔫，或在课堂上打瞌睡。但凡当过教师的人都很清楚，下午头一节课最难上，原因就在这里。

那天中午陈琪薇似乎并没有什么异常，饭应该是吃了的，不过她好像没喝汤，因为她桌上有多半瓶矿泉水，柳苗苗盛汤给她的时候，她礼貌地冲她摆了摆手，又指了一下桌上的水瓶。奇怪的是，那时候柳老师并没有留意过这个女学生的脸是否肿了，或者上衣有无污渍，注意力是个奇怪的东西，有时它会轻易地忽略掉很多很多细节，就像筛子漏下最细的沙砾或金子。也许是午间秩序过于混乱，柳老师确实没有留意到更多的细枝末节。因为整个午间，柳老师只强调一条：大家抓紧时间吃饭，然后认真漱口，都给我乖乖上床睡觉。这似乎是小饭桌老师最重要的使命，家长们花钱图的就是这个。其实，每次学生睡下之后，她还要挨个查床，因为这些孩子基本上都有手机，尤其那些男生最爱钻进被窝里偷偷玩手游,街头争霸和魔兽之类,有个别家长特意交代过,让柳老师平时多督促检查他们的孩子。所以,后来对于陈琪薇午间休息的情况,柳老师脑子里也是一片空白,她甚至记不太清,这个女生到底有没有上床睡觉,以及她后来是怎么离开学堂的。

有一点可以肯定,那就是当晚八点四十分左右,陈琪薇确实骑小黄车离开了柳苗苗老师的视线。如果这个女学生一路沿着民主北街骑行,应该会在一刻钟内平安到家的,那样的话,屠师傅那个小小的谎言便不会被揭穿,柳苗苗也不会受到任何指责,向葵学堂更不会被媒体和社会舆论推向风口浪尖。

四

白塔湿地公园确是晨练的好去处,在它的西面沿着曲折的湖畔路,还铺设了三里长的塑胶跑道,每天清晨和黄昏,都有众多健身者大汗淋漓地在此一路奔跑或疾走,而且绝大多数人都会揣着智能手机,因为那个可感知人体行动的聪明软件,能准确记录你具体行走了多少步,以便于在稍后的微信群里晾晒获赞赢得尊重,这在眼下的城里几乎是一种风尚,人们心甘情愿地被这样或那样的手机软件捆绑并乐此不疲。

据那条咖色泰迪犬的主人讲,狗狗每天早晨沿着湖边走走停停,会执着地在那些矗立于浅水处的黑色石头的边边角角留下自己特殊的记号。可今儿一早,泰迪走着走着,突然死活不走了,怎么拖它的绳子也拖不动,后来狗干脆直接跳进水里,绕过一块大青石去探寻什么。于是,主人骂狗,拽绳子,甚至威胁,都无济于事。后来,狗主人只好颤颤巍巍地爬到那块石头上朝下瞧,这才发现自家的狗正在石头后面的水里闻闻嗅嗅,模样异常警觉,而紧挨石头的浅水处，有个人正头朝下平趴在水里，蓝白两色的运动衣鼓胀起来，黑湿凌乱的头发浮在水上，如一团杂乱的水草。

遛狗者顿时心惊肉跳地喊叫起来，尽管声音有些颤抖和沙哑，但还是唤来众多晨练者驻足围观、唏嘘和拍照，人们第一时间在各自的朋友圈里，推送了这一起噩耗。那种千篇一律的蓝白两色学生运动装，随同它的主人长时间浸泡在湖水里，也许已经持续了一宿或更久，直到随后110接警赶赴现场，很专业地蹲在大石块上，噼噼啪啪拍过照后，浮在水里的人才被七手八脚捞上了岸。

经过民警现场初步勘察和分析，死者因不慎失足落水的可能性很大，当然，也不能完全排除自杀的情况，通常像这种十三四岁的中学生，正处在青春发育期，日常课业负担大，心理又比较脆弱，难免会有些情绪波动，往往受不得委屈，又爱钻个牛角尖。接下来，民警便围绕着死者的身份、家庭和学校等情况展开调查，因为校服上衣印有某某中学字样，这倒是帮了警察一个大忙，因此在早晨上班后，他们不费吹灰之力便驱车来到溺亡者所在的那家中学。

五

柳苗苗老师简直做梦也想不到，一个那么鲜活的生命，一个昨晚分明还在他们小饭桌待过一两个钟头的学生，竟说没就没了！这无比巨大的现实黑洞，让人无论如何都接受不了。民警上门调查，按部就班地向她出示了死者在水中，以及后来被捞上岸的几张彩色打印图片，然后详细盘问了她昨晚辅导班上的情况，比如发现陈琪薇有没有什么异样？死者有没有跟学堂里的学生发生过激烈的口角？或者，在之前有没有类似的情形出现，让她务必协助调查好好回忆一番。

作为陈琪薇校外的辅导老师，柳苗苗确实不应该有所隐瞒，但这件事毕竟直接关系到向葵学堂的声誉，及以后的生源问题，况且就在民警找上门之前，学堂的老板娘已经跟她通过电话，让她头脑要保持清醒，还要一口咬定，陈琪薇同学是不顾老师劝阻，也不等她家长来接，非要自己骑车回家去的（当然这也是事实）。柳苗苗明白老板娘的意思，如果非要感情用事，扯上她临时派屠师傅去护送，无疑又会节外生枝，事情也会弄得更加复杂，而且对学堂也更为不利，人们肯定会质问，既然都派人去送了，那为什么还会出现这种可怕的结局？

基于此，柳苗苗老师当然不能头脑发热，更不可意气用事，直说自己昨天的的确确注意到那孩子不对劲，她不光偷偷掉过眼泪不说，脸上好像带着伤，衣服也脏兮兮的，像是跟谁打过一架的样子。而她只能顾左右而言他，敷衍了一通警方的提问：我们这里人手少，孩子又多，学堂里闹得很，自己得不时地维持纪律，实在没太留意那个女学生的情况。不过，她觉得这样说也太过于违心了，明明自己当时确实有所觉察，她从小受到的教育是要实事求是，老实做人，即便不能去帮别人，至少也不能害人。所以在调查末了，柳苗苗老师又补充道，陈琪薇昨晚胃口好像不太好，饭菜基本上都剩下了，整个人显得没精打采的。她甚至在谈话结束时，巧妙地加上一句自己很主观的揣测：兴许，这可怜的小姑娘，白天在学校里遇到了什么？在她看来，这样的怀疑至少不是空穴来风，警察完全可以顺藤摸瓜，去那所中学好好调查调查，而不是把时间都浪费在向葵学堂这边。

警车离开后，柳苗苗想都没想就直奔后厨。

那阵子，屠师傅简直忙得像只被不停抽打的陀螺，已经蒸熟的大米饭在湿热的空气中米香四溢，爆炒中的蘑菇油菜在大黑锅里发出刺刺啦啦的响音，尽管油烟机始终在轰鸣，但抽吸的效果似乎并不理想，浓稠的油烟味儿还是呛得人睁不开眼。她一进去就闻到了，屠师傅又在里面吸烟了，而且肯定吸了不少呢。不过，她现在的注意力可不在这上面，人命关天，她至少得弄弄清楚，屠师傅昨晚是怎么去送那个女学生的。

喂，到底怎么搞的？你有没有去送那个孩子？她开门见山，嗓音比平时高出八度。我就奇了怪了，你说你是眼见着她骑进了一个小区，可她……她怎么会掉进湖里呢？！

屠师傅低着头没有吭声，只是将一把大号菜铲在锅里飞快地翻动着，火焰贴着锅沿喷蹿而上，某一瞬间竟疯狂地点燃了整锅菜，火舌狂飙着去吞噬那些新鲜的食材，发出类似要爆炸的吱吱啵啵声。屠师傅脸上几乎没有什么表情，只是一味地油腻，一味地被火光照得忽明忽暗，那只过去缝过几针的眼角不时抽搐一下，仿佛被滚烫的油点溅到了灼伤了，但他也只是一味地忍受——应该说忍受是这个男人身上最重要的品质，要知道他忍受的年头的确够久了——唯独他嘴里不时地发出蛇样的咝咝声。

厨房里太吵了。柳苗苗不得不站到厨师身旁，再次发问，语气愈加强硬，愈加急迫，也愈加火怒。

说话呀，难道你哑巴啦！我看你根本是在搪塞我，你压根儿就没去送她！

片刻的静默后，屠师傅终于爆发了，当啷一声，他奋力丢开手里的炒菜铲，那感觉就像一只原本咝咝鸣叫的高压锅突然炸开了，连滚烫的锅盖都崩到了天花板上。

我他妈怎么知道？我明明跟在她后面，可她一转眼就没影了，这小丫头片子八成是想甩掉我，我能有啥法子？！

那你昨晚为啥不实话实说呢？你这个骗子，这回你害死大家了……唉，这也都怪我，怪我一时疏忽大意，我要是早知道这样子，应该想办法把她留住……

柳苗苗的语气突然衰弱下去，就像是一团刚才还炽烈燃烧的柴火，被一阵突如其来的暴雨浇透了，霎时熄灭，她只是无力地摘下金丝边眼镜，用一只手捂着眼睛，任由泪水慢慢地从指缝间溢出。泪光中，又倏忽闪出民警拿给她看的事发现场的图片，尤其是那个浸泡在水中的女学生背影，那感觉像是舒舒服服展开双臂沉睡不醒的样子……

她讨厌自己竟有如此荒唐的感觉。死亡，怎么可能舒舒服服？她这样想一定是有罪的，是对亡人最大的不敬。死亡注定是冰冷的、无情的、决绝的，况且，又是死在那种脏兮兮的泛着绿沫子的湖水中。

屠师傅也跟着柳苗苗老师静默了一会儿，直到鼻孔里钻进一股难闻的焦煳味，他才终于醒过神，手慌脚乱地关掉了灶头，再捡起滴油的菜铲子，锁着眉头去对付那锅里已然发黑的菜叶。他忽然觉得，眼前这团黑不黑绿不绿的玩意儿，像极了昨晚他在公园中看到的东西。

六

夜色中，那些黑黢黢的草木散发出比白天更强烈的味道，乍一闻很像是放久了的猫狗尸体散发出的，潮湿凉爽的空气中，流淌着公园特有的那种苦涩凝重腐朽的气息。大大小小的昆虫，早已躲进绿篱和花草深处吱吱喃喃，偶尔，从浓密黑深的树木高端，传来一阵悠长而突兀的鸟鸣。

那个时候，屠师傅一边骑车，一边朝四周观望，鼻孔时不时翕动两下，在休闲长椅上，总能看到成双成对卿卿我我的幽暗身影，这些忘情的男女让夜色变得更加暧昧和混沌。对于年轻人的勾当，屠师傅一直保持着某种近乎敏感的警觉，倒不是说过惯了那种形单影只的单身生活的他对此讳莫如深，而是命运与岁月的无情作弄让他不得不避而远之。

当屠师傅寻寻觅觅地骑着小黄车，在黑沉沉的迷宫般的密林中绕来绕去时，猛然间从身后涌过一阵乱糟糟的喧闹叫嚷……我操……小子是不是找死啊……你们他妈再敢挤我……都欠扁是吧……等我追上你们非弄死……有种你他妈过来呀……随着一阵突兀的骂骂咧咧声越来越近，一伙将车子蹬得飞快、屁股撅得老高、脏话连篇、嘻嘻哈哈的少年单车手，已飞快地驶向屠师傅这边，那几辆单车多是性能优良价值不菲的山地越野车，车轮子粗壮，把手上有灵活自如的无级变速器，加之少年人旺盛的精力和运动热情，当它们以那种锐利、蛮横甚至是势不可挡的劲头，横冲直撞而来时，还在路上东张西望的屠师傅毫无防备，或者，他头脑里大路朝天各走一边的思想根深蒂固，所以，丝毫没有躲闪的意思，他只是稳住小黄车的车把缓缓滑行。意外就这样发生了，由于那群少年几乎是并排冲刺的，他们你追我赶互不相让，猛不丁地，就跟前方路上的障碍物发生了点儿摩擦和碰撞，咣当一声，其中一辆山地车严重倾斜并失控般朝道旁冲去。

一声娘娘腔十足的不无夸张的叫喊之后，肮脏的辱骂声便此起彼伏，谁干的，哪个该死的王八蛋？诚心撞死老子，是哪个瞎狗挡我的道啊……看到自己的同伴被撞翻在地，另一个人赶忙扔下车子，转身去路那边搀扶，还有两个人早气势汹汹地拦住了屠师傅，好像生怕他会趁机逃走。揍他揍他！往死里揍！这家伙一看就是故意找茬，撞坏了别人，瞧他还无动于衷的，纯粹是来找死吧！妈的，你眼睛塞进裤裆里了……一伙人不干不净地谩骂着，眼睛盯死了屠师傅，同时摩拳擦掌跃跃欲试。

那个被撞倒的家伙终于在别人的帮扶下，哼哼唧唧一瘸一拐挪到屠师傅跟前。他鼻梁陡高，鹰钩鼻尖，年纪不大看着却有些凶巴巴的，瘦高瘦高的面条个儿，很有些水蛇腰，他朝地上连着吐了几口唾沫，也许他嘴里流了血，只是想把血水吐出来，因为此刻很黑，谁也看不太清楚。与此同时，鹰钩鼻像是要给同伴们证实，自己没那么脆弱，至少还没有被撞断骨头，他龇牙咧嘴地左右扭动了几下脖颈，突然撇撇嘴，下颌往上一翘，几乎毫无预兆地抬起腿来，照准屠师傅胸窝就是一脚。能看出来，这家伙肯定经常打架，可以说是又狠又准弹无虚发。

屠师傅显然低估了对方的杀伤力，他本来是双腿叉着车子站着的，这一脚来得太猛，他几乎连人带车被踢得弹了起来，然后整个人趔趄着重重倒地，未等他直起腰，其余的几个少年又是一声怪吼，顷刻间，拳脚便冰雹般砸落下来。屠师傅被揍得噢噢连声，他只能弯腰弓背，在包围圈里胡乱翻滚，他尽可能用双手紧紧护住头脸，即便这样，后脑勺还是立刻鼓起个包，鼻孔流出一道乌血。他们几乎把他打得奄奄一息，不再胡乱滚动时，才丧失了斗志和兴趣。后来在撤离之前，这伙少年也许觉得还不够解恨，于是，他们又肆意踩蹰了一通屠师傅骑来的那辆小黄车，几只大脚又踢又跺又踹。顶数那个鹰钩鼻下手狠，他竟然将可怜的小黄车用双手举过头顶，然后重重地砸向路边的一只不锈钢垃圾桶，黑暗中再度爆发出稀里哗啦的杂响……

头顶密密麻麻的枝叶，遮蔽了仅有的一丝惨淡月光，某一刻，那些栖息在树上的鸟雀叽叽喳喳一阵聒噪，那是被人为地惊扰后的惊慌失措。很快，一切又归复平静，如同一场古老的梦境，黝黑的草木依旧深不可测，滴落在砖铺路上的血迹悄无声息。遭遇痛打后的屠师傅，好半天才从路上艰难地爬起来，在站立的一瞬间，他晃了又晃，几乎栽倒下去。他不是不会打架，而是过去的经验告诉他，多一事不如少一事，能忍则忍，小不忍定乱大谋，他吃过类似的苦头。比如，跟同狱的某个犯人厮打，结果总是各挨五十大板，所以，关键时刻，他会条件反射，会本能地控制情绪，不再做无谓的挣扎或牺牲。当他慢慢站稳身子，哼哧着拍掉衣裤上的尘土时，他才觉得自己的确很窝囊，窝囊得连几个乳臭未干的小子都对付不了。不！他想，不是他打不过他们，也不是他不善打架，而是他已经被彻彻底底改造过了，就像一枚被反复打磨得再精准不过的标准件，大小轻重薄厚刚刚合乎设计需要，符合这个社会的安全需求，从今往后他只能做螺丝不能做扳手，他的人生注定是被动的。最重要的是，他今晚出来，不是为了到处闲逛的，更不是为了跟谁去打一架。

他可是受人委托，去送一个女学生回家的。而那个小丫头片子不知躲到哪里去了，像是故意在跟他捉迷藏呢，害得他在这该死的黑漆漆的公园里，没头苍蝇似的瞎撞了老半天，还莫名其妙撞倒了别人挨了顿揍。想到这里，他简直气愤得不行，真想找个什么东西好好发泄一下。可他哼哧了半天什么也没干，最后仅仅是，本能地去把那个被撞翻的不锈钢垃圾桶弄起来，立好，再去扶躺在地上的小黄车。这是这天晚上，他从地上扶起的第七辆车子。他记得非常清楚，他的记忆力一直不错，因为过去有近二十年光景，他都在反复练习记忆，比如今天是几月几号，星期几，还有多少天过年，他是哪一年进来的，至少还要再熬多少年才能出去……一个人被关在那种高墙上围满了环形钢丝网的某个小笼子里，首先就得学会这个，不然，你连一天也待不住。

小黄车原比想象中要结实可靠，只是车把被那帮坏小子摔得严重歪斜了。屠师傅用两腿夹住前轮，双手再用力反向一拧车把，校正问题便迎刃而解了，当他重新踩下脚蹬，准备继续骑行时，那种似曾相识的感觉又突如其来……同样是黑乎乎的夜，同样是一个人独自骑车，同样是为了一个女的，只不过当年的那个姑娘可是他的初恋对象——那天晚上，他从家里赌气跑出来，偷骑着父亲的自行车在冷风中前行，半途中车链子掉了，他不得不停下来，气急败坏地摸黑捣鼓车子……如果那晚他没有跟家人，特别是跟父亲置气，如果该死的车链子没有半路脱轨，如果没有那场约会……也许，他的人生就不会跌入万劫不复的深渊中。

二十多年前那个漆黑的寒夜，截住他的也是一伙无业青年，他们的年龄比刚才那些家伙大不了多少，正在除夕夜的惨淡街头鬼魂样游荡，他们游手好闲地将点燃的一根根双响炮抛至半空，然后一伙人跟着那乒乓炸开的炮声，夜猫子似的一阵怪吼怪笑。那是一个一切都很贫乏的时代，即便大年除夕也不例外。当他蹲在地上心急火燎捣鼓车子的时候，那几个小混混就瞄上了他。等他准备重新骑车上路，一团阴森的乌云遮住了他，那些流里流气的家伙问他兜里有没有钱，想跟他借俩钱花花，说是借，其实就是明抢。他确实没啥钱，那年头谁的兜里也不富裕，他们自然不信，非要搜身，他紧张得要命，因为在贴身的衬衣口袋里，确实还塞有三五块零钱，那是母亲趁父亲不在时悄悄塞给他的，母亲总是更疼儿子的，尤其知道他正在处女朋友，不能显得太寒酸了。今晚他和女朋友约好了要见一面，两个人想找个地方待一会儿，他想到时候可以给她买一串糖葫芦吃，如果运气好的话，他俩还能在县工人文化馆里看一场电影，尽管那里放的片子都是老掉牙的，就连每一句台词早就让他记得滚瓜烂熟了。

那几只脏爪子跟无耻的老鼠一样，吱吱叫着，开始在他外衣和裤兜里爬来爬去，他不得不姑息隐忍。一来他们确实人多，好汉难敌四手，万一动起手来自己肯定要吃亏；再者，他可不想打架，大过年的不说，他可是马上就能见到心上人了，尽管父亲压根儿不能接受那个姑娘，可这又有什么关系呢？只要他俩心心相印就行。好在，脏爪子们屁也没搜到，他也故作轻松地说，孙子骗你们，我穷得叮当响……随即他就推起车子径直往前走去。就在一刹那，那个领头的家伙突然反应过来，大嚷道，妈的，忘了搜毛衣里面的衬衣了，小子给我站住！这一嚷不要紧，他的心一下子蹦到了嗓子眼里，就像做贼心虚，他忘了自己是怎么使出吃奶的劲，推起车子狂奔起来，然后又歪斜着纵身跳上车座，拼了老命蹬车而逃……那时他只听到风声在耳边鬼哭狼嚎，那群恼羞成怒的家伙发了疯般在后面穷追不舍……后来他觉得脏爪子们终于被甩掉了。

等赶到县文化馆时，心上人果然跺着脚站在昏黄的路灯下，整个人都快冻僵了，他跳下车子慌忙跑过去解释，父亲盯得忒紧，好不容易从家溜出来，自行车又掉了链子，不过他始终没有提那群脏爪子，他觉得那会影响两人约会的好心情。因为是除夕夜，县文化馆已停止放映，根本没有电影可看，甚至连平时有的交谊舞会也取消了，街道上冷冷清清，他俩几乎没有什么地方可去。唯一运气不错的是，他为她买到了一只烫手的红薯，他让她捧着红薯取暖，他嘶嘶叫着为她剥开红薯皮。女朋友说她不能在外面待太久，家里人会着急的。他争分夺秒地搂着她，说他如何想念她，说他几乎夜夜都会梦到她，他还赌咒发誓说，不管家里如何反对，他这辈子都铁了心跟她好……天气真是太冷了，连誓言都被冻得硬邦邦的。他一手推着自行车，一手揽着她的腰，小县城变得空空荡荡，似乎这偌大世界只剩下两个人了，恋爱的滋味像手心里的烤红薯，既热又甜，两颗悸动的心在甜蜜中慢慢融化。她非要喂红薯给他吃，他说除非你用嘴叼着才行，她忸怩了一会儿，经不住他再三央告，终是照办了，他也趁机吻了她，吻得像外国电影里那样深情，两人都快要窒息了，哈气模糊了他们的视线。

可相聚总是短暂的，到了该分手的时候，他便依依不舍骑车送她。离开街道后，车子驶入一条弯弯曲曲的煤渣小路，这里可以通向县城后面的厂区家属院，由于是大年夜，路上鲜有人影儿，仅有的那几盏路灯，早让坏孩子的弹弓和石块解决掉了。女朋友安静地坐在后车架上，右手从后面绕过来搂住他的腰，他从车把上腾出一只手，用力摁在她的手背上，那种贴合感让他头一回感受到什么是幸福，还有刚才那个很长很深的吻，都让他真真切切地感到爱情的火热和甜蜜，他嘴里不由得学刚才电视里那样唱着：你就像那冬天里的一把火，熊熊火焰温暖了我的心窝，每次当你悄悄走近我身边……

女朋友悄然从后座上跳下来，他至少又骑出十几步远才刹住车，显然这里离她家还有一小段距离，路旁边是一个灰头土脸的公厕。她已靠路边站稳，黑暗中眨着明亮的眸子说，你不能再送了，万一让我家人看到不好。他自然是舍不得丢下她掉头就走，又禁不住将她紧紧地搂抱缠磨着。她说，你疯了，会让我们厂的熟人看见的。他说，我才不怕，谁愿看就看去。可最终，他还是很听话地跨上车座。临了，他问了句，咱俩啥时间能再见面？这是分手前他问她的最后一句话，后来命中注定成了最后一句。她当时神秘地摇摇头，说，偏不告诉你。于是，他看见她不无俏皮地原地蹦跳了两下，就那么轻快地往前去了……他还想继续跟过去相送，她却心领神会地意识到了，忽然扭头故作严厉地说，你再不走，人家该生气了。至此，他才恋恋不舍地掉转车头原路返回——这辈子到死他都不会相信，这一去竟成为诀别。

青春年少时的懵懂恋情，往往伴随着某种危险甚至是残酷，当两个年轻人完全盲目地沉溺其中，竟忽略了来自黑暗中的某个鬼鬼祟祟的尾随者，早在他跟女朋友街头碰面缠绵时，那人可能就死死盯上了他，这应该是个不达目的决不罢休的惯犯，况且，对方一下子就瞄上了他身边漂亮温柔的姑娘。悲剧是在他骑车离开不久发生的。在通往那片厂区家属院的路边，建有那类在 20 世纪 80 年代再普通不过的简易公厕，不过是用砖头块垒起一人来高的墙壁，顶上搭几根柳木棍，再苫一层沥青毡，男女厕之间仅仅隔着一道薄墙，也根本没有门栅之类的保护装置，可以说比乡下的牛羊圈的安全系数还低。当时，女朋友大概往前走了几步，或许忽然意识到，该上一趟厕所才对，因为回家后再出门会很麻烦，夜晚通常都是用那种痰盂桶解决问题，而父母近来对她的出行总是疑神疑鬼颇有微词，她理应谨慎些。幸福这种东西，总是会令人忘乎所以，至少当时那可怜的姑娘对四周和这个世界毫无觉察，她像往常一样摸黑走进女厕，也许就在她刚解开裤带蹲下身去，那个一直隐藏在黑暗中的恶魔便扑向了她……

对于女朋友当晚的悲惨遭遇，他起初一概不知。公安局的侧三轮摩托车，是在大年初一的中午十二点前，丧门神般呜呜哇哇嚎叫着，突然风驰电掣般驶到他家门口的，把整条街巷都给震动了。当时，母亲刚把热气腾腾的饺子端到饭桌上，一家人团团围坐，还未将第一个饺子塞进嘴里，民警们便径直闯进屋来，将他捉鸡崽似的从凳子上提溜起来，全家老少诚惶诚恐完全蒙了，原本欢乐的团圆饭突然陷入死一般的寂静，而他记忆中的最后一个春节也就此戛然而止，或许，还有自头天晚上蔓延而来的那种甜蜜。

　　审讯注定是粗暴而无情的，尤其是对于这种大年三十晚上发生的恶性强奸杀人案，民警们打骨子里都深恶痛绝，为民除害是他们再正当不过的理由。街上有多个目击者，就连长期守在文化馆门口卖烤红薯的河南夫妇也录了口供；一个打女朋友家属区小路上经过的路人，说是亲眼看见他在公厕附近，跟一个女的搂搂抱抱拉拉扯扯，很不成体统，对方还详细描述了他父亲的那辆自行车就停在路边；甚至连他自己的父母也老老实实承认，他们是坚决反对儿子跟那姑娘来往的，为此父子之间已发生过多次不愉快，他们都劝儿子尽快跟女方断绝来往，因为他们认为那姑娘已经断送了儿子的大好前程……种种迹象表明，他似乎确实有足够的作案动机。再者，他的右手背和一根手指上有非常明显的伤痕，警方认定这些都是在作案现场被害人激烈反抗时给他留下的，尽管他一再辩解那是自己安装自行车链条时不小心蹭破的，可是，没有任何一个人相信他的话；他们甚至还取走了他的内裤进行鉴定，那上面果然有些许精斑，其实那是当晚睡下后有些想入非非，他梦遗了……

　　总而言之，在一次美好而纯洁的约会结束后，他仅仅在家里睡了一个囫囵觉，天明之后，这个世界就变得异常狰狞可怖，用"翻天覆地"都难以形容，他成了十恶不赦的恶棍流氓强奸犯杀人凶手，司法有时就是这么残酷，它一点儿也不在乎你是否正处在最最甜蜜幸福的爱恋中，就像基督山伯爵年轻时，正是在婚礼当天被人诬告而受到拘捕，从此开始了漫长而黑暗的牢狱之灾。

七

　　柳苗苗老师是在自己的微信群里，看到那则被转疯了的"本市一女中学生夜间贪玩，不慎坠湖溺亡"的图文链接的，它的点击量迅速突破了十万人次，跟帖评论者踊跃而激愤。消息称，年仅十三岁的陈某某，当晚八点四十分擅自离开校外托辅班，在没有任何家长和老师的陪伴下一人骑车回家，途中因贪玩独自进入白塔湿地公园，最终因不慎坠湖溺亡。警方提醒广大市民，夏秋两季正是溺水事件的高发期，大家一定要加强对未成年人的教育和管理，切不可放任他们在湖边嬉戏玩耍或游泳，尤其要注意那些在校的中小学生。此外，有关部门也提醒学校和各类课外托辅班，要切实履行自己的职责，加大日常监管力度，杜绝此类悲剧再度发生。

　　冥冥中，柳苗苗老师总觉得哪里不对劲，对于官方给出的这一结论，她打内心里是不太认可的。她反复思量，事实也许复杂得多，至少那天自己也负有一定的责任，她一次又一次愧想着自己的那些过失，就像鲁迅笔下的那个祥林嫂，"我单知道雪天野兽在深山里没有食吃，才会到村里来的，我不知道春天也会有……"这个悲苦而啰唆的句式，反反复复在她脑海里浮现，在她唇边一遍一遍痛苦地游走，让她再也无法安心做任何事情。只要闭上眼，死者湿漉漉的模样就在眼前晃动，或者，永远脸颊朝下漂浮在无边无际的水面上，她实在难以安心入眠了。尽管她知道人已经殁了，而调查只是调查，家长需要一个交代，学校需要一个交代，社会更加需要，这样整个事件才能得以平息，生活还得继续，就连她所在的向葵学堂也急需盖棺定论，否则，一切都会乱套的。

　　睡不着觉的时候，柳苗苗老师坐在黑暗中，又像瘾君子那样执着地翻弄手机，她发现在照片夹里，存有之前给学堂里的学生拍下的许多照片，都是孩子们吃饭、学习和午休时的种种画面，其中竟然有好几张上都有陈琪薇。一张是她在女生宿舍拍下的，她还清楚地记得那天午间自己去查房，陈琪薇戴着耳机跪坐在床铺上忘我地听歌，脑袋随着节奏在轻盈晃动，阳光穿过窗玻璃打在她的身上，感觉那孩子像是在尽情地享受一场难得的日光浴。她便随手拍了这张照片。之后，她才走到陈琪薇床边，摸了下她的肩头，示意对方该取下耳机赶紧躺下睡觉。当时的陈琪薇完全被手机里的歌曲所吸引，柳苗苗老师只好亲自动手摘掉了她的耳机，于是歌声进入了柳苗苗老师的耳中，细听是几个男孩子唱的，腔调带着青春和稚嫩，有些哼哼唧唧，什么爱呀喜欢呀迷茫呀……陈琪薇很不满地扭过头，眼光淡淡地望着对方，像是在说，真是狗拿耗子——多管闲事。柳苗苗老师同样回敬了一个不容置疑的眼神，然后又用手指了指床上的枕头。陈琪薇撇了撇嘴，然后直挺挺倒在床上，眼睛盯着天花板，嘴唇俏皮地往外呼呼吹气，她那额头的刘海儿就被吹得一起一伏。只要学生能听话安静地躺下来，柳苗苗是不会那么较真儿的。

　　另外一张照片上，学堂里的孩子都在埋头做作业，唯有陈琪薇双手托着腮，一副若有所思的样子。柳苗苗当时就想，这小姑娘说不定在学校谈恋爱了，最近总是那么魂不守舍的，学习一点儿都不专心，但作为辅导班的老师，那不是她的职责范围，说多了人家会厌烦……还有几张，陈琪薇或以侧脸或以背影无关紧要的出现，有时那个巨大的书包会被拍得特别夸张，一副将要压倒骆驼的样子。柳苗苗记起来，那阵子陈琪薇一来这里就趴在桌子上，好像晚上没有睡好困累得要命，从学校赶来就是为了好好补一觉，这同事发当晚非常相似，正好也被她拍过照。对于学生的这些表现，柳苗苗老师除了轻描淡写地数落两句，其实心里更多的还是给予同情的，她知道这些孩子很不容易，每天总有做不完的作业，有形形色色的小状元啦，典中点啦，会考攻略啦，高分作文题集啦，等着他们去消化，而孩子们的精力和体力却是有限的。

在黎明到来之前，柳苗苗终于很庄严地在微信群里编发了九宫格，这是她在陈琪薇死后首次推送个人微信。九幅画面最中间是个大特写，就是陈琪薇跪坐在床上听音乐的那张，只是被她临时编辑成黑白照了。这张具有怀旧意味的黑白相片，给人一种很强烈的视觉冲击，而那一道道从窗户斜射进来的银白色光线，似乎又变成了一簇簇可怕的暗箭，它们同一时间像是要刺穿那个微闭双眼的女中学生。照片之外，她还编写下这样一句话：对于一个花季女孩的不幸陨落，也许我们每个人都负有不可推卸的责任（紧跟着的是九个双手合十的表情符号）。发完微信，她觉得心里稍稍好受了一些，她侧身给睡在身旁的儿子披了披小被子，以前她总是盼着自己的孩子能快快长大，可现在她一点儿也不那么想，非但不想，她突然希望儿子永远不要长大才好。

八

在柳苗苗老师孤枕难眠的深夜，屠师傅同样也陷入了可怕的无底深渊。

那是由一连串稀奇古怪的梦境组成的，在梦里他一会儿被坏人满世界追赶，一会儿他自己成了最最阴险的嫌犯，刚刚撬开一辆脏兮兮的自行车，正气喘吁吁地在夜色中瞎窜，猛不丁撞上路中间的一块黑石，他便连人带车冲进了旁边的一片汪洋中。一瞬间，他觉得自己的呼吸和心跳全都停止了，世界发出像无线电搜索频道时一连串刺刺啦啦的忙音，他的眼睛张得奇大，在冰冷的深水中，一切都变得那么清晰可辨，他看到一个黑影正缓缓地向自己飘来，那双白得刺眼的手臂在水中一开一合，犹如圣洁的莲花瓣。他眼看就要窒息了，那双白手臂却远远伸了过来，恰到好处揽住了他正在下沉的身体，他不能动，说不出话，也睁不开眼，世界突然一片漆黑，唯独能感觉到的，是那种被搭救后艰难上升的过程……在梦结束的前一秒，他终于死灰复燃般有了意识，他依稀看到，那将他艰难地拖出水面的竟是一个年轻姑娘，她的背影简直像极了早年遇害的女朋友。

屠师傅再也不能安静地躺着了，他失魂落魄地下了床，在黑暗中摸索着穿好衣裤，便匆匆离开了阴暗的小房间。外面没有星星也没有月光，世界呈现出一派灰蒙蒙和死沉沉的景象，好像天地最初的混沌模样，好像盘古还没有开天辟地之时，这种时候连鸟雀都不鸣一声。他需要好好透透气，他必须离开狭小的出租房，这里永远弥漫着一股腐朽的酸臭，一如他曾经待过多年的那间阴暗的牢房。

这时的湿地公园静得有点儿瘆人，所有的乔灌木都在屏息酣睡，小虫子也不再呢喃一下。屠师傅觉得自己很像那种夜晚不休的灰蝙蝠，在空荡荡的白塔公园里漫无目的地四处打旋儿。这里距离他的出租房很近，步行十多分钟就到了，但这个时间到此还是头一回，也不知在小路上瞎逛悠了多久，一包烟都让他抽完了，身心终于变得像秋夜一样冰凉，唯独夹过烟的手指缝间，还有种隐隐约约的灼热感。这时，他终于可以在道旁的条凳上安静地坐下来，然后他开始拨弄手机，很快就看到了柳苗苗老师发出的九宫格。

那个居中的黑白照片，让他既想看又怕看，相片上微闭双目的女学生有种摄人心魄的幽深力量，或许她已是亡人的缘故，又或许只是黑白照本身的原因，他说不好，反正它所带来的视觉冲击力，让他猝不及防，让他一下子想起这世上最深重的灾难和痛苦。微信这玩意儿也是柳苗苗老师给他下载的，甚至是手把手教会他使用的，其实他的朋友圈只有为数不多的几个人，包括城北批发市场卖菜和卖调味品的两个小商贩，还有几个所谓的老乡。也许像他这样的人，根本不该奢望什么朋友圈，他经历过人世间最可怕的众叛亲离，多年以前那些亲戚啦朋友啦同学啦，几乎一夜之间就跟他断交了。他倒是更喜欢现在这种虚拟的社交圈子，因为大家彼此并不必照面，省得见了面又得祖宗八代刨根问底。无疑，柳苗苗老师是他朋友圈里最有文化品位的一个人，也是唯一的女性，他一直很奇怪，她的微信名为何叫"林间喵"？这个时代有太多他不懂的东西，与他所生活过的短暂的八十年代相比，简直可以说是光怪陆离不可思议，什么共享、微信、支付宝……他几乎落伍得跟生活格格不入，成了一个十足的傻瓜。他知道只有猫才能发出喵喵的叫声，所以从字面上看，林子里面的一只喵喵叫的猫，还是只母猫，或者，仅仅是她个人的喜好吧。此刻，"林间喵"的图文，真像是猫科动物在这万籁俱寂中发出的一记清脆悠长的叫声，把他在无尽的黑暗和迷惑中惊醒了，也让他对那场灾难有了更深切的认识。"我们每个人都负有不可推卸的责任"——他反复叨念着这句意味深长的微语，几乎每念一次，心就仿佛被僵硬的皮绳抽紧过一次。

二十多年前，他自己就是那么莫名其妙地锒铛入狱的，在一次又一次的突击审讯下，他最终违心地承认了，或者说屈服了，他不得不认命，就像母亲平常总挂在嘴边的那句"人的命啊"。他实在不想再听那些戴大檐帽的人一遍又一遍讯问他事发当晚的经过，因为每提及一次，就意味着又把他内心的伤口再扒开一次，撒上盐粒，最后血流干了，连疼痛的感觉都没了，剩下的只有麻木和恶心……那时候，他突然明白了一个道理，就是对于女朋友遇害这件事，无论如何，自己都有着不可推卸的责任，如果那天他没有跟她约会，或者那晚他坚持一直护送她回到家就好了，那样灾难就不会发生。所以，很多时候他更恨他自己，比恨那个隐藏在黑暗中的恶魔更甚。所以他才想通了，他必须要为女朋友的惨死负责，正是自己间接地害了她，如果他那么喜欢她爱她，可最终的结局老天早已决定，那么他的生命也应该由所谓的老天收回，他理应受到世上最严厉的惩罚……

不知不觉天色已微明，东面的树梢上浮动着一层薄薄的金光，林间渐次响起了叽喳之声，起初是几记应付性的短啼，继而有了助兴的和声，最后竟此起彼伏吵成了交响乐。初被群鸟唤醒，屠师傅人还有些恍惚，他几乎忘了自己是躺在公园长椅上迷糊着的，一串不争气的老泪，正斜挂在靠着椅面那侧的脸上，他翻身坐起时，随手抹了一把，凉凉的，他有点儿讨厌自己的样子，总爱不停地回忆过去，还动不动就流眼泪。当你的全部生活都注定毫无意义的时候，眼泪这玩意儿还有什么用呢？他站起身来展开双臂打着哈欠，这时他的目光就自然而然越过那半人高的水蜡绿篱和一排又一排的丁香树丛，丁香花儿早已开尽，眼下枝头葱郁，他不经意发现，就在这片丁香园的深处，在密密麻麻的枝丫间，露出一摊焦黄的颜色，他揉揉眼睛，以为是丁香丛中开出了什么别样的花束，细看却不是，那颜色非常醒目，可以说黄得耀眼呢。

他疑惑着，抬腿跨过眼前的水蜡绿篱，弯着腰钻进那片幽暗的丁香树丛里。丁香的枝枝蔓蔓来回刮拉着他的手臂，一群蚊子见缝插针地扑来围攻他的脸颊，他晃动手臂亦步亦趋朝目标物靠近……是一辆趴伏在地的小黄车，它孤孤单单地深陷在杂草丛里，像是死去多日的一只黄色大鸟。显然，这辆车准是被游手好闲的家伙故意丢弃在里面的。现在的人真无聊，好端端的车子干吗扔在这里？八成是心理变态吧！他愤愤地想着，便又像往常那样伸手去扶小黄车了。

某一瞬间，一个悬挂在车把上的物件引起了他的注意。那是一条蓝色的细尼龙绳圈，就是通常开会挂在脖颈上的那种，绳圈下方的金属搭扣上坠着一只塑封过的胸卡。他狐疑地从车把上取下了蓝色的尼龙绳圈，又将胸卡凑到眼前细瞧：印刷体的姓名和一张一寸免冠照片赫然闯入他的视线——他几乎无法扼制地尖叫了起来。他简直不敢相信自己的眼睛！他恐惧地来回环视，除了一棵棵无动于衷的丁香树和脚下的这辆无辜的小黄车，四周再无任何可疑的事物。他的十根手指无助地颤抖起来。他本能地将那卡片丢在地上。

那感觉很像一不小心，冒冒失失闯入了某个可怕的犯罪现场，同时，又稀里糊涂触碰到了属于死者的遗物，一时间他手足无措进退两难——要知道这是他一生中的第二次！他记得书上有句名言好像是这么说的，一个人一生不可能两次进入完全相同的一条河流，而他似乎违反了这一定论。

九

死者家属像是抓住了最后一张王牌，死死缠住了柳苗苗老师。经过前几日派出所的摸查，学校方面似乎已经排除了各种可能，比如老师体罚学生，比如同学之间的欺辱等，既然这些事情都没有发生过，那么，好端端的一个女孩子，怎么就会想不开投了湖呢？那个中年妇女，怀里还抱着个刚满周岁的婴儿，神情悲愤地堵住了向葵学堂的门口，她就是陈琪薇的妈妈，当初就是这个女人把女儿送到向葵学堂来的，柳苗苗老师还加过她的微信，说便于日后跟家长沟通，有事彼此好联系。这个刚生过二胎不久的妇女，体型尚未得到恢复，臀部以上至少有三四圈赘肉，活像箍着几道臃肿的救生圈在到处扑腾。她抱着孩子，很容易就造成门口堵塞，几个学生闹腾着围在后面想进去，她却丝毫也不肯让道，嘴里始终在重复一句话：我可是把女儿托付到这里的，如今出了事，你们学堂必须负责到底！柳苗苗老师脸涨得通红，该说的道理她都说过不下一百遍了，可对方根本不听那一套，只管摆出一副冤有头债有主的强横攻势。

柳苗苗老师开始后悔自己昨夜的心血来潮，她真不该惹火上身，发了那条该死的微信。难怪一大早，老板娘就急火火地打电话数落她，说你赶紧把那条破微信删掉，你发哪门子神经，你这纯粹是没事找事！她当时还不以为然，没想到才临近中午，就被这个红肿着双眼的女家长堵在学堂门口了。柳苗苗老师见外面已经陆续堵住了七八个学生了，午间时间本来就很短，学生们需要抓紧时间吃饭和午休，不能不让他们进教室啊。

琪薇妈妈，你的心情我完全理解，孩子的事我同样也很难过，有话咱们坐下来好好说嘛，请你先把教室门让开，好不好？柳苗苗老师的口气近乎哀求。

可那女家长依旧是一副誓与阵地共存亡的架势，嘴里不住地哭哭咧咧，今天我哪都不去，除非你能给我一个说法！我女儿不能就这样白白没了，你们得赔我……这样一来，已经待在教室里的学生，和被堵在门外的孩子，就都搞清了这女人的来历，他们喊喊喳喳吵闹起来，像是要声援一下自己的辅导老师。

有人嚷嚷，她就是那个谁的家长；有人唏嘘，她女儿死得好惨啊；也有人说，又不是柳老师的错，怪她自己黑灯瞎火往湖边乱跑，干吗来这里闹……

那个平素调皮惯了的胖男生，突然黑眼珠子一转，就用他的肉脑壳顶着那女人的后腰嘟囔起来，让开让开，好狗不挡道噢……我快憋不住，要尿裤子了！由于胖男生是从背后故意使坏往里硬顶的，那妇女完全没有防备，咣当一下，就被整个撞进室内来，又正好跟柳苗苗老师碰个满怀，好在被老师的身体挡了一下，不然大人和怀里的小孩准会跌倒。其他学生也便趁机哧溜哧溜钻进教室里。陈琪薇妈妈气得嗷嗷怪叫，脸色越发青铁铁的难看，她龇着虎牙瞪起一双哭得肿泡泡的眼睛，对柳苗苗老师施威发狠道，这就是你管的学生，看看，跟群土匪一样，我女儿在你这里不出事才怪……说着说着，她忽地又鸣笛般扯开嗓门哀号不止。那些在教室里喧闹的学生一时全被怔住，个个面面相觑着，不知道接下来还会发生什么。

柳苗苗老师实在没了别的招数，看来苦苦央求毫无用处，她只好扭过头去，靠着一个墙角给老板娘拨电话，连续拨了三四遍，苦等了老半天，总算接通了，她刚报告了家长堵在学堂门口的事，电话那头早把她一通狠呲儿：活该！现在知道了吧，刁民难缠，你到底发哪门子微信，吃饱了撑的！……哼，你说得轻松，你能负起这个责任吗？她要是再闹得凶的话就报警，这可是严重影响教学秩序的！然后，电话就被愤怒地挂断了，老板娘又把困难原封不动地推给了她。柳苗苗老师彻底傻眼了，恐惧和委屈一股脑袭来，最要命的是，陈琪薇妈妈那撒泼式的哭闹纠缠，她觉得眼下的局面太险恶了，她真想找个地缝子钻进去。

这时，屠师傅两只手左右开弓，跟耍杂技似的端着一摞盛好的份儿饭，脚步飞快地走进教室，他见那个抱孩子的女家长靠在门边哭得响亮，便不由得止住脚步。这是他第一次看见陈琪薇的妈妈，怎么说呢，那种令人心痛至极的哭音，一下子就把他给镇住了，时光仿佛一霎间倒转回去，这女人的哀恸同样让他回忆起了自己的母亲。

那时，他母亲还算年轻，头发还油黑黑的，腰身也直挺着，脸上常挂着淡淡的微笑。可自从厄运突降，母亲几乎一夜间白了鬓发，驼了腰背，从此脸上再没有一丝笑，有的仅仅是无尽的愁苦和未干的泪痕。案子判了，鉴于案发时他还未满十八周岁，法院算是网开一面没判死刑，而是送给他长达二十年的铁窗生涯。头次探视时，母亲哭得死去活来，他看见父亲红着眼安慰，毕竟咱儿子保住了一条命啊。那以后亲人见面的机会少了，母亲的身体越来越垮，父亲越来越消沉，一生好强的他羞得抬不起头来。直到他被放出来的头一年，母亲也悄然离开了这个糟心的世界，临了，只留下一句话，说她怕是等不到儿子回来了。这句话还是妹妹们转告他的。自打他进去后，这个家完全败落了，亲戚朋友们都老死不再往来，两个妹妹也背负了恶名，老早就辍学回家，即便后来嫁人，也是让人家烂杏子一样挑三拣四颇费周折，谁让她俩摊上那么一个哥哥呢？因为年龄的关系，最初他先在少管所待了一阵子，后来才被正式投入监狱服刑。也许是因为他面相有些文弱，手脚还算勤快，后来有幸被安排到监狱伙房打杂，跟着老师傅学了点儿饭菜手艺。像他这种情况，出来想找份工作并非易事，即便找上了也干不长久，所以有好几年，他都窝在家里无所事事，直到后来经由这边的一个老乡介绍，才离开家乡出来打工，算是正式融入社会这个大家庭中。

屠师傅愣了一会儿神，才想起来把那些份儿饭挨个儿放在学生的桌上，几个男生像饿死鬼转世，抓起筷子就稀里哗啦扒拉起来。他又急忙回厨房取另一拨，等他给所有学生都发放齐了，见柳苗苗老师红着眼圈，还在低声苦劝着抱孩子的妇女。他忙又转身跑进厨房，锅里还有一些饭菜，也就刚够他跟柳苗苗老师的，他没多想，就用餐盘盛好了一份，端出来递给柳苗苗，同时用下颌指指那可怜的女人。

柳苗苗会意，赶紧接过餐盘，客气地对陈琪薇妈妈说，都这个点儿了，你也凑合着吃一口吧。她的声音轻轻的，但屠师傅能听出其中夹杂着的泣音，他又想起昨天深夜她发的那条微信，这个世界上也许只有他能感觉到柳苗苗心里有多么煎熬。

哪知，那女人再次借机发起飙来，她猛地用胳膊肘撞了一下柳苗苗老师，餐盘里的饭菜就稀里哗啦泼洒下来，柳苗苗的前襟和裤腿上，顿时被油污了两大片。吃什么吃！我女儿都没了，还有心思吃啊，你们到底还有没有人味？我们花钱把孩子送到这里，你们凭什么不把她看住啊，你们必须赔我女儿的命……女家长的腔调渐次萎靡下去，最后诉说的成分代替了先前的蛮横无理……你们谁知道我的难处，这个小的已经够叫人烦心了，最近他老生病，夜夜不好好睡觉，那晚也是怪了，这小东西天刚一擦黑就睡了，我真的太累了，也就跟着他迷糊着了，谁知道这一觉睡过了头，连薇薇回没回家都忘了……

屠师傅再也听不下去，天底下的母亲都是一样的。他使劲咬了咬下嘴唇，闷头闷脑走过来想劝劝对方，可最终只是无可奈何地蹲下身子，用双手去捡地上的餐盘和饭菜，愤怒让食物的气息凝固在教室里，学生们的咀嚼声中，始终带着某种提心吊胆和窃窃私语。柳苗苗老师转身逃进卫生间里，女家长怀里的孩子突然哭得撕心裂肺，好像这小小生命终于明白了事情的前因后果，知道世上从此没了最亲爱的姐姐。

有那么一刻，话头已奔到了嘴唇边，屠师傅直想冲那女人嚷，有啥就冲我来吧，都怪我那晚没把你女儿盯紧看好，这事跟人家柳老师半点儿关系也没有。他甚至真想把揣在兜里的那个胸卡拿出来，他要亲口告诉这个失去理智的女人：我怀疑你女儿是被什么人害了，不然她骑过的车子，怎么会无缘无故丢进树林里头，你应该去找公安局的人……

可是，直到默默地拾掇干净地板上的东西，屠师傅终究一个字也没说出口，不是胆怯，不是懦弱，更不是缺乏同情心，而是他太了解这个世界有多残酷了。有时好人就要倒大霉，而坏人却可以逍遥法外。而他，早就以不堪回首的经历充分证实了这一点。

十

柳苗苗老师不得不辞职走人。

当然，这既是学堂老板娘的意思，也实在是形势所迫，她待在这里一点儿好处也没有，只能给人家当无谓的靶子使。作为整个事件的当事人之一，柳苗苗老师深知自己这样做很不仗义，可经历过家属几次三番的纠缠围堵之后，她的心才慢慢硬了起来。

有一天，当陈琪薇妈妈又领着七大姑八大姨，悍然闯入学堂闹事，在对方吵得不可开交唾沫飞溅之际，柳苗苗老师终于愤慨地提出了自己的质疑：你女儿整晚没回去，你当母亲的为什么不及时打电话询问或报案，要是你能早点儿发现情况，又怎么可能酿成后来的悲剧？可见，你们做家长的本身就负有不可推卸的责任！你们总是以为把孩子交给老师就万事大吉了，可老师也是人不是神啊！还有，陈琪薇同学像这样单独回家，这学期也不是一次两次了，她自己手机里有共享单车软件，随时都能刷开一辆小黄车走人，难道我们能绑住她的手脚？何况我们的小饭桌，只是一个供孩子就餐和休息的地方，他们一旦离开了这里，安全问题谁又能管得了呢？

柳苗苗老师之所以抛出这番话，也是经过深思熟虑的，这些天她的压力越来越大，晚上死活合不拢眼，每次梳头的时候都大把大把掉头发。围绕着课外班和辅导老师的不作为和渎职，网络上的口诛笔伐从未间断，似乎谁都可以对她指指点点评头论足，好像她真的十恶不赦了似的。可她压根儿也没想到，这些闹事者竟像群野兽完全丧失了理智，丝毫也听不进她的辩解，他们甚至变本加厉，竟当着众多学生的面，猛地甩给她两记响亮的耳光，死命地揪掉了她一缕头发，还把她的近视眼镜胡乱拨拉到地板上，一只镜片也被踩得稀碎……

挨了打的柳苗苗老师一声不吭，鲜血从鼻孔和嘴角往下滴淌，她用手背使劲抹了一下，那道血流就被抹开了，弄得下颌和腮帮子上一片猩红，看上去很有点触目惊心的味道。她摸摸索索蹲在地上找寻自己的眼镜，半天也没摸到，她像一个十足的盲人，因为道路崎岖不平，不慎跌了一跤，就再也找不到自己的拐杖了，盲目让这个世界突然变得异常可怖。后来还是屠师傅帮她捡起了眼镜，又默默递到她手上，他还想把她搀起来，她却近乎冷漠而决绝地甩开了他的手，她从地上站起身时，身体剧烈摇晃着，整个人有种恍恍惚惚的感觉，仿佛对这个世界产生了巨大的怀疑，她也许不会再相信任何人了。她把破碎了的眼镜牢牢攥在手里，一步一晃近乎凄凉地走出那间闹哄哄的、充满了谩骂和仇恨的教室。

这个过程屠师傅全都看在眼里，他无比内疚地转过脸去，阴郁地盯着那群歇斯底里的闹事者，从那几张愤恨扭曲面红耳赤的面孔上，他似乎又看到了当年某个同样残酷的画面——那是他遇害的女朋友的亲属，他们在庭审现场好几次情绪突然失控，大嚷大叫，恨不能扑上来将他撕得粉碎，或者生吞活剥了才能解恨。现在他完全能够理解了，换了谁都一样，一个水灵灵的姑娘辛辛苦苦养了那么大容易吗，突然间就没了，这世上还有没有王法？眼下，屠师傅的内心再次受到震动，就像大地震之后发生的一系列余震，让已经很可怜的幸存者更加胆战心寒。

灵感就来自这一瞬间。

屠师傅一想起柳苗苗鲜血淋淋凄凄惨惨的样子，就觉得自己太对不住人家了，太辜负她的嘱托了，就因为自己一时疏忽，造成了这么大的恶果，他必须要为此做些什么，否则他迟早也要崩溃了。当然，他也不是没想过去报案，可一旦认识到自己毕竟是有过"前科"的人，那些头上挂警徽的会信他的话吗？还有，一切都只是怀疑，没有任何真凭实据，就凭一辆丢弃在树林里的小黄车和一张薄薄的胸卡，又能说明什么问题呢？不用猜，那些铁面无私的大檐帽肯定会吹毛求疵的，他们会白着眼球不以为然地推断说，自行车有可能是死者随意丢在那里的，至于胸卡也许是她无意中挂在车把上的，这根本不能成为什么谋杀证据。所以，根据以往的经验，他觉得自己很有必要先调查一下再做决定。正当屠师傅有此想法时，学堂老板娘也通知他最近不用来上班了。说是为了应付市教育系统开展的专项清理和检查工作，学堂暂时需要停业整顿，具体什么时间能恢复营业，老板娘没有说。屠师傅暗忖，这兴许只是老板娘采取的缓兵之计，最近家属实在闹得太凶了，学堂简直没法开下去，干脆关门等风头过去。

接下来的几天，屠师傅确实闲着没事，每天一到陈琪薇就读的中学放学时间，他便准时蹬辆小黄车赶过来，然后看似悠闲地坐在车座上，单脚点地，身体前倾趴在车把上，像只训练有素的猎狗，静静地守望在学校门口。早在这学期刚刚开学，柳苗苗老师曾带他来这里，发放过两次宣传单，就是向葵学堂开业时印好的那种招生小广告，他还记得上面有句话这样写着：请放心地把您的孩子送来，吃喝作业休息，我们全包了，你们只做甩手掌柜！这种小传单自然是见人就塞，多多益善，就为扩大影响。他有时会想，陈琪薇的妈妈当初就是看了这种忽悠人的小广告，才决定把闺女送过来的吧……而这种想法一旦入脑，无形中又加剧了他内心的那种罪责感，他觉得自己好像就是帮凶之一，这也坚定了他进行秘密调查的决心。学校这种地方，只有上下学时最为热闹，老人孩子拥挤不堪，即便是中学生，家长接送的情况还是比较普遍的，私家车几乎将校前的整条马路都堵塞了，喇叭声此起彼伏，可是谁也不愿意让着谁，因为每位家长都觉得自己的孩子是最重要的。特别是，在陈琪薇溺亡事件发酵之后，前来接送的家长更是比往常多了数倍，一朝被蛇咬，十年怕井绳。

屠师傅嘴里叼根烟，目光自始至终扫视着那些从大门蜂拥而出的学生。这些穿着统一校服的孩子，有的喜欢勾肩搭背两两同行，有的则像独行侠习惯独来独往，还有三五成群结伴而走的，特别是那些人高马大的男孩子，他们每人骑一辆很酷的山地车，一伙人你追我赶地顺着马路飞驰。这样蹲守了两三天时间，屠师傅便盯上了其中一伙，大约有四五个男生和一两个女生，这群学生离开学校不久，往往会在路边某个店铺附近集结一下，几个人很老练地拿出香烟点上，优哉游哉地躲在树荫下吸起来，感觉课堂就是他们的监狱，在里面憋得太久了，一旦出来准得好好放放风。

之所以最终选择盯住这伙人，有一个非常重要的原因，就是在这些男女生当中，屠师傅认出了那晚在白塔公园动手打他，还狠命摔过小黄车的少年，这家伙留给他的印象颇深，天生一只鹰钩鼻子，模样看上去很有些桀骜不驯，用行话说准是个刺头，而且，此人显然是这伙学生的小头头。他们聚在路边抽烟闲聊，多半时候，都会有人主动给鹰钩鼻少年递烟点火，众星捧月般将对方围在中间。其实，这种情况在狱里最为普遍，牢头或狱霸都这样，下面总得有些不三不四的人，成天跟在屁股后面唯命是从。待目标锁定后，屠师傅就开始悄悄跟踪他们了。

如此没过两天，他又发现了一个重要规律：鹰钩鼻这伙少年每日下午放学，几乎都要绕道钻进学校附近的白塔湿地公园里玩闹一阵子，他们在园子里无所事事四处游荡，有时沿着湖畔路的塑胶跑道比赛骑车，有时找一处楼阁下面的多级水泥台阶，骑着山地车跟玩杂技似的爬上爬下不停折腾……也有时候天都黑尽了，他们还是流连在园中不肯离去，这时其中的一个女生，就跟鹰钩鼻少年搂抱啊接吻啊，这种腻味的画面让屠师傅心里多少有些发慌，要知道他也曾年轻过，青春年少喜欢冲动，身体和大脑很容易被过度分泌的荷尔蒙点燃。

这天晚上，那两个年轻人又哼哼唧唧腻在一处。鹰钩鼻少年明显有点儿懒洋洋的，总提不起兴趣的样子，他跷着二郎腿，歪斜地坐在一条长椅上，一条腿不受控制似的抖颤不停，显得非常轻浮；那个尖下颌女生，则把头枕在他的一条腿上，同时伸出细长的手臂，紧紧勾住对方的脖子，形同绑架似的，她就那样没完没了忘我地去亲吻对方。屠师傅一路跟踪过来，现在就躲在他们身后的灌木丛中屏气静听。秋天的草丛中蚊虫成灾，它们像最蹩脚的二胡初学者，在人耳边吱吱呜呜锯着可恶的琴弓。屠师傅只能蹲在里面一动也不敢动，任由这些阴鸷的小虫在脸、耳朵和脖颈上作威作福，它们无休止地喧闹骚扰他，并伺机给他来上致命的一口，然后留下它们的毒液，肿包在黑暗中迅速鼓起来，那种难以忍受的奇痒简直要让人发疯。屠师傅当然不能像平常那样，噼啪作响地肆意拍打蚊子，而是专等它们恰好把毒针插进皮肤准备过瘾的时候，才轻轻地将手掌摁上去，并沉稳地用力一捻，这样敌人就完蛋了，复仇后的快感油然而生。所谓斩草除根，对于恶毒的家伙来说，这或许是最有效的法子。

一定是男生的心不在焉和敷衍了事，激起了女生内心的不满。她哼着鼻子道，你是不是不喜欢人家了？男生并没有在意这句话，相反有些愠怒地说，把你的手拿开好不好，我的脖子都快被你弄断了！女生立刻恼了，赌气说，偏不！而男生肯定在暗中用力，发狠地想掰开对方的手。于是，女生吱地一下叫唤起来，混蛋，你弄疼人家了！于是，两个年轻人都气呼呼地从椅子上跳起来，半天谁也不再理谁。男生自顾自从兜里摸出烟，点火，吸烟，火光瞬间照亮了那张玩世不恭的脸，鹰钩鼻子越发鲜明凸出；女生则用双手一捋一抚地整理着刚才压乱了的头发。香烟的味道在黑暗中弥漫开来。屠师傅始终蜷缩在草丛中，烟味让他的鼻孔像大狗那样翕动着，他真想也来一根，可他知道那样会因小失大。

透过黑黢黢的枝叶罅隙，屠师傅模模糊糊观察到，那两个年轻人还在彼此怄着气呢，他们太嫩了，自以为对男女之事了如指掌，其实他们还一无所知。男生抽着烟装腔作势地踱了会儿步，又重新在长椅上坐定，继续神经质地抖动腿子。女生则百无聊赖地围着椅子转圈儿，大概又有一根烟的工夫，女生才又开始嘟囔，真没劲，我要回家了。男生依旧坐着，忽然将烟蒂砰地弹至空中，火红的烟头划出一道光线，转瞬即逝。你敢走一个试试！这次男生好像真的有些动怒了。女生却不以为然，一甩长发转身就走。男生沉默了片刻，突然从后面快步追上来，一把扯住女生的胳膊，死命地往怀里一揽，那感觉像抱着一只活蹦乱跳的兔子。

　　这时候，女生挣扎着发出似痛非痛的叫声。接着，屠师傅听见她又喃喃地说，事情都已经过去了，你别成天疑神疑鬼的好不好，弄得人家也没心情玩了。男生本来是想跟她再温存一下的，听她这样说，一时又无力地松开了双手，妈的，还不都是为了你！我老爸天天冲我吹胡子瞪眼的……说着，他愤愤地举起拳头，冲着空气使劲挥舞了两下，好像黑暗中有一个难缠的对手跟着他。这么说，你后悔了？女生的口气不像刚才那样刁蛮了，倒是添了几分温柔。要么你就是怕了……不等女生把话说完，男生的浮躁情绪再度爆发，放你的狗屁！老子什么时候怕过？女生突然发出一串意义模糊的笑声，像是在鼓励对方，同时又不无怀疑的味道。你再敢笑一个？信不信我弄死你丫的！男生简直要火冒三丈了，他根本受不了被一个女生这样冷嘲热讽和奚落。哼，人家可不敢惹你，你多强势呀，谁不知道你心狠手……这次，她真的意识到自己捅到了马蜂窝，所以赶忙拿手把嘴捂住了。对方显然敏感过度，妈的臭婊子，让你再胡说八道，事情迟早坏在你这张臭嘴上！男生一面咒骂，一面猛地上前一步，一伸手便卡住了对方的脖子，女生顿时尖叫了一声，接着就痛苦地干咳起来……

十一

　　喂喂……你们是白塔派出所吗……前些天，这里不是有个女学生，淹死在湖里了吗……对对，我想向你们反映个重要情况……就是那个女学生，她不是自杀的，也不是自己跑到湖边不小心掉下去的……我怀疑，她是让几个坏学生给谋害的……里面有个鹰钩鼻男学生，这家伙心狠手辣，什么坏事都敢干，他跟死者都是同一个学校的，听说他是为自己的女朋友下的黑手……你们最好派人去那个学校了解一下情况……我是谁并不重要，人命关天啊，你们可一定要好好调查调查，那姑娘死得不明不白！

屠师傅是躲在街边一个很僻静的磁卡电话亭里，匿了名报的案。这个重大决定确实是他再三考虑后才做出的，他完全相信自己的直觉，陈琪薇的死一定跟鹰钩鼻少年有瓜葛，至于他们是如何实施犯罪的，这都有待于警方去进一步调查取证，他已经做了自己应该做的事了。要知道有很长很长时间，这世上他最不相信的其实就是戴大檐帽的人，可这一次他竟破天荒地说服自己，并且强迫自己再信他们一次，除此之外，他想不到更好的法子。

隔了几天，他又神不知鬼不觉地去那所中学门口蹲守，他只是想证实一下，看那个鹰钩鼻是不是已经给逮起来了。可是，几乎在同样的时间和同样的地点，那伙男女生又嘻嘻哈哈纠集在一起，好像什么事也没有发生过，他们照样在街边肆无忌惮地吸烟打情骂俏，继续绕道去白塔公园里游魂样厮混，直到夜色降临也迟迟不肯离去。

屠师傅简直气得七窍冒烟。看来，自己提供的所谓重要线索，没有起到任何效用，那帮家伙显然是把他的话当成了耳旁风，或者是精神病人的一通疯言诳语。转念他又思忖，兴许是派出所人手不够，需要调查的案子又太多，一时半会儿积压着，还没来得及深入侦查。他应该给人家足够的时间，心急可吃不了热豆腐。他应该相信警察的判断力和执行力。就这样一转眼，又挨过了一个多礼拜，有一天天将擦黑，他实在是憋不住了，再次摸到街边亭拨通了派出所的值班电话。

喂，警察同志，我想打问个事，还是为上次湖里淹死的女学生，她真的是被人害死的……哪知他的话才刚开了个小头，对方就以泰山压顶之势给了他一顿火力强攻：告诉你，那只是一起普通的溺亡事故，我看你是外国侦探剧看多了吧，以为自己是福尔摩斯吗，满脑子都想什么呢，以后不准乱打报警电话，听清楚了没有？不然，我们可要追究你的刑事责任！！屠师傅惊得手指乱抖丢开了话筒，几乎是恓恓惶惶逃离了那间昏暗的公用话亭，好像生怕人家会顺着电话线一路搜索到他本人，然后再将他扭铐进局子里受审。

一想到这些，他简直腿肚子都转筋了，得立刻吸根烟来缓解焦虑，可他把手插进兜里摸索，只摸到了那张揣了好久的学生胸卡。昏黄的路灯底下，陈琪薇的面容还在闪闪发光，齐整黝黑的刘海儿，明亮清澈的眸子，微微翘着的嘴角上，分明挂着两弯自信的笑，这一切在他眼中突然产生了一股非常强大的力量，简直有点儿摄人心魄，他几乎不敢再盯着她多看一眼。因为，透过这小小的照片，他的情思不由自主地又折返到二十多年前，他忘不了那晚约会时，他告诉女朋友自己每天都很想见到她，女朋友当时就抓着他的手，温柔地说，春节期间她一家人会去照相馆照全家福，到时候她可以照一张单人照送给他，这样他再想她的时候，可以拿出来看上一眼……没想到她到死也没能给过他一张相片，哪怕是像这学生胸卡上的一寸小照呢，那以后的十多二十年光阴里，他的心从没停止过痛，那种痛彻心扉的感觉让他生不如死。这些凄迷而痛苦的追忆，来得有些猝不及防，若不是因为陈琪薇，若不是她遗落的胸卡，也许他这辈子都不愿再想起那些陈年往事了。往事怎么会如烟？如烟的话早已轻飘飘地随风散了，不留一丝痕迹；往事如刀，铁硬而决绝，此刻它又一刀一刀地，割裂着他那颗早已失血的孤心。

他实在是压抑得要死，痛苦得发疯，他真想找个人把心里的苦水全都倒出来。这种时候，他不由得想到了柳苗苗老师。这个女人在他眼里是善良淳朴的，她身上有种传统知识女性的隐忍和开诚布公，而造成她现在的困顿局面的罪魁祸首却是他。如果没有那个女学生之死，他和她一定能和睦相处下去，甚至产生那种所谓的工作友谊，他内心太需要这份情感了，被人信任，可以托付，平等对待，不带任何偏见，甚至可以以同事或朋友相称，彼此都能感受到那种愉快宽松的气氛，可现在这一切都被毁掉了，而那个毁灭者好像就是他自己。他赶紧掏出手机，急需给她拨个电话聊聊，或者仅仅想听一听她的声音，电话那头却告诉他，所拨叫的号码是空号，再拨，依然。他忙去微信朋友圈里搜寻，可"林间喵"的头像已经变黑，就像此时没有一丝光亮的龌龊的街角，黑得不见天光，暗得不可思议，陌生得让人想哭，这个无辜的女人彻底从他生活中消失了，他休想再寻到她。

这是他始料不及的，他确实给她带来了天大的麻烦。她一定非常厌恶他，甚至恨他，这辈子一定再也不想见到他了。他注定是一个毫无用处的劳改释放犯。他连去护送一个女学生回家都做不好。他对这个社会已毫无益处。他早就被判了死刑。他不过是个行尸走肉罢了。他再也不相信那些管教说过的鬼话，他们总是老生常谈头头是道，说什么好好改造，争取宽大，重新做人。他越琢磨这些就越失魂落魄。做人真难啊，也许做个鬼倒更容易些。路过一家小杂货店的时候，他下意识地进去买烟，没有烟的陪伴他简直无法排遣孤寂。不过，除了烟，他还破例买了两瓶小二揣

一意孤行

在裤兜里。他已经很久很久没有独自一个人喝过酒了，这种价格便宜的烈性白酒，很快就把他灌得有些晕晕乎乎，人有时候需要麻醉一下自己，他一口一口辣乎乎地喝着酒，不知不觉就走到了那个岔路口，白塔公园已沉浸在茫茫夜色中，他像只孤独的蝙蝠摇摇晃晃钻了进去。

他刚趔进那条幽静的踏步小道，就跟迎面跑来的一群少年狭路相逢了。他们大概是在公园里疯够了觉得无聊，正想打这条捷径出园上路各自回家。由于刚喝完了一瓶小二，屠师傅多少有些犯迷糊，又被这群家伙撞了个人仰马翻，他死狗样倒在草丛里，含糊不清地哼哟着。那些年轻人嘴里不干不净吵吵闹闹，完全不在乎被撞倒的人是死是活，这是他们一贯的风格。当然，他们也许认为对方只是个又肮脏又丑陋的酒鬼而已，根本就不屑一顾。而就是这一刻，屠师傅倒是清楚地听见，其中有个女孩在嘟囔，今晚可真没劲，他说好了能赶过来玩的，可害得咱们等到现在，也没见他人影。很快，一个男生接过话头，你没听说吗？他那个局长老爸最近火冒三丈，狠狠剋过他两次，让他每天六点半前必须回家，否则有他好果子吃。女孩子似带讥讽地冷笑道，这么说呀，从今往后，他要当好孩子学乖喽！一伙人都跟着她嬉笑起来。

屠师傅猛地从地上爬起，这个声音他相当熟悉了，就在前些天，就在这园子里，他亲耳听她跟鹰钩鼻谈话呢。一旦意识到是那个尖下颌女孩，屠师傅便像猎狗般机警地悄悄跟上去。那伙少年上了马路后便作鸟兽散了，男生们几乎都骑车而行，唯独刚才说话的女生没有，或许正如她自己所言，因为鹰钩鼻不在身边，此刻她心情很不爽，只想一个人走走。屠师傅跟在她后面留心观察，女生大概是想走到前面的公交站点去乘车，她走得不紧不慢，书包在后背上啪啪拍打着。远处的公交站台晃动着几个瘦长的人影，这会儿早已过了晚高峰时间，老半天也没见开过来一辆车。

屠师傅始终紧随其后，不停地四处张望，先前灌进肚子里的烈酒恰到好处，让他既不至于醉得一塌糊涂，又有些莫名的兴奋。酒是魔幻之水，它有时能最大限度地激荡人的中枢神经，让大脑产生某种不切实际的虚幻和憧憬，甚至还有那种超越现实的狂妄不羁，比如此时对于谨小慎微的屠师傅来说，他的表情略略有些张狂，内心河流般动荡不安，忽然就有一股无法按捺的小火苗样的物质，开始在周身上下蔓延蹿跳，以至于他不由得加快脚步，三步并成一步半，整个人孤注一掷而又忘乎所以。因为他终于意识到，这真是一个千载难逢的机会，他只需从后面猛地扑将上去，卡住对方的身体，再捂住她的嘴巴，然后神不知鬼不觉地，顺势将她拖入人行道旁幽暗的灌木丛里，一旦到那个时候，相信她会乖乖地跟他说实话的。恶念也好，善念也罢，其实都是一瞬间的事，一瞬间太短了，短得叫人来不及思考，何况是一个刚刚被警察在电话里劈头盖脸训过，一个一心只想让真相大白的有过"前科"的男人。

十二

距离目标越来越近，越来越近。

冷不防地，那女生的手机在衣兜里连震带响闹腾起来，紧锣密鼓的西洋金属乐音，加上高亮度的屏光，一刹那便复活了女生的尖下颌，以及刚才还闷闷不乐的瓜子小脸，此刻这张蓝莹莹的女孩脸，笑得有些恣睢和诡异，又仿佛中了百万头彩，她突然蹦起脚，来了个180度向后转。屠师傅差点被她惊得瘫倒在地，好在三三两两的行人擦肩而过，他赶忙夹杂其中低头佯作路人。那个幽暗得像火苗一样的计划刚一搁浅，或者，屠师傅还在犹豫之际，只见那女生一面煲着电话粥，一面扭身脚步轻快地朝黑寂寂的白塔公园去了。或许，她今晚的约会才刚刚开始。

屠师傅总是无法摆脱胡思乱想，有句话怎么说的？步履不停，思考不止。人就是这样，你越是想在暗中克制什么，那些思绪就越是活跃纷繁，它们带着往事特有的苦涩气息，像极了那些腐败了的槐树和柳树的叶子，在这密不透风的黑色林带或灌木丛中肆意穿行。

眼下，被他紧紧跟踪着的这对小情侣，激情似火又傻里傻气，有时真让他觉得好笑，尤其是女生终于在园中见到心上人时，她几乎娇嗔着飞扑进对方怀里，极尽小鸟依人状，真是一时不见就如隔三秋。透过枝枝蔓蔓的罅隙，屠师傅还是能看得见的，那俩人正处在青春期的癫狂迷乱中，形式大于内容的拥抱和抚摸，故作老练的缠绵和热吻……不过，他还是发现了某些端倪，就是鹰钩鼻并不如女生那般投入，尽管他也不停动作着，可那满腹心事的样子还是流露出来，有时他会做贼心虚地环顾四周，有时又若有所思地发起呆来。唯独那女生太过痴迷和忘情，对此毫无察觉。他们彼此将身体揉压在胶木条椅上，随心所欲地瞎胡折腾了一气儿，鹰钩鼻喘息着率先停了下来，一副力不从心的样子。女生不无抱怨地从椅子上抬起上半身，校服已经被剥落至腰间，露出白雪团似的胸脯，但并不显得丰满，不过是处在朦胧的发育阶段，唯独头发凌乱如野草疯长，勾勒出女孩的几分妖娆。

喂，我说你到底怎么啦？女生极不满地往上拃了拃校服衣领，又使劲甩了甩长头发，感觉像大明星范冰冰在做洗发水的广告，她们有着同样尖削的下巴。约个会也没精打采的！她不满地嘟哝了一句。喂，你别瞎猜了，我没……没什么，要不，咱俩去划会儿船吧。鹰钩鼻话头一转，很郑重地提议，好像这个主意他想了很久似的，早有些迫不及待了。我想带你去划船！现在？你没病吧？也不看都啥时候了，哪有大晚上去玩那个的？女生嘟囔着再次站起身，将双手伸到背后，动作熟练地系着胸罩的挂钩。鹰钩鼻趁机上前一步揽住她，几乎将嘴巴贴在对方的耳根上，快跟我走吧，晚上划船那才够刺激，整个湖上就咱俩，多浪漫啊！女生也许真被说动心了，也许只是不想再拗着他，于是，仅顺口说了句真有你的，就顺从地伸过手臂，半侧身搂住男生的腰，两人跟连了体似的往湖的方向走去。女孩的书包孤零零地趴在条椅上，看上去像只狗窝。

晚间的湖水静得仿佛不存在了，只是黑油油地晃动着一点儿不起眼的粼光。简陋的游船码头已不见什么人影，唯有远处那只被精心亮化过的年代久远的古塔，正斜映在水面上，塔身的轮廓蓝绿相间，给人一种冷飕飕阴森森的感觉。

屠师傅远远望着那对小年轻，他们已经勾肩搭背地走到湖边，湖水偶尔拍打着石砌岸堤，发出千篇一律的啪啦啪啦声，听起来单调而又突兀。很快，那两个黑影就登上了码头，那些塑料脚踏船都用绳子牢牢系在铁栏杆上，他们居然没有去管理室找工作人员商量，便擅自解开了绳索，两只黑影一前一后，鬼鬼祟祟爬到了船上，船身上方有块彩色条纹遮阳布，正好掩盖了他俩的身影。他们左右并排而坐，这时女生终于压抑不住地发出一串咯咯声，男生立刻伸手去捂住她的嘴，别闹，被人发现就不好玩了！随即，他们的脚踏船喝醉了似的晃晃悠悠出发了，水波一圈一圈向远方排开，仿佛那小船钻进了早就精心布置好的巨大的迷宫里。

屠师傅一直躲在岸边老垂柳下面观望，说心里话，他完全不能理解他们的行为，就像多年以前父母不能理解他一度痴狂的初恋一样。也许是湖水太冷清，毕竟已是秋天了，他浑身瑟缩着，尽量把双手环抱在胸前，忽然起风了，湖水拍打岸堤的声音愈发响亮，仿佛有许多怪兽在湖底翻腾不休。那只载着一对小年轻的船，已变成了湖心的一团黑影，竟跟那里生长着的几丛芦苇连在一起了。屠师傅多少有些神思恍惚，眼圈倏忽一湿，他竟活生生地把船里的小年轻看成是他和他的女朋友了。他们也曾在某个酷热难耐的暑假，双双背着家长去县城的小公园里划过一次船，那时的船必须用木桨划，两人得分工配合，用力不均小船往往只会在水中打旋，光转圈儿不挪窝，急得人满头大汗。当时，女朋友紧张得直冲他嚷，哎呀，怎么办啊，咱俩怕是回不去了……女朋友蹙起眉头着急的样子真美，他永世也忘不掉，而"回不去了"却一语成谶，是他们今生的宿命。

突然，屠师傅听到扑通一声，似是重物落水时的声响，还有那种呜呜哝哝的喊叫，却又被水呛住喉管发不全音了。他急忙抬眼去水面上搜寻那只小船，它还在湖中，只是距离他这边更远了，船身起起伏伏晃动着，晃动着，有时小船还严重地朝一侧倾斜，像是随时将要倾覆，连带着整个湖面都跟着倾斜了。

屠师傅还依稀听到了救命救命的呼唤声，尖细却又苍白无力，应该是那个女生。不好，怎么搞的，不会是那丫头掉进湖里了吧？屠师傅高度紧张满腹疑惑，随后他又听到了男生的声音，救命啊，快来救救她啊，有人掉水里了……显然，男生叫得有些压抑，听不出十万火急的味道，倒是很有些爱莫能助和息事宁人，即便是这样的叫喊也很快消失了，一切都好像没有发生过，湖面又恢复了原有的平静。

不久，小船就哗啦哗啦往岸边驶来，屠师傅在黑暗中眼睛一眨不眨地死盯着它，那一圈一圈的水波正由湖心不断地推至码头。

十三

蚊子在黑暗中吸足了血，被屠师傅的手掌猛地一捻，脸上立马就晕开一片黏稠和湿凉。蚊子死了，毒汁也就跟着消失了。不知怎的，屠师傅脑海里浮出这句话来，那还是老早以前，一个脾气暴躁监管过他的狱警的口头禅，那个五短身材目光阴郁的家伙，天生一条毒舌头，对所有犯人从来都不给什么好脸色，在他眼中，做过坏事的人通通该拉出去枪毙，而政府把他们圈在监狱里，是一种极大的浪费，那家伙后来因为无端折磨和虐待犯人被开除了。

现在，船上依旧是两个人，双脚用力蹬船的却只有屠师傅自己，他尽量让小船平稳地再次驶向湖心，离游船码头越远越好。他不时地眺望水面，不过他很快就明白了一个道理，一个人栽进这偌大的湖里，又是在大晚上，根本没有任何痕迹。所以，他便不再期望能在湖面发现什么了，他只顾用力去蹬那双转动并不灵活的吱吱作响的脚蹬子，同时用一只手把握好那个玩具似的小方向盘，这样，他们的船很快就又抵达那几丛芦苇荡中间了，这里的确非常隐秘，四周又黑灯瞎火的，即便岸上有人也很难发现这里的动静。

船舱里那个让他用船上的绳子捆住手脚的家伙，很是疯狂玩命地挣扎过一阵子，因为嘴里也给塞了团东西，便一味地哑子样咕哝个不停，却又徒劳无益。当小船停稳在芦苇丛中间后，屠师傅才弯下腰去，伸手从对方嘴里拔出那团脏抹布，估计这硬邦邦的玩意儿，是船主用来给游客擦抹座椅用的。鹰钩鼻的嘴一旦获释，立刻想大声呼救，屠师傅随手又把那团东西塞进去，这样反复了好几次，对方终于学乖一点儿了。当然，主要是屠师傅讲了这样一句狠话：再嚷嚷一声试试，我把你狗日的丢进湖里喂王八去！少年浑身筛糠般栗抖，腿脚在舱底一蹭一蹭，裤裆和屁股上明显地湿了一大坨，目光已由最初的桀骜、愤怒，转而为惊惶和恐惧了，他终于面条样软了下来，或者，他只是不想死得那么快。

小子，我先给你讲个故事吧，想不想听？屠师傅见对方折腾得没那么欢了，才慢悠悠点了根烟，他满满地吸饱一大口，又一股脑地喷在对方的小脸上，那张叛逆不羁的脸现在皱巴巴的，活像个丧气的小老头儿……从前有个小伙子，比你现在大不了几岁，也是个早恋的家伙，他发疯地喜欢上自己的女同学，小伙子家里极力反对他俩来往，可小伙子是铁了心跟她好。有天晚上，他从家里溜出来去跟她约会，他以为这是人生最幸福的时候，可万万没想到，那天晚上是他俩噩梦的开始，两人分手后，女同学半路上被坏人弄死了，他到家糊里糊涂睡了一觉，天一亮就变成个杀人犯了，因为那帮警察找不到真正的杀人凶手，比如你干了坏事，就能一直逍遥法外……讲到这里，屠师傅的喉咙戛然堵塞了，他实在讲不下去，那段伤心史比刀子还要锋利十倍，刺得他遍体鳞伤。

现在，轮到你给我讲讲了，这样才够公平嘛。屠师傅最后一次从鹰钩鼻嘴里拔出抹布团。说说吧，刚才你到底对那个女学生干了什么？

你让我说……说什么啊……我……啥……也没干……她是自己不小心掉进去的，不关我的事……真的。

屠师傅沉默了几秒，突然强力地揪起鹰钩鼻的后脖子，然后像拖一条死狗，狠命地顺着船沿摁下去，直至对方的鼻尖被湖水淹没，灌满了水的嘴里发出狗样的嗷呜声，整个船身也跟着对方的死命挣扎左摇右晃起来。

小子，我最后再问你一遍，是你把她推进了湖里，对不对？说！

求求你……别……别淹死我……我……我说我说……是我干的，我老担心她会把那件事说出去。

湖面静悄悄的，唯独周遭那六七个谷仓似高耸的芦苇丛，在夜风中突然抖颤起来，好像被少年的罪恶给惊了魂魄难以自已。

我再给你看样东西，你小子该不会觉得陌生吧。说话间，屠师傅从自己裤兜里掏出那张学生胸卡，将上面绕着的几圈尼龙绳缓缓解开，然后用两根手指高高地提溜起来，正好让那胸卡跟少年的目光相对；他同时又摸出自己的手机，再用屏幕的荧光去照亮那张小小的相片，女生的脸庞显得格外恬静安详。

她，就是几个礼拜前，这湖里淹死的女学生，你小子总不会都忘了吧？

啊……这……这事……我咋知道呢……真的……小狗骗你！

我清楚得很，这事就是你干的，只能是你干的！你骗学校骗家长骗小姑娘还行，可你骗不了我，我蹲过近二十年牢，我受过的罪比你这辈子享的福还多，你小子最好别跟我玩那套虚的！

救命啊——

没等少年喊出第二声，他整个脑袋和脖子已经被结结实实投进湖水中了，留在舱里的下半身和手脚栗抖得像触到了高压电门。这样僵持了大约二十秒，屠师傅才猛地把他拎出来。少年几乎晕死过去了，冰凉的湖水堵塞了他的耳朵眼睛鼻孔和口腔，看上去他已奄奄一息，像条水淋淋的刚被捞上岸的死鱼，平展展地趴在舱底的一汪污水里。

小子，我盯你已不是一天两天了，你最好给老子识相点，你知道他们警察有句话怎么说的？坦白从宽，抗拒从严，老实服法，回头是岸。不然我马上送你下去，你好去湖里会你的小恋人啊，人家那么喜欢你，肯定也舍不得你，她一定还没走多远呢……等到天一亮，你们的尸体被人发现了，那些愚蠢的警察准会认为，你俩这是标准的为情所困殉情自杀，到时候你们的爹妈哭都来不及了。

这种时候，少年完全瘫软如泥，船舱里弥漫着一股很冲的臭气，屠师傅抽了抽鼻孔，不用猜这小子准是屙了。于是，屠师傅从裤兜里摸出刚才没来得及打开的另外一瓶小二，用烟熏黄的门牙起开铁盖子，自己咕咚咕咚猛灌了几口，感觉身上暖和多了，然后才伏身下去，像搀扶重症患者那样，把那小子的脖颈和上半身支棱起来，再将剩下的小半瓶二锅头对准他的嘴直灌了进去。

少年发出一阵剧烈的咳嗽声，酒的烈辣之气一定让他清醒了不少，也镇定了好多，他流泪的样子像个十足的傻瓜。现在，他终于学会俯首帖耳了，尽管这似乎不太符合他心狠手辣的个性。

十四

连续好几宿，屠师傅都接连梦到了年轻时的那个初恋姑娘。

梦中，他俩又情意绵绵地约会了，时间，场景，天气……包括那辆老古董自行车，和油腻腻的总爱脱落的链条，一切都好像没有发生过任何改变，还是二十多年前的老样子。只是，每次约会结束即将分手前，女朋友幽幽地一转身，那张脸就倏忽变了模样，一会儿变成那张胸卡上的陈琪薇，一会儿又变成尖下颌女生，她们的表情几乎都是惊愕和恐惧至极的。屠师傅从来没像现在这样害怕做梦，他终于意识到，自己一生的噩梦，也许到死也不能终结。

那晚他到底还是心慈手软替对方解开了绳索，那小子已经服服帖帖全都招了。尖下颌女生跟陈琪薇本是同班同学，她俩原先关系一直不错，上下学经常一起结伴而行，可打秋天这学期开始，尖下颌女生疯狂地迷上了邻班的鹰钩鼻少年，两个人很快就谈情说爱了，陈琪薇大概是不想夹在中间当灯泡，便有意无意地疏远尖下颌女生。有一次，几个人绕道去白塔公园玩，尖下颌女生非要拉上陈琪薇做伴，也就在那天晚上，陈琪薇不小心撞上了在树林里没完没了亲热的那两个人，陈琪薇当时掉头一路跑开了。不知怎的，没过两天，这事便在班里传得沸沸扬扬，尖下颌女生认定是陈琪薇暗中搞的鬼，因为老早以前，她俩偶然闲聊起各自心仪的男生，当时陈琪薇好像提到过邻班的鹰钩鼻长得挺帅的，还说他长得好像明星金城武。直到那天上午，第四节是体育课，课上了一半，老师临时有事就让大家自由活动了，大多数同学赶回教室做作业，尖下颌女生却约好了鹰钩鼻少年，他俩把陈琪薇堵在厕所里，尖下颌非要让她当面解释，陈琪薇坚持说自己什么也没说过，两人后来发生口角，尖下颌狠狠扇了陈琪薇两个耳光，陈琪薇当然也还了手。鹰钩鼻大概想在女友面前表现一下自己的豪横，冷不防来了个扫堂腿，就把陈琪薇整个人撂翻在厕所脏兮兮的地板上了，陈琪薇当时咬着牙说了一句话，好，你俩有种，给我等着瞧。也许，正是这一时的气话，激化了他们之间的矛盾……再后来，也就是屠师傅骑车送陈琪薇回家那晚，鹰钩鼻在公园岔路口截住了陈琪薇，他们使劲朝她吐吐沫，扇耳光，揪头发，还摁她跪地道歉。后来尖下颌女生又强行扒掉了陈琪薇的校服和胸罩，当着男生的面羞辱她，而且还用手机拍了一段视频，扬言说要是她敢胡说八道就公之于众，鹰钩鼻临走前，又把陈琪薇骑来的那辆小黄车扔进了密林中。至于陈琪薇后来为什么会死在湖里，鹰钩鼻猜测说，也许她觉得太丢人，以后没脸再见同学了……

听完这些龌龊事，屠师傅的确感到痛苦至极，这感觉一点儿也不亚于自己曾饱受过的种种苦难。他唯一弄不明白的是，如今的孩子为什么都这么不自爱，又这么狠毒无情，浑身上下充满了戾气，有时简直连禽兽都不如，一个个乳臭未干，却都该下地狱。在他们眼中，一个人的生命就跟一辆小黄车一样，可以肆意践踏损毁。当少年在船上供认了这一切后，屠师傅还是觉得这不可思议，他怀疑这一定不是真的，不过是在他的严厉逼问下，这小子由着嘴胡说八道，只是为了求生才胡编乱造出来的故事。可是，接下来，那家伙的嘴里竟开始跑火车了，突然冒出这么一句：你还不知道吧，我老爸是公安分局的头头，就算我做了再坏的事，也没人敢查我！屠师傅一时完全蒙了，他不知道对方为啥会这么说，为什么说得如此轻松随便，简直像是在信口开河，他原本只想给他点儿教训，吓唬吓唬也就够了，却压根儿没料到，这小混蛋竟如此张狂，如此不可理喻。宰货！他的齿缝间冷冷地钻出这两个久违了的字。

短短一瞬间，屠师傅内心的底线彻底崩溃了，理智和良善完全逃离了他的大脑，唯独留下原始的血液开始在他体内沸腾并横冲直撞，直到血灌瞳孔，直到世界一片漆黑。又像是二十多年前那个黑夜所有的阴寒，又源源不断地渗进了现实和他的骨髓中，让他终于领悟到，掌握在手中的这条年轻的生命根本不值得珍惜，他不能再放纵他，把他留在世界上继续胡作非为，那将是对一切无辜生命极大的犯罪；他甚至还不无懊恼地想到，如果自己再早一点儿下手的话，至少那个尖下颌女生或许能躲过一劫，尽管他觉得她也同样不可饶恕。当然最最重要的是，此刻他的耳边再度传来了那句话：只有蚊子死了，它的毒液才会彻底消除。仿佛冲锋的将士听到了最后的号角，他的手指竟跟那些帕金森患者一样颤抖起来，心像是被铁爪揪住了，又被掏空了，与此同时，他猛然攒尽周身的气力，将那罪恶的灵魂抓举起来，然后毫不犹豫地扔下船去。

令他感到不可思议的是，他甚至没有听到应该响起的咕咚声，好像什么声音都没有，好像扔进水里的，仅仅是一团轻飘飘的破棉烂絮无足轻重。水面出奇的平静，平静得像一面巨大的镜子，唯独那只被彩灯亮化过的古塔的倒影，很像是一道诡谲的闪电，突然照亮了他一生的不幸，对于死者来说时间彻底终止了，于他而言似乎也有着相同的意义。眼前这黑夜，这湖面，还有这场宿命般的悲剧，全让他一个人目睹了。他的脸平静得出奇，他的心似乎变成了深不见底的湖水，那些逝去的东西早已深深沉入湖底，注定像淤泥一样悄无声息。他一直出神地盯着湖面，湖水神秘幽寂的样子，活像一个温柔女子在天地间沉睡不醒，他又依稀见到女朋友在大年夜里那张楚楚动人的脸了，他甚至听到了那晚她在耳边的只言片语，这让他那只有疤痕的眼角急剧抽搐起来，一串儿湿乎乎的东西倏然迸出眼眶，此刻洗劫他的伤痛比以往任何时候，都要来得更加复杂也更加纯粹。

四周无端地旋起一阵风吼，呜呜咽咽，惨惨切切，似谁躲在黑暗角落里捶胸顿足掩面而泣。猛然间水面激荡起来，有如一头怪兽从最深处一跃而起，霎时就掀起一股巨大的水浪，冷冰冰地直扑向船身和他的脸上。垂死者露出黑乎乎的一颗小脑袋，惨白无助的手臂上上下下胡乱扑腾，求生的本能死死攥住了鹰钩鼻少年。与此同时，船上的人强烈地打了个激灵，如噩梦初醒，他忽

然觉得一个人作恶远比受人冤枉更叫人糟心，想到这里他不由得
自言自语道，你这辈子恐怕做不成一个凶犯喽……

湖面上的呼救声已几近鬼哭，凌乱扑溅的水花变得有气无力。
他终于神情凝重地将船上绳索的一头抛下水去，另一头则牢牢攥
在自己的手心里。这也许是他这辈子干过最蠢的一件事，可他就
是拿自己没有一点儿法子。

约莫又过了两根烟的工夫，脚踏船才开始稳妥地推动黑油油
的波纹，波纹一圈一圈漾向岸边，古塔的影子恰似一条叵测的水
蛇，在明镜般的湖面上快速游弋。吸烟的男人一味地紧盯着船舱，
那个家伙彻底蜷窝成黑湿的一坨，嘴里不时弄出哇哇的吐水声。
不远处的林荫道上，一辆警车正呜啊呜啊嚣鸣而至，车顶频闪着
红蓝色灯光，乍看起来颇有几分魅惑。

太平年

　　时风农用车今儿怎么也跑不快，越是给油门它越哼哼得欢，像头犯懒的老母猪，死活也不乐意挪窝。我平常可是开快车开惯了，这三条腿的破玩意儿，回回都让我摆弄得快要飞起来。车今天跑不动，顾乐偏偏在车厢里跟我直嚷嚷，二哥，慢点，开慢点，都快把人颠散架了！我没好气地回了老三一句，哼，才进了几天城，丫鬟身子就变小姐了，把你还娇嫩起来了，怕颠，你下来自己走啊。老三比我口气还冲，她喊着说，我倒没什么，可大哥他身体本来就弱，哪里经得起你这通折腾！

　　我可说不过老三，这丫头在城里学得伶牙快嘴的。中间，我回过头瞅了一眼车厢，老大靠着我后背的车厢板坐着，老三穿着件又肥又大的黑色羽绒服，可还是冻得够呛，她怀里抱着一只白毛黄点儿的花猫，那猫跟人一样瑟瑟发抖，老三就跟娃娃似的搂紧了猫，依偎在老大身旁互相取暖。还有一条皱巴巴瘦得皮包骨的沙皮狗，始终趴在老三他们脚底下，舌头不停地在鼻头前抽进抽出，还不时呜汪两声，模样又丑又老，哈喇子乱淌，看着就叫人恶心。我死活弄不明白，他们城里人养这些玩意儿图啥，真是吃饱撑的，连回家过个年也不得消停，还得带着这些畜生一起上路。

一路上，老大除了脑袋不停地来回晃荡，他一句话也没有，好像要睡着了。上车前，顾乐倒是悄悄跟我嘀咕了两句，说是大哥最近病着，心情也不好，一直都在吃药调理呢。我明白老三的意思，她是怕我说话没轻没重顶撞了老大。可我总觉得这病蹊跷，老大的样子有点儿怪，看人的眼神呆乜乜的，我跟他打招呼，他连头也不怎么抬，整个人乏不邋遢的，跟挨到了年头的老骒马差不多。车厢靠后的地方，放着刚才我在镇上采办的一堆年货，无非是些吃的喝的，还有娃娃们喜欢的炮仗，再有就是老三他俩背回来的两个大大的旅行包。

眼看就要过年了，国英一大早就把我从被窝里提溜起来，非派我到镇上，把她养了快一年的两只绵羯羊卖掉，再用卖羊的钱置办今年的年货。女人家总是把过年的事看得最当紧，国英说，有钱没钱，剃个光头过好年。老婆的话就是圣旨，在这个家里，花钱的事向来都是她说了算的，女人当家，爷们儿无光，我顶多也就是个跑腿的命。羊卖得还算顺利，毕竟赶上年关，市场上买卖红火得很。

说心里话，这两只羊没少让国英操心，从春夏到秋冬，割草啦，喂料啦，饮水啦，铰毛啦，整整折腾了一年，硬是把一对羊羔蛋子，喂成肥肥大大的绵羯羊了。难怪，一早我往车里抱羊的时候，国英眼圈湿湿红红的，她那是舍不得，好不容易养大的东西，又要出手卖掉。可也没啥法子，地里种的粮食卖不上什么好价钱，种菜更是操蛋得很，你永远也搞不懂行市。就说去年吧，我们西红柿种得少，人家收购价居高不下；今年夏秋，我们几乎把所有的旱地都种上西红柿，没想到狗日的价格一天三跌，从头茬果子一块二，接连跌到八毛、五毛、三毛，最后一毛钱人家也摇头，说五分钱倒还可以考虑考虑。七八亩柿子啊，红通通的果子，一眼都望不到地头，光是每天雇人摘果子的钱就花海了，到最后，卖柿子的钱，远远不够付人家劳务费的，更别提搭进去的种子化肥农药和血汗钱了，干脆一狠心一跺脚，去你妈的，一通犁铧，把剩下的柿子全部翻埋到地里造肥去。

有时候，这心里就觉得吧，种庄稼真没球意思，纯粹是瞎子点灯——白费蜡，要是没有这个家拖累着，我做梦都想进城去找个事干，再不种这狗日的地了。虽说眼下这费那费上面都给减免了，每亩地还能拿到点儿补头，可那百十块钱不够坐吃山空的，光阴还得往人前扑腾不是。别的不说，大龙小龙这对双胞胎儿子，总得供着让好好上学念书吧，将来还得为他们盖房子娶媳妇。再有，老母亲下世后，国英就跟我合计过，想把这院老屋推倒翻新，说来这院房实在老旧得不成样子，少说也快三十个年头了，墙壁都裂了指头宽的缝，椽头全开了花，下雨天屋顶老是不住地渗漏。最让人窝心的是，如今左邻右舍都你追我赶，他们盖起了敞亮的砖瓦房，还都比着把地基垫得老高老高，眼看就把我们一家淹没了。妈的，这种被别人团团围住看笑话的感觉真要命！

这一点上，国英比我心劲儿大得多。她说，咱们横下一条心，再好好种几年地，等攒够了钱，咱也好好地扬扬眉吐吐气。她说这话的口气，倒像个威风八面的妇女主任。她还说等条件好起来，咱们再添一个闺女，姑娘才是爹妈的贴心小棉袄，将来咱俩老了，指望不上儿子，还有个闺女嘛。我拨楞着脑袋直皱眉头，那万一再来两个儿子，咱们这辈子干脆别活了，抹脖子上吊算球了。国英一把捂住我的嘴，呸呸呸！乌鸦嘴！我只好长叹一口气说，唉，还是人家顾责好啊，在城里上班，旱涝保收，一点儿罪也不用受。可我万万没料到，老大把好端端的工作混丢了，饭碗让人砸了，硬生生把老母亲都给气殁了，自己还弄得病怏怏的，活像一个小老头，看来这城里光景也不是万般好。

我是在镇上办年货的时候，猛不丁地接到老三的手机电话，才知道这兄妹两个要一起回来过年，他们坐的那趟长途车，得晚两个钟头才能到镇上。看看时间还早，我就找了家面馆，进去要了碗刀削面，边吃边等。我就着几头紫皮蒜，稀里呼噜吃完了削面，再喝一大碗面汤，身上就暖和起来了。想想，还得再添点什么，比如肉、比如烟酒糖茶啥的，姊妹仁能聚在一起过个年也不容易。

我还记得老三最爱吃鸡膀子，小时候家里杀了鸡，鸡膀子都留给她一个人吃。我妈过去常说，吃了鸡膀子，闺女会梳头。还说，会梳头的姑娘长大有出息，准能嫁个好婆家。老大嘛，大小算个文人，平时爱吸烟，也爱喝两口。不过，他这个人脾气一直怪怪的，逢年过节回到家，也不怎么说话，整天抱本什么破书，窝在屋里哗啦哗啦翻个没完，你想问他什么，他顶多嗯哼几声，当然我也没那么多话跟他闲扯，我手头总有干不完的农活。说句心里话，老大当年考学出去后，这个家的所有农活，几乎都落在我一个人肩上，白天在地里出一整天的力气，晚上吃完饭倒头就睡了，哪还有心劲儿跟他瞎白话呢。后来在爹妈的操办下，我娶了比我大两岁的国英，这个敦敦实实的女人长相一般，皮肤跟麦粒一样颜色，可天生一副大手大脚，真是把干活的好手，农田里她一点儿也不比我弱，一个人随便扛起一麻袋稻谷，她还一下子就给我生了两个胖小子。

那阵子，我妈简直乐疯了，她说庄稼人不就图个人丁兴旺嘛。

关键是，老大在城里跟那个小学教师结婚之后，一直也不肯生个娃娃，我妈着急得跟啥似的，提起这事牙根都痒痒。她说，我早就知道城里女人都是花瓶，中看不中用，连个娃儿都不会养，算啥女人。有一次，我为这事还问过老大，我说嫂子怎么还没动静？他不置可否地扫了我一眼，说，你是皇帝不急太监急。顾责这人就这样，一句话就把人堵到南墙头上。我暗里寻思，他俩要么是嫌娃娃麻烦，要么就是有病生不出来。后来他俩果然就离了，我估计跟不生娃儿的事有直接关系，可我也懒得再管他的闲事，反正问了他也不给实话，他们文化人都是死爱面子活受罪。

腊月天的后半晌，天气灰蒙蒙的，路旁的两排杨树全都是光杆司令，直戳戳插向天空，四周的田地鸦雀无声，远远就能望见高高的树头上，悬着一团一团黑乎乎的东西，那是老鸹窝，却看不见一只老鸹的影子，它们准是飞到附近的庄子上，找寻吃的去了，寒冬腊月连这些鸟也不好活。

时风车刚拐进那条窄窄的通往庄子的石子路，突突突，突突，突……发动机像被谁卡住了脖颈，忽然就断了声气。我连着打了好几马达，该死的就是不给力，再也动不了窝了。妈的，早不坏，晚不坏，偏偏这阵子歇菜了。我愤愤地跳下车，狠叨叨地踢了两脚车轱辘，然后，满怀希望地朝路的两头张望，半天也没见过来一辆机动车。我回头冲车厢里那兄妹俩说，车坏了，走不了了。之后，我才掀开椅垫子，下面是个工具箱，我从里面找出扳手钳子和改锥，然后就猫着腰，去搬弄发动机壳子，我得先把火花塞拔下来瞧瞧，这玩意儿隔三岔五就会积上碳，让点火失了灵。

天气确实够寒冷，大团大团的哈气，从鼻孔不断往外喷，嘴唇鼻头还有眉毛上，结了厚厚一层霜，干起活来真碍事，那些小零件几乎看不太清楚。火花塞头倒是黑黢黢的，我哆嗦着用手指甲抠了又抠，总算抠下一层垢甲样的黑油灰，我再把金属点火头在裤腿上来回蹭了蹭，然后又重新安装好。我坐回驾驶椅上，一边踩油门，一边做点火尝试，刺啦啦，刺啦啦，这空响的声音真叫人绝望，反复试了好几遍，一点儿希望也没有。我又抱着最后的侥幸心理，拧开了油箱口的旋钮，假如真是没油了，这事反倒好办些，只要耐心在原地等那么一阵子，准有什么车开过来，到时候用一条胶皮管，从他们的油箱里用嘴吸出一点儿油就够了。可是，里面还有半箱油，液面上能映出我的头脸呢，看来，这车真是坏了，每年一到数九寒天，它准得给我撂几回挑子。要是就我一个人还好办，大不了现在就拆了发动机折腾一通，可那兄妹俩眼看快冻僵了，我哪还有心思待在路边好好修车呢。

趁这个工夫，老三慢吞吞爬下车来，她把沙皮狗也抱了下来，好让这家伙撒泡尿去。能看出这是条母狗，半蹲着的架势有些滑稽，撒完了，狗抖抖皮毛，立刻抹过身子，拿黑油油的鼻头去地上闻，像是要牢记什么的样子。完事后，老三牵着狗慢慢往回走，黑色羽绒服又长又宽，穿在她身上像件道士袍子，显得有些夸张。我总觉得，大过年的，她应该穿喜庆点儿的颜色，比如大红大绿的，乡下人都爱这样，黑大衣总让人有种不祥感。顾乐走路时，脚下放得很慢，鞋底总擦着地皮，不敢抬高似的，过于谨小慎微了，她腰身下意识往前凸起，一只手还搭在胯骨处，好像不这样撑着劲，会随时仰面朝天跌个马趴。我听见老三走到车边说，大哥，你也下来活动活动，坐在上面快冻死了。她一面说，一面不停地使劲搓手跺脚。老大只是侧过脸朝车外看了看，随即又耷拉下脑袋，一副昏昏欲睡的样子。

老三走到我跟前问，二哥，这车还能弄好吗？我缩缩脖子，抿抿干巴巴的嘴唇，说够呛，要修得拆散了才成啊。老三就把羽绒服的帽子扣在头上，又瑟瑟地系好下巴上的两根带子，整个人包裹得严严实实，只露出一双湿乎乎的眼睛。我看不清她的表情。那咱也不能在这里干等着吧，二哥，你快想想办法。她用两只黑黑的眼珠盯着我说。这破车就这样子，主要是天太冷，老毛病了。跟妹妹说话时，我再次朝路的两端使劲张望，但愿能来辆什么便车，先把他俩捎回去再说，可是半天，只呼噜噜跑过一辆摩托车，而且，上面居然挤坐着两女一男。老三想想又说，到家也没多远了，实在不行，就推回去吧。我吃惊地瞪了她一眼，这么远，怎么推？老三朝远处庄子方向望了望，然后，像是下定了决心似的说，让大哥来稳住车把，咱俩在后面推！

我们到家时天早黑麻了。国英黑着个身子缩在小路口，她肯定是等着急了。

大龙和小龙一望见时风车的影子，嘴里就爸啊爸啊叫唤开了，很快小兄弟俩疯疯癫癫朝我们跑过来。这俩小子一点儿眼色也没有，也不说过来帮大人一起推推车，竟一个个猴急猴急往车厢上爬。他们一定是想看看，我都买了些啥好东西。可最先看到的却是狗和猫，准确点儿说，是四只放着荧光的猫狗眼睛，花猫倒是悄无声息的，可那沙皮狗一见陌生人，尤其是小娃娃，它就汪的一声狂咬起来，把娃娃们吓了一跳。

老三赶紧呵斥了一声，听话，别瞎叫！那狗才哼哼着，又老老实实在车厢里趴了下来。不过，大龙他们到底是男娃子，兴奋感远远大于害怕，他们马上快活地叫嚷着，哦，是狗啊，还有小猫呢，准是爸爸给我们买的！我气哼哼地说，都滚蛋，老子哪有闲余的钱，买这些畜生！

国英始终惊得跟什么似的，好半天才醒过神来。我没好气地冲她直翻眼珠子，说，还傻愣着干啥，他大爹和小姑都回来了，你也不知道问人。国英听我数落她，终于不再袖着手了，慌忙跑上来搭手，一起往院子里推农用车。平时也不觉得，这车死沉死沉的，这一路上可把人累惨了。老大倒是没费啥力，可说心里话，他好像一点儿驾驶经验都没有，有好几次，悬悬地就要把车拐进路沟去，亏得我眼疾手快，一把抢过方向。

小龙喜欢猫，大龙喜欢狗，这下家里可热闹坏了，他俩一个去抱猫，一个拉着狗绳子，满院子里快活地哇哇乱叫乱跑，一点儿也不知外面天寒地冻。我把年货从车厢里一一搬下来，还有那两只大行李包。国英皱着眉头，冲我嘟囔了句什么，就转身钻进伙房去了，她忙着往堂屋桌上端饭端菜，我估计饭菜做少了，她做梦也没想到，家里一下子多出好几张嘴。这也怪我，应该往隔壁家打个电话，好让邻居早早转告她，怪就怪那破车突然坏在半道上，弄得人有些措手不及。

娃娃都是人来疯。有了猫和狗，大龙小龙连饭也不好好吃了，匆匆扒拉两口，就闹腾着要去跟猫狗耍了。这样也好，省得他们在旁边吵吵闹闹，大人连句话也说不开。在饭桌上，老大好像只说了一句话，还是国英问他的。国英说，大哥真的把工作弄没了？老三马上接过话头，说，这只是临时的，大哥身体不太好，需要好好调养一阵子才能工作。国英这人偏偏爱打破砂锅问到底，又问，那到底得了啥病嘛，严重不严重，还能治好不？老三就冲我眨巴眼，意思是让嫂子别总问这问那的。我装作啥都没看见，国英这人哪都好，平时就是喜欢东家长西家短说个没够，我可管不住她那张嘴。你们咋还神神秘秘的，多大的病嘛，人还不能问了？国英显然有些挑老三的理了。老三忙解释说，嫂子，其实也没啥大病，大哥就是睡眠质量不好，神经有点儿衰弱。哪知她话音刚落，老大腾地从凳子上起身，动作太猛点儿，把一根筷子都碰到地上了。老大在扭头离开饭桌时，总算撂了一句话，也是他一下午到现在说过的唯一一句：

我没病！我想休息了！

后来躺在被窝里，国英又跟我叨叨这事。我看你大哥病得真不轻。她说着，煞有介事指了指我的脑壳，我看八成是这里有毛病！

我从早到晚忙乎了一整天，实在太累了，刚躺下眼皮就打开架来。可我还是嘟哝了一句，管那么多干啥呢，他们也就回来过个年，没几天工夫又都走了，咱别咸吃萝卜淡操心了。国英始终在我旁边翻来覆去的，眼睛瞪得溜圆，像只刚刚发现老鼠动向的母猫，一点儿想睡的意思都没有。我就闭上眼懒得再理她。我实在困得要死了。

国英又拿胳膊肘捅我，喂，顾产，先别忙着睡呢，你好好听我说嘛。我还是一声不吭，这女人神经起来够我喝一壶的。她竟腾棱一下又从被窝里坐起来，诈尸样突兀，我身上的被子都快让她扯跑了，她像斗鸡精神头十足的样子，又跟着了什么魔似的。顾产，你今儿注意到你妹没有？我被她搞得越发烦躁，刚说完老大，又开始说老三了，在她眼里世上没有完人，可是我又不想惹她生气，眼看过节了，惹火了她对谁都没好处，别的不说，饭谁来做啊。

我说，老三人家好好的，我看你真是神经过敏吧，咋看谁都不顺眼呢。你懂个屁！你看到她的身子没，我是说她那腰身，肚子！从进屋到吃饭，她老是舍不得脱掉那件黑羽绒服，我让她脱了吃饭利索，她说自己感冒了，身上怕冷。后来，我上耳房给她送床被子去，她总算是脱掉了那件衣服，你猜咋着，我人刚一进去，好像把她吓了一大跳，她赶紧又把那件黑乎乎的羽绒服披在身上，还用力裹紧身子，就像是怕人看见啥一样，你说，你妹怪不怪！

女人家真是要命，亏她的脑袋怎么想出这么一通莫名其妙的鬼话。我哈欠连天，眼泪直流，实在不能再跟她这样没完没了磨叽下去了。最后，我打了个大大的哈欠，哦——啊，老三也是大姑娘了嘛，怕羞也是有的……就扭过头呼呼睡去。

他俩回来的第二天上午，我在车棚子里把那辆不争气的时风拆得七零八散，手上身上都是厚厚的油污。没法子啊，我就是这个命，家里啥物件坏了，都得我亲自动手，谁叫我属鸡，天生要靠这双爪子刨食吃，不像人家老大，消消停停坐在办公室喝茶看报纸。

修车之前，我到底忍不住把国英修理了一顿。让我怎么说这个女人呢，一大早起，我眼皮还没睁开，她就急赤白脸弄醒我要问这问那，跟审贼差不多。顾产，我问你，昨天在镇上到底花了多少钱，咋多买了那么多东西？这日子还过不过了？我边揉眼屎边解释，这不是老大老三回来了，年不得过得像样一点儿。国英听了，二话不说，立刻动手去翻腾我上衣和裤子的口袋，好像生怕再晚一秒钟，那些钱全就打了水漂。果然，她把我身上那点儿钱全搜刮跑了，一个钢镚儿也没给我留。瞧她数钱的样子，简直就是个贪心的老财迷。三百、五百、九百、一千二、一千二百五……喂，咋就剩下这点儿了，羊卖了多少钱？再者呢，是不是背着我，你又昧了去几百？事关声誉问题，我当仁不让。我说，我倒是想存些私房钱，可你下手比贼娃子还快呢。她听了就拿三角眼上下翻愣我，好像要估出我有多大胆量似的，哼，你敢！她自信地说。我不甘示弱，还嘴说，那可不一定，兔子被逼急了还咬人呢，你可千万别太过分了。她听了撇了撇嘴，她的嘴唇本来就又扁又薄，跟母鸭子差不多，再那么往下一撇，简直像个刻薄的小人。

国英先把那些钱小心翼翼地锁进她的小柜子里，又将钥匙串在腰间别好，然后才回过头跟我说话。真是个烧包，他俩也不是啥稀客，都是自家人，你倒大方得很，又是烟又是酒的，还买了那么多鸡翅膀，给谁吃啊！

大龙小龙没长嘴吗？还有，我们老三打小爱啃这个，她如今也不常回家了，过年好不容易回来一次，我这当哥的不得表示一下。我一边往腿上套秋裤，一边给她使眼色说，姑奶奶，你声音低点吧，生怕人家听不见，好不容易过个年嘛，别那么眼皮缝薄，叫人笑话，要是咱妈还在，还不知咋张罗这个年呢！

国英一听这话，反倒更来劲了，哼，不提你妈还好，你也不想想，老人是咋殁的？还不是让他俩活活给气的，我要是他们啊，就没脸再进这个家门……

你这娘儿们，大过年的成心跟人捣蛋是不？我嘴里嚷着，顺势照她后背踹了一下，哪知她屁股只挨了一点儿床沿，竟啪嗒一下蹾在地上了。这下可捅着马蜂窝了，国英哎哟着从地上爬起来，抄起那把秃尾巴扫床笤帚，劈头盖脸朝我打过来。

我知道自己出手重了点，真不想一大早就搞得鸡飞狗跳的，就赶忙穿好衣服，一溜烟跑到外面去，好男不跟女斗嘛。国英当然不依不饶，又一直追到院子里，好在，出门撞上老三刚上茅房回来，她倒也算机灵，马上举着手里的笤帚改口演戏，说，人家给你扫灰尘呢，你跑得比驴还快。老三就冲嫂子点点头，双手一直搂住胸口，黑羽绒服长得快拖到地面上了。我这才想起头晚国英在枕边的话，就打眼上下瞅着老三，好像是，比上次回来奔丧胖了不少。我就想，城里吃得好睡得香，身上多长点儿赘肉，那也是应该的，我可没心思瞎琢磨这些。车还坏在那里一动不动，我得抓紧时间把它捣鼓好，国英说到时候要我拉上他们娘儿仨去老外父家拜年去。

老大不知什么时间一个人站在车棚口的，正出神地望着让我拆零散的农用车，样子多少有些古怪。夜里睡得咋样，没冻着你吧？我总得跟他说句什么，从昨天下午到现在，我们还没腾出工夫好好拉拉话呢。实际上，自从他当初考学离开这个家后，我们哥儿俩就很少有机会说话了。老大直愣愣地瞅着我那两只黑油手，好像从来没见过似的，他的表情像是被冻僵了，一时半会儿缓不过劲来。这里可不比他在城里，家里没有暖气，他和老三睡觉的那间耳房，已空了好久了，还是昨晚临时点的炉子，那里的寒气够他受活的。

腊月的日头软塌塌的。一团无力的阳光落在老大的头顶和两只肩膀上，那张我所熟悉的脸越发显得阴沉，我也是忽然发现，老大鬓角和脑顶心已经有了好多白发，这让我多少有点儿吃惊。按说，他比我只大两岁多，怎么就有那么多白头发了？过了一会儿，当我低头继续忙乎的时候，老大终于像是从严寒中慢慢苏醒过来，他来回搓着双手，嘴里哈气不断。我来给你搭把手吧？他征求我意见的口气安静又低沉，又像是在跟自己说悄悄话。好啊，那你把地上的那个2号扳手递给我。我觉得这样也好，答应让他帮忙是个幌子，倒是可以趁机跟他聊聊。有关他的情况，我知道的不算多，他跟我嫂子离了婚，又跟别人打架让局子拘了几天，后来单位开除了他，再后来就是老三昨天说的，他病了。

老大有些犹豫，两只白惨惨的手在地上那堆工具里划拉，显然他不太清楚 2 号扳手到底长哪样，地上大大小小有好几种型号的扳手，这也难怪，他离开农村的时间不短了，整天坐在楼里写写画画的，哪里动过这些铁玩意儿。我用一只黑乎乎的指头远远指给他看，喏，就是靠车轮边上的那个大家伙。他听了才迟钝地蹲下身去，按着我指给的位置，总算是拿对了。

我从老大手里接过工具，顺眼仔细看了看他。这个比我大两岁的男人，看起来弱不禁风，脸色有种不可思议的苍白，跟我沾满油污的大手一比，他的手简直像个娘儿们家的，整整小了一号，手指细长，手背光滑，一看就知道干不得啥重力气活。我把 2 号扳手套在一只黑螺丝帽上，然后又对他说，你过来，帮我扶住发动机壳子，我得把这个大螺丝拧下来。他也不作声，只是低着头按我说的去做。我注意到，他的双手在接触到冷冰冰的机器的一刻，手指又忽地缩回去，像是被发动机的热量烧着了似的，其实发动机更加冰冷。也许，他仅仅是怕脏，那玩意儿的确糊得像个油葫芦，几乎没有一丝下手的地方。

我说快点，用你的手抓稳它啊。老大才终于鼓起勇气似的，将双手谨慎地贴上去，我听见他喉咙里发出咝咝的声响，像菜地里的一条青蛇，他一定是在用力，他的表情多少有些变化，一只眼角快速抽动着，整个人看上去有点儿很夸张的卖力样子，好像抓的不是一台发动机，而是一只会咬人的老虎。等我把上面的几颗大黑螺丝都拧了下来，他还一动不动保持着那个奇怪的姿势。我觉得有些可笑，就说，你可以松开了。他像是没听清，照样把持得稳稳当当一丝不苟。我觉得他反应太迟钝了，大概是读书读傻了。我只好大声说，看见堂屋窗台上的机油壶没？你快过去拿来，再帮我往这零件上滴点儿油。他才如梦方醒，赶紧撒开手，一路小跑着，去窗台边拿我说的东西。这间车棚子没有装大门，只是在院里靠东山墙的空地砌了三面土墙，棚顶苫了一层草席和泥皮，这里的东西都是这么的简陋。老大的背影在晨光中显得好单薄，唯独那只大大的脑袋在逆光晃动，像只爬行缓慢的蜗牛。

你到底哪点儿不舒服，我听老三说，你好像一直病着？等老大把机油壶拿过来后，我没轻没重地问了这么一句，其实还有一句，你别身在福中不知福啊，可我到底没能说出口，我怕弄不好会刺激他。老大起初默不作声，他右手很仔细地端着那只铁皮机油壶，正按照我的吩咐，一点一点往发动机钢圈里滴着油。每滴答一下，他的呼吸就粗重一点儿，好像这件事让他很费劲，或者，让他心里感到某种痛苦和不安。对于我提出的问题，他保持着原有的沉默，像块冷冰冰的石头。

我用手来回转动那几道刚滴了机油的钢圈，晶亮的液体让钢圈之间的摩擦越来越小，我得让这些玩意儿装得严丝合缝，不能留下该死的间隙。我总能查出车的故障源头在哪，可我实在搞不懂，老大为什么会变成现在这副样子？难道说，城里的日子不够好吗？难道说城里的房子住着还不自在？最让我弄不懂的是，城里的女人多俊多水灵啊，别的我不知道，就说原先那个嫂子佟欣，她长得跟天仙女一样，可老大连这样的女人也搂不住，非要跟人家打离婚，有时我真替他着急啊，他这个人怎么那么奇怪，离了婚也就罢了，没想到又把个好端端的工作也混丢了，他大学算是白念了，早知这样，家里当初真不该供养他念书，真是苦了那些钱了。我真是不明白，他那脑子里成天都在琢磨些啥呢？

想到这里，我竟气不打一处来，一把从他手里夺过那个机油壶，油点子差点溅了他一脸。我几乎狠叼叼地说，我问你话呢，你怎么老跟个哑巴一样！我想，一定是我突变的态度让他吃了一惊，他大口大口呼喘着，寒冷的白汽萦绕在我们兄弟之间。他终于第一次那么正式地抬眼盯着我看了，眼神中不无怒气，好像随时会跟我动手打一架似的。不过我一点儿都不怵他，从小到大他根本不是我的对手，尽管他是我哥。

我说过，我根本没病，就是老睡不着觉，脑袋里被一块石头压着，一闭上眼睛，就喘不过气！他的口气带着很浓的怨恨和恼火，他的声音突然高得有些吓人，他的样子也凶巴巴的，好像是我让他变成现在这个样子的。

随后，老大又很痛苦地垂下头去，陷入刚进车棚时的那种沉默当中，仿佛刚才他什么话也没有对我说，一切都只是我的幻觉。我一时有点儿不知所措。睡不着觉也能算病？老三真会小题大做。但我终究没有被这种可怕的沉闷压制住，我接下去更大声地说，这有什么关系，我也有睡不着的时候，秋上一两千斤西红柿，一斤也卖不出去，全烂在地里了，你知不知道那是一种啥心情？我他妈的真想去跳河，去抹脖子！可我不能啊，家里还有国英他们娘儿仨，要是我死了，国英就得守寡，两个娃娃就成没爹的孤儿！我这样说还不解恨，猛地飞起一脚，把地上的那只装了半盆脏废机油的搪瓷盆踢翻了，瓷盆飞出去又撞到了农用车的金属栏杆上，发出咣啷啷的刺耳声响。显然，老大被这情形怔了一下，他再次抬头看了看我，然后，眼光就呆乜乜地落在那只反扣在车厢下的搪瓷盆上，好像只有那个玩意儿对他很重要。

我停下手里的活，用油乎乎的手指擤了擤鼻涕，这鬼天气够冷的，我觉得眼前一阵模糊，我竟像是流了眼泪，大概是被冻出来的。每当日子过得很艰难的时候，我都会想起过去自己念书的事，我那时脑瓜子确实很笨，上课还老是开小差，成绩总是班里倒数的，后来好不容易熬到初中，家里正好缺劳力，爹妈说你们兄弟两个，得有一个人回家帮大人干活，我想都没想，就自告奋勇回来了。其实，我也不是没合计过，人家老大天生是学习的材料，回回都能考班上头一名，光"三好学生"的奖状，我们家就满满贴了一墙，我拿什么跟他比呢，除了身上还有一把臭力气，我也只能认命了。说心里话，这么多年，我从来没有为此后悔过，相反，有时候左邻右舍提起我这个大哥，我还是感到很自豪的，他可是我们顾家的一张脸面啊，他在城里过得好我也光荣。

真是奇怪，我为啥要跟他说这些，自己的担子自己扛，跟他说了有屁用，我向来不是一个爱磨叽的人。我把沾上清鼻涕的手指在屁股上蹭了蹭，然后，将已经调试好的钢圈重新塞进发动机壳内。我抓起 2 号扳手上螺丝的时候，老大也悄无声息凑过来了，继续帮我扶稳油乎乎的机壳，好像干好这件工作是他的责任。看来，他并没有太生我的气，不过我们谁也不再说话了，只有扳手拧紧螺丝的吱吱声，还有我吭哧吭哧在发力使劲。我们兄弟俩已经很久没在一起干过活了，今天这种场面真是难得一见。

大龙小龙这一对小懒虫总算起床了。

现在是寒假，不用早起上学，兄弟两个揉着眼睛，不无好奇地钻进车棚里东瞧西望。兴许是我刚才说话的动静太大了，引起了娃娃们的注意，他们是不是觉得，爸爸要跟大爹干一架，所以才凑来看稀罕。我没好气地呵斥道，你们成天就知道睡懒觉，太阳不晒到尻蛋子上不起来，老师寒假布置的作业都做完没？两个小家伙立刻傻眼了，就跟孙悟空听到了紧箍咒一样愁眉苦脸的，一个冲我吐舌头，一个使劲抠头发。

眼前的情形，让我忽然意识到，将来他们俩不会重蹈我们俩的老路吧，一个留在农村，一个进城去？还是小龙活泛些，他挠挠后脑勺说，有好几道难题不会做咋办。每回，我就怕娃娃问我这题咋做，我学的那点东西，早原封不动还给老师了。我想了想说，笨蛋，不会的去问你们大爹呀，他可是城里的文化人。我又回过头心平气和地对老大说，这里怪冷的，你赶紧回屋烤火去，当心冻感冒了，你正好给这俩小笨蛋讲讲那些题目。

老大还在迟疑的工夫，大龙小龙早一人拉住大爹的一只手，乐颠颠地拽着他往车棚外走了。我听到一阵娃娃的笑闹声，比廊檐上的那群麻雀还要吵。

发动机轰隆隆吼叫起来，车尾喷出一股股黑蛇样的烟，车总算是让我捣鼓好了。

我把修好的车从车棚子里挪了出来，就得着手干这一年当中的最后一个活了。每年赶在春节前头，我都要把鸡窝猪窝还有羊圈里的土粪，通通铲出来运到地里去，这样开春后种麦子，刚好能赶上趟。农村永远都是这样，不管年节不年节的，种地的事高于天，谁也耽误不起。国英在院子里跟我嘀咕，让我把老大也叫上，说人多好干活。我不屑地撇撇嘴，快算了吧，他一个白面书生，屁也干不来，叫上他不够麻烦的。国英就有点儿不高兴，说我老护着他。我说人家本来就有病，万一回来没几天，再累出个三长两短咋办，还是让他在家指导娃娃们做作业吧。国英见说不过我，就噘着嘴进伙房忙乎去了，她要着手炉馍馍，还要炸油饼，毕竟过年不同往常，总得预备些好吃食，别的不说，娃娃们可都盼着这一天呢。国英倒是不客气，又扯着嗓子在伙房叫老三的名字，顾乐，顾乐，快来帮嫂子揉揉面吧……

老三应声从耳房出来，总算是换了件灰不溜秋宽宽大大的新毛衣，看着像是把整条麻袋套在身上。我说你嫂子叫你去伙房帮忙呢，你穿成这样咋行？她还是那句我怕冷，就匆匆地钻进伙房去了，我闻到从她身上飘过来的一股淡淡的香味，这丫头真的长大了，再也不是过去那个傻乎乎没有主见的小姑娘了。

家畜圈里的粪土早都积得老厚了，上面至少有半尺来深被冻得瓷瓷实实的，我找来洋镐，一下一下用力抡刨，等冻土层刨得松动了，再用铁锹一锹一锹往车厢里装，这个过程很吃力，没干多久，我浑身上下都开始冒汗了，头发跟狗舌头一样，湿乎乎趴在额头上，一车粪土上满之后，我真的有点儿喘了。我又回屋喝了口热茶，才去发动车子准备往地里去。

就在这时，老大正好从外面慢悠悠走进院子，我估计他又去村子周围转悠了一圈，自从回家后，他每天一大早爬起来，都要一个人出门走走。我还没来得及跟他说话，国英就把头从伙房里探出来，她喊着说，顾产，你也把大哥拉上嘛，让他陪你去地里说说话。我知道国英那是心疼我，想让老大跟我下地去搭把手，可我实在看不上他干活的样子，跟他在一起反倒让人心里不自在。哪知老大却很爽快地答应了，他也不征求我的意见，径直过来就往车厢上爬，那些粪土堆得老高老高，他爬得够吃力的，土疙瘩噼里啪啦滚落下去，他摇摇晃晃总算爬上去了，屁股就坐在一侧的车厢沿子上，两条腿耷拉着，我也不好再撵他下去，就突突地开上车出了院门。

在刺骨的西北风中，刚修好的农用车颠簸着朝村外驶去。迫于腊月的寒气，我不得不缩着脖子眯着眼睛，虽说也戴了双线手套，可手指还是不听使唤，它们一根根都直得像筷子，根本握不回来。我动作僵硬地稳着方向，扭头朝后面扫了一眼。老大用双手紧紧搂抱着自己，整个人早缩成一团，一副冻死鬼的样子。要不，你还是下来，自个儿走回家去暖和着吧，这天太冷了！我喊着对他说。他还像是没有听见，半天也不吭一声。车一跑出村路，四周就空旷起来，远处的田野平光光的，风突然大得有些邪乎，把人叨得面皮乱抖，眼睛都睁不开了，我也就不好再说什么了。

　　我不由得想起，我俩小时候帮着大人去收麦子。七月的日头，快要把麦地烤焦了，大人在前面挥动镰刀，我和老大负责把割倒的麦子一摞一摞抱起来收拢，这样便于他们最后打捆装车。那阵子，我总是干得很欢实，浑身上下有使不完的力气，我就是这么一个怪人，只要离开沉闷的课堂，让我干啥活都没意见。老大跟我截然不同，他好像天生就不属于乡下，他动作总是轻飘飘的，好像几天没吃饭，手上一点儿力气也没有，干起活来慢条斯理的，每抱上一会儿麦子，他就要停下来大口大口喘气，还用一只手掌来回在眼前扇着凉风。中间我们休息，他赶紧找片树荫坐下来，这种时候，他居然还有心思，从裤兜里变魔术似的，拿出一本小人书，津津有味地看上几页，好像那东西比命都当紧，往往还忘了喝水和吃干粮。那些在地里干活的大人，总是夸奖我是好样的，说我们家老大舍不得下力气，就知道偷奸耍滑。更可气的是，我俩明明都在一起干活，一起晒太阳，每次我干的又都比他多得多，可最先身体吃不消的那个人总是他。要是我没记错的话，他光在麦地里，就中过好几次暑，人突然就晕倒了，害得大人临时把他背回家去，以至于后来，连爹妈都不稀罕让他下地来了，就委派他在家负责做饭看门，或者往地里送一两趟干粮和茶水。我那时打骨子里是瞧不起他，我觉得他一点儿当哥的样子都没有，我才应该是这个家里的老大，爹妈一定是记错了我俩出生的次序。

　　不足二里路转眼就到。我熄掉发动机火，从踏板上跳下来。老大的屁股在车厢边沿挪了几挪，总算从车上出溜下来了，可他的腿脚刚一着地，就哎哟着一屁股坐在地上，动弹不得。我看他在那里抱着一条小腿，一个劲儿吱吱叫着，就明白他是把腿脚控麻了。我觉得有些好笑，才牙长的一段路，居然也能出这种状况，不过，我倒也觉得，这更符合刚才我回忆中那个不善农活的老大。我利索地打开了车尾的厢门，然后抄起随车带来的那杆铁锹，爬到车上开始卸粪土了，这个活比刚才装车可容易得多。我飞快地挥动铁锹，尘土纷纷扬扬，三下五除二就在地里卸好了第一堆。

老大总算能站起来走路了，但多少还有点儿一瘸一拐的。我听见他接连用巴掌拍打着自己不争气的双腿，一步一步挪到我身后来。让我试试？他是这样对我说的，明显带有征求意见的意思。我不置可否，只是将铁锹用力插在刚卸下的那个圆圆的土堆上，然后就去发动车子，往这块地的另一头开去，这车粪我计划卸成四个等份。我停下车的时候，老大已经积极地拎着铁锹跑过来了，他果然要动手试试，我什么话也没说，正好得空从兜里掏出烟点上一根，自己有滋有味吸了起来。同时，我眯缝着眼，看着老大慢吞吞地爬到车厢上，然后双手紧握铁锹，一下一下铲动粪土。他干活的样子实在不敢恭维，一锹下去，也就只能铲小半锹东西，像娃娃们在瞎糊弄似的。不过，我还是能看出来，他干得确实很卖力，他用右脚使劲踩踏锹背，用力撬动那些硬邦邦的土块，长这么大，我好像从来没见他这么卖力地干过活呢。更多时候，我觉得我们兄弟俩，完全活在两个不同的世界上，我的生活中没有他，而他的世界里更没有我，我永远也不知道他在城里忙些什么，就像我到现在也搞不懂，他怎么会变成这个样子。

后来，我又把车发动起来，往这块地其他地方挪动过两次，车里剩下的粪土都是老大亲手卸到地里的，尽管他所用的时间，至少是我的两倍还多，不过这时我一点儿也没有嫌弃他的意思。我俩后来并排坐在田埂上，一起吸了两根烟，彼此呼出的烟气在我们面前稍稍缭绕一下，很快就被冷风吹向别处去了，我们都是一副若有所思的样子。

这种时候，我觉得顾责人很正常，根本看不出有啥毛病，等抽完了一根烟，他就举起自己的手掌，用另一只手去抠弄刚刚被锹把磨出的血泡。我忘了把手套给他用，像他这种不干农活的人，手皮细嫩，偶尔干一次，一定会磨出满手的血泡来。今晚你准能睡个好觉！我盯着他那双可怜兮兮的手，这样戏谑着，又顺手从田埂边的干枯草丛中，拔下一根又尖又硬的芨芨秆，我一把拉过他的手，也不跟他商量，就拿芨芨秆的细尖儿，去戳他手上的血泡，戳破一个，再去戳另一个，血水被放出来，晶亮亮的，泡迅速瘪下去，最后我又从地上捻起一撮干沙土，轻轻撒在他的伤口上。这个过程，老大始终压抑着没有叫唤一声。我看着他说，没事，血水放出来就好了，人也是一样的，别啥事都憋在自己心里难受。

说话的工夫，我又细细打量着他。老大确实比我想象中还要瘦，眼窝陷得很深，腰身痛苦地向前佝偻着，干巴巴的手背和手腕上青筋凸起，眼神中有股很茫然很憔悴的东西，在微微闪动，就像我那辆破车的发动机，随时都会熄灭掉。这时，老大也回过头看了我一眼，但马上又将目光瞥向远处，那里有一片歪歪扭扭的柳树林，小时候我们在地里收麦子，他总是抽空跑到那边的树荫里，去看他最痴迷的小人书。他确实打小就爱看书，不像我，一看见那些密密麻麻的字儿句儿，人就开始犯困，六神无主，哈欠连天。我不知道此刻他在有意躲避什么。大约过了一根烟的工夫，他终于主动开口说话了。

老二，你可能还不知道，我自杀过两回。头一次要不是顾乐发现，我差点儿从阳台的窗户跳下去；还有一次，一大清早，我一个人爬到了楼顶上，后来让邻居发现报了案，110出警把我救下来。顾乐说得没错，我确实有病，尽管一开始我自己也没意识到。有时，我一个人待在房子里，坐着坐着，就觉得房子越变越小，小得像火柴盒子，四面的墙都朝我挤压过来，我就想赶紧逃跑，跑到没有墙壁没有门窗的宽阔的地方。夜里，刚合上眼，没一会儿又醒了，醒了再也睡不着，我闭上眼数数，从一数到一百，再从一百数回到一，有时候数得口干舌燥，还是睡不着，这时房子又开始缩小，四面墙又朝我压过来，脑袋就像压着块大石头，我喘不上气了，隐隐听到外面有人叫我的名字，来呀，顾责，你快出来吧，咱们到外面好好透透气去，房子里太憋屈了。那天，我都不知道自己是怎么爬到楼顶上的，放眼望去，四周白茫茫的，就像我们眼前这大片大片的土地，那时我就想，只要闭上眼睛跳下去，以后自己就再也不那么痛苦了……

身边这个跟我说话的男人，感觉比他实际年龄要苍老好多岁，虽然他的口气不急不缓的，可我却深深感受到从未有过的恐惧，我不由得打了两个寒战，我再也不敢多看老大一眼了。我的脑子就像那辆车的发动机，突突突，一阵乱颤，我甚至有些残忍地想着，老大从高高的地方一跃跳下时的样子，脑浆迸裂，血肉模糊，就像我们村路上常见的被汽车碾死的鸡狗牲畜，而他自己并不知道死神就在眼前，以为自己会解脱呢。想到这里，我几乎吓得从地上跳了起来，我再也没有勇气坐在旁边，听他讲那些可怕的事情了。现在我宁愿相信，老大刚才讲的不过是那些城里人的故事，跟他半点儿关系也没有。

翻过天，窗子外面才蒙蒙亮，我就听到院里传来吧嗒吧嗒的脚步声了。国英还睡得死死的，昨天她在伙房整整忙乎了一天，炉馍和油饼准备了一大笸箩，够娃娃们美美地吃上一两个月的。我蹑手蹑脚下了床，披着棉衣走到屋外，原来是老大在院里来回走步，他一面走一面伸胳膊蹬腿，用他们城里人的话讲，在晨练呢。

我正想打声招呼，老大已经主动走到我跟前，表情有些激动却还是压低声音说，让你说对了，昨晚总算睡了个囫囵觉。他说话时多少带点儿神秘兮兮的味道，好像掌握了什么了不起的玄机，他甚至还用两根手指给我比画了一个"八"字。好久没这样过，足足八个钟头！他最后夸张地对我说，简直压抑不住心头的狂喜，对他这样经常失眠的人来说，这似乎是非常大的一次创举。可我一点儿也不奇怪，要知道昨天，他跟我来来回回往地里跑了四五趟，干了他多少年没干过的体力活，劳动量应该是他这辈子的总和，睡不着觉那才真的见鬼呢。

我尽量裹紧身上的棉衣，低着头吱呀一声拉开院门，然后朝墙角那边的茅房走去。说实话，夜里我睡得并不踏实，总觉得有尿，可又不想冒着寒气跑到屋外去，就那样一直憋着，人始终半梦半醒的。当然，最主要的原因还是，睡觉前国英在我耳边叨叨过的事。国英说，白天她让老三去伙房给她帮忙，她怕面粉和油渍沾染到顾乐的新毛衣上，就找了条蓝布围裙想给老三系上，也就是伸手系围裙的工夫，国英说，她的手一下子摸到了老三的小肚子，尽管老三身子被那件麻袋样肥大的毛衣遮着，可还是让她摸到了异样。当时，国英吃惊地问了老三一句，他小姑，你这肚子咋这么大？老三一时也慌了神，不过她是这样跟她嫂子解释的，噢，也没啥，可能是在城里吃得太好了，营养过剩，就长胖了。

其实，这个疑问打头一天起，就种在国英脑子里了，她这个人包打听惯了的，我们左邻右舍谁家有个大事小情风吹草动，从来都瞒不过她的眼睛。所以，国英睡觉前一个劲儿跟我叨叨这事，一点儿没错，老三准是有了！我不以为然地嘟哝，别瞎琢磨，她一个姑娘家，能有个屁！国英瞪着那双黑豆眼珠说，不信，咱俩打赌，少说也有五个来月了，怪不得她见天大衣都不敢离身呢，那是怕咱们知道她的秘密。国英这话终究让我的心里动了一下，俗话说得好，纸里包不住火，老三要是真的怀了谁的娃，那可不是闹着玩的，毕竟她还没结婚呢。

院门一开，老大先跟着我上了一趟茅房，接下来，他就开始绕着村子去转圈了。我朝着他的背影望了一会儿，这阵家家户户鸦雀无声，村路上还空荡荡的，被这个城里来的男人踩得嗒嗒响，比起我还算强壮的身体，他看起来实在有些弱不禁风。一旦想到他孤绝地站在高高的楼顶上，不想再活下去的模样，我的心里就七上八下翻涌起来。我真是搞不懂，大伙分明都想脱离农村进城去讨生活，别的不说，光我们这个村子，前后少说也就二十来人抛家舍业地进城去了，木匠老孙头的两个儿子，都在工地上干木活，泥瓦匠李三多也带着女儿女婿在城里给人家搞装修，还有好几个年轻姑娘也去城里干保姆的干保姆，端盘子的端盘子，好像是，人人都觉得只有进了城才能扑到好光阴。可是，唯独咱们家的老大，他可是当年正儿八经考出去的状元啊，是咱们老顾家的光荣啊，怎么偏偏就在城里待得那么苦，那么难，甚至都快待不下去呢？我一直在琢磨，到底是什么让老大走到了今天这步田地，可我就算绞尽脑汁，也想不出一条能够站得住脚的理由。

我想不通，干脆不想了。我也没有回屋去睡回笼觉的打算，而是径自走进了老大老三休息的那间耳房。

这间屋子，原先是我跟国英结婚时住过的，爹妈下世后，我们才搬进老人住过的有里外间的堂屋去，耳房就空了出来。国英在房子中间临时拉了一道布帘子，正好隔出里外两间，这样一来老大睡在外间，老三睡最里间，彼此也方便些。我进门前敲了敲门，老三在里间迷迷糊糊吱了一声，知道是我来了，就窸窸窣窣在床上翻动起来。我进屋先抓起炉钩子，使劲捅了捅地中间的炉子，白炉灰在眼前升腾起来，有些呛鼻子，我干咳两声，很快火星子也从炉池子里溅了出来，我这才揭开炉盖，从旁边的炭盆里捡了七八个拳头大小的炭块，通通添进炉膛里，再拿起一根火筷子，在刚添好的碳块中间，捅出一道笔直的火心，最后盖好炉盖子。

我趁老大不在屋的工夫，想跟老三好好聊几句，不然的话，今晚我也别想睡踏实。我这个人不喜欢拐弯抹角，我向来是有一说一有二说二。老三，你是不是在城里搞对象了？尽管我们之间隔着一道帘子，我还是能感觉到对方显然愣住了，或者，她只是在琢磨该咋回答我的问题。二哥，一大早的咋就想起问这个？顾乐的声音低低的，像是没睡醒，没有什么底气似的。我本来想直说，你嫂子都摸着你的肚子了，你别想再瞒着我了。可又觉得，那样会把姑娘家逼到死路上，于是就改口问，那你就跟二哥掏实话，到底有，还是没有吧？里间沉默了一会儿，我听见床身吱扭响动着，顾乐无声地穿好衣裤下了地。

她一把拉开了那道布帘子，披散着头发出现在我眼前，样子看上去病恹恹的，脸色好白，嘴唇上没啥血色，也许是冻的，在炉火生起来前，这间屋子够冷的。她怯生生地迎着我走来，好像犯了大错的娃娃，她跟我面对面站在火炉跟前，她把双手举到炉盖正上方，来回搓着纤细的手指。炉火正慢慢烧起来，能听到炉膛里呼噜呼噜的烟气，正不停地往烟筒里蹿动。顾乐一边烤火，一边思考着什么，半天才喃喃地说，二哥，这事我也不想瞒着谁了，我确实怀上了别人的孩子，那个人对我很好，他本来答应好要娶我的，可是……后来……他不幸出了车祸，人就没了……

顾乐突然就哽咽了，话再也说不下去。我看见她的双肩乃至全身都在剧烈颤抖，她拼命用手捂住口鼻，泪水雨点样稀里哗啦淌下来，像是急于倾诉她在城里所遭遇的一切。她一下子扑到我身上，把我抱得紧紧的，就像淹在大水里的人，突然抱住一截能救命的木头。我快喘不过气来了。我忘了老三有多久没这样抱过我这个当哥的了。我能清晰地感受到那个来自她腹部的神秘凸起。我也听到那种歇斯底里的号啕声，正从她胸膛深处一股脑地蹿出来，那感觉像极了刚断奶的小羊羔在撕心裂肺地叫唤着。我的心猛地被揪住了，情况比我想象得还要坏一百倍，老三才满二十岁啊，她还没有过门，就要守寡，还要给那个死鬼生娃娃，这事太残酷了，残酷得叫人绝望。

我进屋前揣着的那份责任和勇气，一时间全都无影无踪了，我不知道这种事该怎么办好。我突然开始怨恨起老大了，我从来也没有这么恨过一个人。他这个当大哥的到底起了啥作用，老妈把好好的一个妹子交到他手上，原本是让他带着妹妹一起过好日子的，他怎么能一点儿心都不操呢？他这个人也太自私了，是他活活气死了老妈，现在又把老三害得人不人鬼不鬼的，不行，我非得找他算总账去，不然从今往后我就不姓顾。

就在这时，我从窗户瞥见院门被推开了，老大慢腾腾地探身走了进来。我心头的怒火再也压不住了。我一把推开老三，扭头冲出屋子，径自跑到老大跟前。老大显然还沉浸在晨练的舒缓氛围中，对眼前即将发生的事，像个傻瓜，一无所知。我不由分说，上去一把，就死死薅住了他的衣服领子，由于用力过猛，他几乎立刻就翻起了白眼，与此同时，我怒不可遏地朝他胸口猛击两拳，他那张脸因为疼痛和剧烈的咳嗽，瞬间扭曲变形。

我听见自己一股脑地冲他嚷叫着，亏你有脸进这个家门！都是你干的好事！老三这辈子都毁了！你到底还能干点儿啥？连自己的妹妹都管不好！你这个窝囊废……

腊月清晨特有的宁静，在我嗷嗷的喊叫声中被震得粉碎。我像一头发了疯的野兽，双手猛地一用力，硬把老大直挺挺摔翻在院子里。他平躺在地上，像个死人，只有鼻孔往外喷着些微的白汽。我正要扑上去摁住他再打一顿，腾、腾、腾、腾，从屋里慌乱地跑出来的两个女人，她们一左一右把我拉住了。

国英吓得脸都白了，她扯着我的胳膊一个劲儿问，你这到底为啥，一大早发这么大火，一家人就不能太太平平的，你是不是疯了？她当然不明白我为啥动手打架。可是老三什么都清楚，她只是流着眼泪，趁我被国英拽住的空当，赶紧去搀扶老大。老大慢慢地翻身坐在地上，默默地拿手背揩抹着鼻孔和嘴角。我这才注意到，他好像在流血，应该是鼻子摔破了，我想他这是活该。

我下意识地一扭头，就看见那两张娃娃脸了，正紧紧地贴在堂屋的玻璃窗上。打学校放假以来，大龙小龙还没这么早从被窝里爬起来过。此时，他俩正惊慌不安地趴在窗前，眼睛一眨不眨地往院子里张望。娃娃或许永远也不会懂得，大人有时也会像他们那样动起了拳头。正是从双胞胎儿子惊恐的表情中，我的思绪仿佛又回到了遥远的过去。那阵子，我们兄弟俩都还小，跟眼下趴在窗前的这对小兄弟差不多。那时的日子过得真是苦，缺吃少穿在所难免，最令人痛恨的是，爹妈总是没完没了地吵闹，而我妈说得最多的一句话就是，你就好好喝吧，总有一天，那些猫尿会要了你的狗命。

直到好多年以后，那个被我妈反复诅咒过的男人，终于因长期酗酒，患上严重的肝腹水和肝硬化，临终时非常痛苦，整个人抽缩成一个骨头疙瘩，浑身上下紫黑紫黑的，像中了武侠小说中的什么毒手，可怕的疼痛让他差点没咬断了自己的舌头。在我眼中，老爹实在是个不顾家的人，儿女和老婆通通可以抛在脑后，只图今朝有酒今朝醉。为了能多混一顿酒喝，他经常不惜步行十几里土路，也不管谁家有亡人，只要得到一点儿消息，他都第一时间兴冲冲去赶场，好像他天生就是人家的一个孝子贤孙，也不论春夏秋冬，像替人更换老衣，哭灵，守丧，吊孝，挖坑，抬棺入土，这些晦气的活儿，他干得那叫一个心安理得。

打小我最怕的倒不是老爹骂人打人，而是他那双鬼气十足的手，谁都不知道他用这双手侍弄过多少死鬼，他浑身上下总弥漫着一股子很难闻的气味。偶尔，他要是心平气和下来，想拿他的手来抚摩我的小脑壳和身体的时候，我总是吓得要死，恨不得找个地缝钻进去。我真担心那些看不见的鬼魂，会通过他的十根手指，神不知鬼不觉钻进我单薄的身体里。我那时的全部恐惧和梦魇，都来自那双晦气的男人手。有件事我至今难忘，就是终于有一天，当老爹又在外面喝得酩酊大醉，半夜里跑回家跟我妈耀武扬威的时候，老大突然从被窝里蹿出来，他跟小老虎似的，一下子就把那个醉鬼撞翻在地，让对方疼得鬼哭狼嚎半天也爬不起来。

我还记得就在那晚，老大一个劲儿冲瘫软成一摊烂泥的老爹叫嚣着，来啊，有本事来打我啊，你就知道欺软怕硬……你要是再敢动我妈一指头，我绝饶不了你！在那以前，我从来没有想过要反抗，更多时候，我只是尽量把自己藏起来，躲远点儿，像虫子钻进白菜心里那样，直到那次老大挺身出来帮我妈解围，我才知道自己其实很懦弱，比起老大，我简直无地自容，别看我长得比他壮实。打那之后，大哥在我眼中一下子高大起来，我忽然觉得这个家又有了主心骨，老大不光学习成绩好，他还很有责任感，是一个顶天立地的男子汉，这个家只要有他就有盼头了，我再也不那么恐惧那双沾满晦气的手了。有很长一段时间，我似乎是仰仗着大哥的日渐强大（至少在心理上是这样），才算勉勉强强地度过了惨淡的少年时光……可如今，我不知道老大怎么会变成这样，让我这个当兄弟的打心底里瞧不起他，甚至还冲他动起了拳头，这真是悲哀啊。

那天后来在堂屋里，国英嘴巴不停地数落了我半天，你犯啥神经呢，老三肚子里的种，关人家大哥啥事。她这番话好像有点儿道理，老三偷偷跟别人好上了，老大也不能整天把她拴在裤腰带上吧，我倒好没头没脑地先跟老大瞎闹了一场，眼看过年了，弄得人人心情不爽，想想自己真是够蠢的，难怪我打小就念不好书呢，我头脑太简单了。

国英私下里又去找老三谈心，然后气了一鼻子灰，回来愤怒地跟我说，你妹简直傻到家了，她铁了心要把那个野种生下来，一个姑娘家，咋就一点儿不害臊呢，我看她真是鬼迷心窍了，这回你们老顾家的脸啊，非让她丢尽不可！

听女人这样一通嘟囔，我又有些按捺不住了，老三毕竟是我的亲妹妹，这事我可不能学老大袖手旁观。国英皱着眉头说，你咋管，轻不得又重不得，搞不好人家将来拿咱们当仇人呢。她见我愣在那里一筹莫展，自己又寻思道，胎儿都那么大了，打胎肯定来不及，要是能给她寻个婆家就好了。我听了直晃脑袋，谁会要一个大肚子女人，你这是大白天说梦话吧。

哪知国英突然来了精神，她把两只大手在我面前紧紧攥成拳头说，差点儿忘了，我娘家那边有个亲戚侄子，媳妇之前跟一个外乡侉子跑了，他一直都是一个人单过，要是能把老三撮合过去当媳妇，麻烦不就解决了。

哼，刚才你还说我犯神经病呢，我看你也好不到哪去，这事亏你想得出来，把老三嫁给一个光棍！

光棍咋了，人家一不缺胳膊，二不少腿，再说，你妹也不算啥黄花闺女了，这叫半斤配八两，谁都不欠谁！

国英说着，腾地就从床沿上跳下地来。不行，这事一刻也不能耽误，再耽误娃娃就该生下来了，到时黄花菜都凉了，顾产你赶紧去院里热车吧，我稍微拾掇一下，你这就送我回娘家去。

把国英送到她娘家后，我实在是等不住了，就决定自己先开车返回。主要是她那张嘴只要跟娘家人唠叨起来，天上一句地下一句，永远没个完。说心里话，对国英这次突击性做媒计划，我并不抱多大希望，我虽说拗不过她，可我也不想耐着性子在那里干等。

平常一个人的时候，我总是把车开得飞快。腊月头上飘过两场大雪，路上时不时还有融雪后又冻住的冰辙子，车轮碾上去会左右乱摆，发出吱吱嘎嘎的响声，好像随时都有翻车的危险。风一阵紧似一阵，刮得人头皮生疼，神情凄惶。

我仿佛又回到了许多年前的某一天。也是快近年关，那晚老爹又在外面喝得摇头晃脑，舌头直得像锅铲，嘴巴不听使唤了，他进屋就来寻衅，一阵子嫌我妈不赶紧下地给他沏酽茶喝，一阵子又抱怨我们兄弟俩没一个好东西，说外头的两姓旁人都比我们强，事实大概也如此，因为那些人总是管他吃还管他酒喝。过了一会儿，他又用那双晦气的脏手来拉扯我。我和老大原本趴在桌边安静地写作业，他忽然拽住我的胳膊。喝醉酒的男人力气大得惊人，他一下子就把我从凳子上拉到地上。我屁股着地，哇的一声哭了起来。我不光是被蹾疼了，更可怕的是，那只刚刚摸过死人的手在抓我。我的哭声震天响，可并没有引起我妈的注意。当时她就盘腿坐在炕上，始终低着头，怀里抱着还不到两岁的小顾乐，她的一只前襟撸得老高，妹妹吮在她白花花的乳上，小嘴吧唧吧唧响。

我想，一定是我大哭不止的样子惹恼了老爹，他又猛地扑上来，抬起脚就往我后背上踹，他嘴里黏黏糊糊又骂骂咧咧，狗日的，连你也不让老子碰，连你也学会嫌弃老子了，都跟你那婊子妈穿一条裤子！我连着挨了他两脚，身子已经歪斜着趴在地上了，我一动也不敢动。那些醉话混话当时我并不懂，直到长大后通晓了男女私事，我才明白了他当时指桑骂槐的本意。我也才知晓，在这个家不光我惧怕那双手，作为一个女人，我妈更是害怕得要命，她很长时间都不敢也不允许他碰自己一下。事实上，长大后我才真正懂了，长期酗酒不光伤肝伤胃，更使一个男人丧失了他的本能，别看他每次喝多了酒都纠缠我妈，其实他什么也干不了，难怪我妈总是在深夜里充满怨恨地嘟囔道，你个窝囊废，除了能灌二两黄汤，你还能干球啥。就在那天晚上，老大突然从桌子那边扑过来，他跟老鹰护小鸡似的，张开双臂，从后面抱住了我，他用自己孱弱的身体，挡住老爹那只愤怒的大脚。那时候我俩都还很小，尤其是老大，他还没有成长到几年后可以为老妈挺身而出，像个爷们儿那样跟老爹面对面地干。

眼看就要到家门口了，突然砰的一声，车头直冲冲撞到什么东西上，我这才从漫无边际的胡思乱想中醒过神来。没等我跳下车去仔细查看，就见老大急急火火从家门那边一路小跑而来。看那样子就知道，他正在追赶什么人。紧跟在老大后面的，是大龙和小龙，他俩也争先恐后地朝我跑来，嘴里叽叽呱呱嚷叫着。原来，上午国英跟我在里屋说的那些话，全让赖在床上的小哥俩听见了，刚才老三问他俩你们爸妈上哪去了，娃娃们嘴快，就把说媒的事原原本本跟姑姑讲了。老三听了气不打一处来，当即回屋收拾自己的行李，出门前她没有忘记抱上那只花猫，牵上沙皮狗，那畜生汪汪叫着，一挣一挣往前拖着绳子，好像比主人还要回家心切。大龙小龙顿时傻了眼，预感到事情不妙，赶忙上外面去找大爹想办法，老大那时正一个人在村里闲溜达呢。

我几乎是连滚带爬冲下路边的斜坡，一不留神自己先摔了个马趴。这斜坡下面是村里的一条老排水沟，每年夏天这里都臭气熏天，大伙不管脏的烂的都往里面倒，弄得沟里的水黑绿黑绿的。眼下沟底早冻得硬邦邦了，不时能看见死鸡野狗的尸体，还有村里人胡乱丢进去的破鞋烂袜子和塑料片，这些玩意儿得等到第二年沟里有了活水，才能慢慢地腐烂或被流水冲走。老三还是穿着头天那件又长又肥的黑羽绒服，平躺着的身体压倒了一大片干芦苇，一只脚上的皮鞋不知飞到哪里去了，那只沙皮狗正吱呜吱呜围着她边嗅边叫唤，花猫却踪迹不见。我一时感到天旋地转，真是瞎了眼了，竟然把自己的妹妹撞成这样。我觉得这一天，自己整个就是个六亲不认的大混蛋，一早先跟大哥动手，下午又稀里糊涂把妹妹撞飞了。

我惊慌失措地从冰面上抱起妹妹时，她的一只鼻孔正在流血。我顾乐顾乐地叫了半天，她始终也没有睁开眼皮看我一下。我就以为她死了。我的脑子里一片空白。我的腿脚几乎瘫软无力不听使唤。好在这时，老大和大龙也都跑下来帮忙，他们捡行李的捡行李，牵狗的牵狗，小龙咪啊咪啊叫了好几声，也没有看到那只花猫的影子。我听见老大在我耳边万分急切地喊着说，老三情况危险啊，得赶紧往医院送！这是老大回家以来，头一次那么大声那么理智地跟我说话。我又重新振作起来，抱起老三，不顾一切地顺着斜坡往路上跑。我忘了自己是怎么手忙脚乱把农用车发动起来的，车子冲出好长一段路了，我才敢回头朝车厢扫一眼，老大一脸严肃地坐在里面，双手紧紧抱着老三，老三跟睡着了似的，脑袋在他怀里胡乱摇摆。

可怜的老三啊，人还在昏迷中，可她的羊水已经破了。镇卫生院的大夫对我们哥俩说，看来大人孩子只能保一个。我早慌得没了主张，站在诊室里浑身直筛糠，一句完整的话也说不出来。老大倒是镇定地回答，当然是要大人，大夫，求你一定保住我妹的命，她还年轻啊。大夫就让老大在一片白纸上签了名字。接下来，老三被送进了门上贴着"肃静"二字的产房，我和老大焦急地守在外面，像两只热锅上的蚂蚁，却又不敢轻易发声。当初，大龙和小龙就是在这家卫生院里出生的，那年是龙年，听电视上说，南方好多地方都在发大水，成千上万的人畜被淹，可我还是给这对双胞胎儿子用"龙"字起了名。我们这里的人常说，龙多天旱，儿子多了不养娘。我偏不信这个邪。我焦灼地掏出烟来，强塞给老大一根，点烟的时候，手指抖得好厉害，打火机都快拿不住了，后来还是老大发现的，我把烟头叼反了，过滤嘴被烧出一股焦臭味。

老大看上去比我沉稳些，他没有像我那样始终在发抖，也许是心理作用，毕竟祸事是我闯下的。我俩谁也不说话，除了死命吸着嘴里的烟，一副听天由命的呆样。我感觉头脑一阵阵发胀，手脚变得冰凉。自从家里买回那辆时风以来，这些年我还是头一回开车撞人。国英以前总在我耳边唠叨，说你开那么快又不是赶着去投胎，可我总是把她的话当耳旁风。我绝望地闭上眼睛，大口大口吸烟，像所有交通肇事者那样又惶恐又落魄。药味、消毒水味、血腥味……这里到处都充满了恐惧的气味，我觉得自己就快喘不上气了。手术间的门突然敞开一道缝，一个女护士探出头喊道，谁是顾乐的家属，我们哥俩几乎同时应声站起来。女护士说需要马上给产妇输血，问谁是 B 型血。我根本记不清自己是啥血型，老大很肯定地说他是 A 型的，城里人经常体检啥的，这并不奇怪。护士就把希望的目光转移到我的脸上，让我赶紧跟她进去验血。

护士拿起很粗的针头，在我的中指上狠狠戳了一下，血就亮汪汪地涌出来，对方用一块小玻璃板快速刮集着新鲜血液。我竟一点儿也没觉得疼，我好像已经麻木了，只要能救活妹妹，这阵子让我上刀山下火海绝没二话。随后，我和老大又开始在外面埋头苦等。这时，我的脑子里就像刚才的鲜血一样，忽地冒出两个古怪的想法：一个是这一切也许都是天意，妹妹命中该有此劫，就像她不该怀上这个倒霉的胎儿；再一个，准是老顾家的先人显灵了，他们不能眼睁睁看着顾乐一个人跑回城里，偷偷生下肚子里的小野种，辱没了列祖列宗，所以才让车拦住了她。

我还在瞎胡想呢，护士又出来叫人了，她说我是 O 型血，现在可以进去给病人输血了。我一时喜出望外，好像一个正在低头忏悔的罪人，终于得到了一次可以弥补自己过失的好机会。我撒脚往手术间奔去的时候，听见老大在身后一个劲儿嘀咕，真是怪事，你是 O 型，我是 A 型，老三她怎么能是 B 型血呢，不会是护士搞错了吧？

这晚国英住在她娘家没回来，我糊里糊涂蜷缩在黑黢黢的屋子里，就像那个刚刚从妹妹肚子里拿出来的胎儿。只要闭上眼睛，胎儿血淋淋的样子就会闪现出来，看着叫人脊梁骨冒冷气。护士说可惜了的一个女婴，少说也有五六个月大了。可我心里一点儿没想着那胎儿能活，反倒觉得死了最好，不然我妹这辈子可就惨了，她一个没结过婚的女人，咋带着娃娃生活下去。

　　第二天上午，老三终于在病房里彻底清醒过来，她下意识地用手去摸自己的肚子，那里一下子瘪了进去，就像水米不进地被饿了好几个月似的。她神经质地在身上无力地摸索着，仿佛做了一场噩梦，眼睛睁开时，一切却都变成真的了。她一边竭力回想着什么，一边挣扎着想从病床上爬起来，幸好让整夜都守在她身旁的老大轻轻摁住了。昨晚我回家去住的，大龙小龙需要照顾，一大早又开车匆匆赶到病房里。此刻见她终于醒了，我们都长长地出了口气，不管怎么说，人算没事了。

　　老三失魂落魄地望望我，又望望老大，眼中除了憔悴和绝望，一点儿光亮也没有了。也许，她并不知道昨天傍晚发生了什么，或者还不太清楚是我开车撞坏了她，事情发生得太快了，我们谁都没有反应过来。老大这才对她说，你得好好躺着休息，千万不要乱动，很快你就会好起来的。停顿了一会儿，他又说，你昏迷的时候，是你二哥给你输的血，可惜我的血型跟你不符。

　　我不知道老大为什么突然又说起这个，他是想让老三记住我的好呢，还是别有用心？我是个大老粗，不像他读的书多又见过世面，对于血型这玩意儿我可一窍不通。老大就不同了，尤其是当他得知我们家单单老三是 B 型血，跟我俩都不一样，他就开始犯起了嘀咕。

　　晌午，我俩在街对面的刀削面馆吃饭时，老大又说他记得清清楚楚，那年老爹住院时，是他陪着验的血，化验单子上写得很明白，老爹跟他一样是 A 型血；再有，老妈前年进城在他家里住了半个来月，正好他们单位要体检，他就顺带着老人好好检查了一番，那次他也留意到，老妈的血型跟我一样是 O 型。现在，问题出现了，老大疑惑地说，爹妈是 O 型和 A 型血，生下的儿女只可能是这两种血型，那么，老三怎么会是 B 型血呢？我虽然听不太懂那些科学道理，但也隐隐觉出点什么了。其实，老大绕了一大圈，就是想说明，老三不是咱爹妈亲生的，至少，不是同一个爹生的。这又怎么可能？爹妈在世时从没提过这件事啊，二十年的亲妹妹，说话间就不是亲的了，我无论如何也接受不了这个事实。我直着脖子质问老大，那我为啥还能给她输血呢？老大沉静地说，O型血也叫万能血，可以给其他血型的人用，这跟亲不亲生没关系。

后来老大侧过身，朝面馆外面的镇街上张望着，可能他只是在思考什么。这是镇上唯一的一条街道，像卫生院、邮局、储蓄所、百货商店、粮油铺、镇中心中学，还有一片农贸市场都在这里，多少年都没有丝毫的变化，在这里时间似乎是静止的，一切都让人觉得懒洋洋的，提不起精神。街上不时突突地飞奔过一辆农用车或拖拉机，尘土霎时飞扬起来，过路的人也是懒洋洋地朝街两旁紧走几步。

老大果然想起什么了，他回过头一本正经地对我说，你还记得小时候的事吗？那时有个男人经常上家里来，总是热心热肠地帮咱妈干这干那，那人长得很魁梧，话不太多，干起活来是把好手，他来的时候，老爹多半都不在家，咱妈总是留下那个人跟我们一起吃饭，妈还不时地给他碗里夹菜。听老大讲起过去的事，我的思绪也渐渐被带回当年。老大所说的这个男人，我多少有点儿印象。我说，妈让咱们管他叫大平叔，记得那时他经常用他那双大手把我举起来，在院子里一下一下用力往上抛，我又担心又欢喜，心里总觉得，要是这个人是咱爸就好了，因为他身上从来没有那股子难闻的酒气，让人觉得很安心。

听我这么一说，老大的面部表情突然变得凝重起来，他的一只眼角抽动了好几下，像是眼睛里钻进一只讨厌的小咬子，弄得他快要流泪了。没错，我说的就是这个人，有一天下午放学，我一进门就觉得家里气氛不对头，咱妈坐在屋角用手不停抹眼泪，咱爸唾沫星子乱溅，正站在地当间跳着脚骂人，我没想到那个男人也在，他的脑袋就快垂到裤裆里了，地上有摔碎的一摊瓷碗碴，白花花的很刺眼。我进屋也就是放了个书包的工夫，就让咱爸恶狠狠地给攥了出来，好像我犯了啥大错似的。那天，我一出门，就碰见了你，我说咱俩还是到外面耍去吧，大人在家吵架呢，我们那时太傻了，啥事都不懂。如果我没记错的话，打那以后，那个叫大平的男人再也没上过咱家，后来又过了半年左右，妈就给咱们添了个小妹妹……现在回过头想想，咱妈那些年过得太苦了，爸整天就知道在外头混吃混喝，这个家里里外外全凭妈一个人操持，连个能说话的人都没有。

老大说到这里，突然不说了，毕竟这不是啥光彩的事。他再次把脸决绝地扭向临街的那扇窗户，同时，抬起手背抹了抹眼睛。

这个年注定过不太平。家里平白多了一个重病号；我和老大的关系又搞得不尴不尬的；国英好不容易托娘家人保的媒也黄了。难怪一闲下来，她准拿话奚落我，说我真是成事不足败事有余。这真叫人郁闷。

我觉得最可怜的还是老三，她成天以泪洗面，整个人虚弱得不成样子，为了那个夭折的胎儿，她得受多大的罪啊。好在农用车并没有把她撞得太厉害，当时人只是被擦碰后，顺势骨碌到路沟下面去了，有点儿脑震荡。国英说女人小产跟坐月子一样，所以，老三整天只能按她嫂子的规矩乖乖卧在床上，连门槛也不让她跨出去。国英生怕老三冷，又让我把家里的电褥子腾出来给老三铺上，耳房里的炉子白天黑夜不间断地往里添炭。这一点儿我还比较欣慰，别看平时国英跟我叽叽歪歪，关键时候她还是能顾大局的。国英还特意跟大龙小龙交代过，说别人要是问起来，就说姑姑是不小心自己跌到沟里了，别的话一概不准乱说，谁要是说漏了，就撕烂谁的嘴。两个小家伙吓得直冲他妈吐舌头。

私下里国英总揪住我的小辫子不肯撒手。她狠叨叨地数落我，你眼睛又没瞎，大活人也敢往上撞呢，亏得那是你亲妹妹，不然这回非讹死咱们不可！她冲我翻翻白眼，不忘再补上更严厉的一句，死催的，让你以后再开那么快！这种时候，我只能低头认罪绝无二话。我这心里烦闷得慌，又没处诉苦去，干点儿啥总是分心走神。国英让我带两个儿子在院里放会儿炮，炮捻儿点着没及时扔出去，砰地一下，把几根手指炸得乌黑，我龇着牙吱吱叫，娃娃们还在旁边嘿嘿傻乐呢，我没好气地把手里的炮丢给他们说，去去去，自个儿放去，就垂头丧气地往大门外走。

路上黑咕隆咚的，连个鬼影都没有，头顶时不时炸开一片花火，照得夜空鲜亮那么一忽儿，眨眼又黑沉了，好像这块天再也不会亮起来。乡里过年真没意思，跟城里那是没法比的，这里没有歌厅没有商场没有电影院没有任何娱乐，有的只是跟老婆娃娃缩在不太暖和的屋子里看电视嗑瓜子吃糖，再不就是没日没夜地耍牌。电视晚会里的人都像小丑，要么嗲得叫人想吐，要么个个都赛过狐狸精，把脸蛋子涂得花里胡哨，嘴唇子红得像鸡屁股。国英看电视嘴巴还老不闲着，一阵儿说那女的咋那么不要脸啊，硬往男的怀里钻；一阵儿又说，城里男人没几个好货，不好好上班就知道哄着女人睡觉。总而言之，整个晚上她都在说长道短，有时生生把我说迷糊了，头靠在沙发上竟打起呼噜来。

没走几步，眼前就是村里唯一的杂货店了。那是老毕家临街单盖的一间平房，铝合金窗户大得惊人，过路的一眼就能把货架上的物品看得清清楚楚，里面的荧光灯总是把那截路照得雪亮雪亮，大过年的也不例外，平日里需要个针头线脑油盐酱醋，大伙都得来这里给老毕家送钱。这时，几个娃娃闹哄哄从店里拥出来，手里捏着几根老长老长的花棍子魔术弹，刚一出门就迫不及待地要点燃。店主掀起厚厚的门帘子，像老狗探着脖子叫唤，走远放，走远放！我就被那军绿色的棉布帘子挡住了路。老毕见是我，忙堆起生意人的笑脸，眯着眼说，这伙娃娃皮得很，昨天在这放炮，险些把我的门帘子崩着了。我实在没心情跟人搭讪，正要低头往前走，老毕却把我叫住了，二掌柜的你忙啥呢，可有些日子没见你进来了。自从父母下世后，村里人都管我叫二掌柜的，意思是，我已名正言顺是顾家的掌门人了。说话间，对方客气地把门帘子揭起老高，我不好意思不进去看看。

老毕开这店有年头了，他本人是我们的村委之一，有时村里开个会宣布一下上面的政策啥的，干脆就让村委的几个人来他店里说事，爷们儿凑在一起，总得抽抽烟嗑嗑瓜子，夏天还要一捆一捆喝啤酒，直接在他这里消费，省得再去跑路了。老毕天生就是个精豆子，村干部当着，小生意也做着，什么都不耽误。玻璃柜台上堆着正林瓜子，那玩意儿被灯光照的黑亮黑亮，活像一摊老鼠屎。老毕抓起一把就往我手里塞，我不想嗑，又原封不动推回到柜台上，我说都嗑了半晚上了，嘴皮子都咸得起泡了。我就掏烟给老毕让，老毕摆摆手说早戒掉了，还是嗑瓜子对身体好，瓜子里含锌多。老毕说到身体和锌，就突然改了话题。

喂，你家老大这次回来，咋怪怪的，见了熟人老躲着走，别人跟他打招呼，也带搭不睬的，我听你媳妇说他病了，究竟得了啥病，当不当紧？

我迟疑着把烟点上，满满地吸了一口，又鼓着腮从鼻孔里喷出去，老毕那肉乎乎的奸商脸相，就变得捉摸不定了。

我想了想说，谁知道呢，城里人都娇贵，没病也说有病。

显然，老毕不太满意我的说法。他又单刀直入说，怕是心病吧，我听说他把工作混丢了，报社不要他了，真有这事？

我觉得自己一不小心掉进了老毕挖好的坑里，早知他凡事包打听，真不该进他店里来。抑郁了，我妹一直住在他那里，大夫说这病就叫抑郁。老毕没听懂我的话，又皱着眉问了一遍。这次我提高嗓门说，就是抑郁症。说心里话，我对这怪病一点儿也不了解，抑郁了到底会怎样，人又为啥会抑郁呢，鬼才知道。

老毕把"抑郁"这两个古怪的字在他包子皮样的嘴里掂量了半晌，终于疑惑地说出了他个人的看法。电视上播过，好像就是那种神经上的病吧。

烟灰已续出老长一截，我用力弹了一下，灰白色粉末纷纷落下。我纠正他说，不是神经，是精神，说了你也不懂。然后，我又指了指自己的脑瓜解释道，是这里整天想得太多，老失眠，睡不着觉，把脑瓜子想坏了，就这么回事。这回老毕像是听明白了，或者装出听懂的样子，他大张着嘴连连冲我点头。

老毕的老婆抱着一只花猫，从自家院里的小门闪进来，脸上不知涂了什么玩意儿，刺鼻子的怪香叫人犯晕，白天通常都是这个老娘儿们在店里守着。我一眼就认出那只猫，不就是老三从城里抱回来的吗？那天出事后，光剩下沙皮狗了，原来这小畜生竟窜到老毕家享福来了，它可真会挑地方，这里有的是各种火腿肠，猫都爱吃这玩意儿，难怪人家都说猫是奸臣。我听小龙说，他姑姑后来知道猫跑丢了，着实叹息了一阵子。

我正要开口问问老毕两口子花猫是打哪弄来的，门帘子又被忽地揭起，伴着一股冷飕飕的寒气和火药味，一前一后钻进两个女人。其中那个中年扁脸妇女，一见我就唠叨起来，顾老二，原来你猫在这啊，老毕叫我们过来打牌，你也一起耍会儿吧。每年从腊月头到正月十五，村里是少不了大大小小牌局的，反正大伙都在家里闲散窝冬，耍牌可以消磨消磨光阴，弄得好的话，有时打牌赢回来的钱，比种庄稼的收成都好。我心情烦躁，本来是想推脱掉走人的，可老毕一副很真诚的样子，他拽住我的袖子说，你嫂子还得看着店，咱们正好三缺一。我想回家也好不到哪去，不如就在这里散散心吧。

说话间，我、扁脸女人就尾随着老毕，穿过店内那扇小门，像三只老鼠吱溜钻进了老毕家堂屋里。一旦坐在牌桌旁，水光溜滑的麻将牌往指缝里一夹，就把那些烦恼都抛到九霄云外了。我确实有些日子没摸过牌了，眼看快把人憋疯了，今天麻将牌一挨手，没想到要什么就来什么。头一圈耍下来，我平和了两把，自抠一把，最后一把牌竟是个清一色，我事先又下了两道鱼，这下他们仨都傻眼了。老毕一个劲儿拿话揶揄我，二掌柜的今儿踩了狗屎了，手气壮得挡不住。我尽量沉住气不搭理他，只把麻将牌在指缝里来回搓磨得发烫。第二圈又是我起头坐庄，我事先给自己码好了门牌，掷色子又掷出五自首，三下五除二又是把自摸，加上两道鱼子，那三个人一下子就被赶到山上了。没办法，手气上来了，老天爷也挡不住。

总输不赢，那三个人就打得不那么专心了，乱七八糟的闲话也就多起来，该说的不该说的，都由着嘴往外抖搂。这叫心理战术，老牌油子都好这一手。一会儿说，老毕真是个老财迷，大过年的还让自己的婆娘看店；一会儿又说，扁脸女人越活越风骚了，那嘴巴涂得血红血红的，一看就是想勾引野汉子……左一句右一句说起来没完，我知道他们是想分我的心，我偏偏一句话也不接，只顾好好摸牌。

喂，顾老二，有个事正想跟你打听呢，扁脸女人突然斜着丹凤眼瞟我，听说你家老三在卫生院做人流了，有没有这事？

该死的，真是哪壶不开提哪壶。我心里忽然感到有些紧张，手指都哆嗦了一下。你听哪个狗狲瞎嚼蛆呢，根本没这回事，我家老三，她就是跌了一跤，受了点皮外伤……

没等我再说下去，扁脸女人撇着猴屁股一样的大红嘴冷笑两声，哟，跟你老姐都没实话，我家闺女那天上卫生院做孕检——说着，妇人用下巴颏指指坐在她对家的年轻女人，我才注意到对方的肚皮上果然像扣着个锅底——回来都跟我说了，你还在老毕这里哄人，再说了，跌一跤还用妇科检查呀……

我一下子哑巴了，连证人都在场，我还有啥好说的，只想找个老鼠洞一头钻进去。好事不出门，坏事千里传，老话可真是半点儿不假。

老毕幸灾乐祸，接过扁脸女人的话，嘿嘿笑着道，这闺女家，就是不能放她出去，一进城就变坏了，原先都是靠手脚吃饭的，这一到城里，就靠脸蛋子和尻壕子啦！

扁脸女人马上发出一串怪笑，哈哈，谁说不是呢，那个谁家的丫头，进城当了不到两年保姆，肚子都让主家搞大了，那年偷偷跑回家过年，半夜里大人娃娃都冻死在茅坑里了，啧啧，这年头真是没羞臊！

我始终不敢插话，脸早烧得像红锅底了，牌在手里搓了半天，也犹豫地打不出去。老毕更加阴阳怪气，这年头才好呢，个个笑贫不笑娼，只要能抓到票子，那才是硬道理嘛！这话太刺耳了，我当然知道老毕的真实意图，他不就是想说我们家老三在城里卖吗，这老狗日的，真不是个好鸟！村里但凡谁家有个小灾小难，只要传到杂货店里，就等于传到中央台了，用不了小半天工夫，老毕两口子就会像新闻联播一样，添油加醋地传播到全村的角角落落去。这样想着，我再也坐不住了，猛地一挥手，就将面前的牌垛子稀里哗啦拨拉倒了，妈的，不想好好打算球了！我闷声闷气冲他们吼完，站起身头也不回地走了。

等我气急败坏地踏进自家院里的时候，看见大龙小龙正仰起脖子，围在老大左右，嘴里欢快地叫着。老大指缝夹根香烟，他吸完了一口，就用红红的火头去引燃一根双响炮，他的手神经质地哆嗦两下，那玩意儿咚的一声，蹿上天去，接着又咚的一下，在半空里炸裂。两个娃娃都紧紧捂住耳朵，吓得一个劲儿往屋檐下躲闪。我也莫名地打了个冷战。这种时候，我很想骂上谁几句，我一肚子羞臊和恼火没处发泄，可又找不到要骂的那个人，于是，就把火气撒在儿子身上。我指着他俩吼，两个没出息的货，见天就知道缠着大人，你们没长手吗，就不能自己放个炮！骂毕，我才气呼呼地钻进堂屋。

国英好像一点儿也没觉察出我脸色难看，她的眼睛始终不离那台电视机，腮帮子里来回鼓捣着一块糖，她心不在焉地问了声，这半天工夫上哪去了？我正气得鼓鼓的，一句话也不想跟她说，满脑子都是杂货店里那些家伙的丑陋嘴脸。我现在终于认识到，这兄妹俩到底给这个家带来了什么，我真希望他们压根儿没有回来过，这个年全让他俩搅和了不说，从今往后我休想在人前抬起头了。我从来没有像现在这样嫌厌自己的兄妹，现在我觉得他们在家多待一天，我就得难受一天。饭桌上的白酒还没来得及收走，酒是那天我在镇街临时买的，先前吃饭国英特意从柜子里拿出来，想让我跟老大好好喝两杯，在她看来，兄弟之间偶尔红红脸也没啥，喝顿酒也就过去了，可是我们谁也没有动。此刻，我顺手拿起瓶子，愤愤地用牙齿启开铁皮盖子，咕咚咕咚猛灌了一气。

国英这才注意到我情绪不对头。喂，你发啥神经，刚才让你喝你不喝，这阵子自个儿又灌起没够。我实在没心搭理她，继续仰起脖子又喝了几大口，半斤多酒下肚了。国英大概怕我喝醉胡闹，我那点儿酒量她是知道的，就抢步过来想夺我手里的瓶子。我死活不撒手，她就更加用力抢，憋得脸蛋子都涨红了。这样僵持了一会儿，我猛地使劲往外一推，她的手就从瓶颈上滑脱了，整个人跟个陀螺似的旋着跌向一边。国英倒地的时候，后脑勺重重地磕在火炉边角上，她身子笨重，整个炉台都朝一旁歪斜了，她跟火车鸣笛一样吱呜起来，她龇着牙用手捂摸着自己的头。接着，这个女人就跟疯了一样，猛地从地上爬起并朝我扑来，这时她已顾不得自己脑袋正疼得厉害。

你这没心肝的，你这挨刀剐的，你心里不痛快，难道老娘心里就痛快了，我天天费心费力，伺候你们吃，伺候你们喝，反倒伺候出你的驴脾气来了，你狗日的有气冲你兄妹撒去，你这个吃里爬外的货，就知道在屋里欺负老婆，你们老顾家没一个好东西，离婚的离婚，偷汉子的偷汉子，真是上梁不正下梁歪啊……她嘴巴像机关枪胡乱扫射，嗒嗒嗒嗒再也停不住了，凡是乡下女人能骂出来的脏话狠话，都从她那薄嘴片里源源不断地冒出来。最可恶的是，她的两只利爪也不闲着，它们挥舞得要多起劲有多起劲，她就是要抓烂我的脸，撕坏我的衣服，让我再也没脸见人。

大龙小龙放完炮就钻进屋子，见到这种情形也吓得呜里哇啦号开了。国英依旧泼妇样地乱抓乱抠乱骂，她让我感到头晕眼花一阵阵恶心。我这辈子从没这么猛地喝过那么多白酒，酒这东西装在瓶子里的时候安安静静，就像放凉的白开水，可一旦装进人的肚子里，它就变成火苗子和魔鬼的爪子，火苗子把人烧得浑身燥热，眼珠子都红了，这人就跟魔鬼附了体一样张狂起来。

关键是，我手里一直拎着那只酒瓶子，面对女人的不断撒泼，起初我并没有要还手的意思，我摇摇晃晃，节节败退。可是，当双胞胎儿子进屋，哇哇哭闹的时候，我的忍耐也就到了极点，我都后退到墙角了，脸盆架子都让我的屁股给撅翻了，国英还是不依不饶。她竟当着我们儿子的面，狠狠扇了我一个大嘴巴，啪的一下，那声音要多响亮有多响亮。我瓷住了。她也好像愣了一下。也就短短的几秒钟沉默后，我突然高高地举起了右手，瓶子里剩下的白酒哗啦一下全倒了出来，洒得满地都是，酒精的味道火辣辣的，整间堂屋像是快要燃烧起来了。

此刻我再也不是我自己了，我不知道我是谁，也许我就是狗日的酒精变成的一个不折不扣的恶魔。再不，我是亡故了好多年一辈子爱酒不要命，喝醉了就打老婆骂儿子的坏脾气男人，这些年他一直阴魂不散，现在又通过酒精附在我身上了；我还记得他老用那双摸过无数个死人的手，恶心吧唧地抚弄我，至今想起这事我还心有余悸，我那时真是害怕极了，我还记得他抬起脚来朝我后背上乱踢，那时我还不到十岁，有一晚他又醉醺醺地用脚端我的时候，是仅比我大两岁的哥哥扑上来，用他单薄的身子挡住了那只邪恶的大脚片子。我那时觉得，这辈子能摊上这样一个大哥真好。

接下来，我耳朵里听到，只是空酒瓶子捶在人脑壳上的闷响，砰，砰……两个儿子歇斯底里地号叫起来，国英捂着脑袋跌跌撞撞拼命往院子外面奔逃，她一边跑一边喊叫，救命啊，快救命啊！我跟疯了一样拎着酒瓶子撵她，一直沿着村路追到亮着灯光的杂货店门前，这时国英忽然栽倒了，也许只是跑不动了，她仍旧捂着黑乎乎的脑袋喊救命，正在看店的老毕女人闻声把头从门里伸出来，她惊恐地看着我举起瓶子往国英头上抡去……

这种时候，我眼中看到的却是一大片西红柿烂在地里，它们红得像血，在银亮的犁铧的翻动下汁液乱溅，很快就被深深地埋进秋天的泥土里……就在干完活的那个晚上，我严重失眠了，我向来是脑袋一挨枕头就睡得像头死猪，可那夜死活也睡不着，胸口像压着块石头，只要把眼睛闭上，到处都是大片大片的血红，也是在那晚，我流了眼泪，要知道我好多年都没怎么流过一滴眼泪了，一个大老爷们儿，就为那几亩卖不出去的烂西红柿流泪，说起来真够他娘的好笑。

到底是啥时候醒的，为啥会在这么陌生的地方，我是一点儿也不清楚。脑壳里像塞满了碎石头，稍微一晃，就能听到轰轰的杂响，头重得让人天旋地转，根本动不了步。

我隐隐记起昨晚的事来。一开始，我在老毕家打麻将，我好像还赢了他们不少钱呢，我摸摸裤兜，那些钱卷儿好像还在。我再低头瞧瞧自己，胸膛上一大片血红，就跟洒上了好多西红柿酱一样。家里每年秋上都做西红柿酱，把那些红透了的柿子挤烂，一点儿一点儿塞进那种大号的葡萄糖玻璃瓶里，再把装好的瓶子排放到锅里蒸熟，每年国英都要花不少工夫做这件事，这样到了寒冬腊月，还有青黄不接的春季，家里依旧可以吃到味道不错的西红柿，而每次做酱她衣裤上都溅满了红色。今年秋上，几亩柿子卖不出去的时候，我还荒唐地想过，要是能把那几千斤果子都做成酱，怕是够咱们家吃上一辈子的。因为想到西红柿酱，我这才想起了国英。我再次低头看看自己，衣服裤子上红得有些发黑，我才意识到那不是西红柿酱，好像是血，人血。

我不由得打了个激灵，甚至还抻着脖子干呕了两声，浓得发臭的酒气立即从鼻孔喷出来，我呼哧呼哧就像牲口在打响鼻。我总算渐渐恢复了记忆。我又把两只手摊在面前瞅了瞅，才知道手是被硬生生铐上的，两只金属手环锃亮锃亮的，看着很坚固的样子。

国英？老婆？龙龙他妈？你在哪呢？喂……这里有没有人……快来个人啊！我像个十足的疯子，两只手抓住钢筋栅栏用力摇晃，满嘴喊叫个不停。过了一根烟的工夫，我才听到了皮鞋底在水泥地板上踏出的呱嗒呱嗒声，然后是钥匙嘎啦啦拧动铁门的刺耳声，一个全身穿着黑色警服的瘦高个儿男人，摇晃着肩膀走进这间窄狭的关押房。

妈的，叫魂呢！你到底喝了多少酒，醉到这阵才醒！

我咋能在这……警察同志？

夜里干了啥，你自己难道不清楚吗？

我……我……

你小子够狠的，把你老婆脑袋打得像个血葫芦。

我的脑子简直像被狗舔了，半天想了几想，只想出事情的那么一点儿影子，过去发生的一切都变得模模糊糊。我好像是跟国英动过手的，我再次低下头去看裤子上的血，那感觉就跟去年家里杀猪时溅上去的一模一样，血都黑得发亮了。

她死了？是不是？同志，国英是不是让我打死了？同志，我没想要打死她啊！我真不是故意的，同志，你快放了我吧，我要回家看看我老婆……

嚷啥嚷？这里又不是自由市场！现在说这些管屁用，你要好好反省你的罪行，把该交代的如实交代一遍。

那我老婆人呢？她……她……真的死了？

估计还在医院抢救，不死是你娃的造化，死了你得给她偿命！

我一下子颓萎了，身子比面条还软。我彻底傻了。我恨我自己。我更恨昨晚的老毕跟那个扁脸女人，都是他们挑唆的，要不是他们硬拉住我打牌，要不是他们的臭嘴叽叽喳喳像老鸹，我肯定能好好待在老毕家里，一直打它个通宵，我的手气不赖，我咋会中途发脾气推倒了麻将，一个人气冲冲跑回家去喝闷酒呢？这样想时，我又开始恨老大和老三，要不是他俩心血来潮跑回家来，我和国英的小日子过得好好的，我们俩从开春到秋后一直忙着种地的事，辛辛苦苦好不容易熬到过年了，我怎么会干出这么没人性的事啊。

我把自己心里憋了好久的话，都一五一十跟警察交代了。我说要是老大不得那种怪病，要是老三没有怀上那个野种，我相信自己啥都不会干的。警察大概不想听我扯得太远，啪地一下，用力合上了手里的黑皮本子。你自己干的蠢事，还想找别人垫背！他的样子好威武，大檐帽上的银徽刺得人睁不开眼，我就不敢再盯着他多看了。哼，你这充其量也就算个家暴，像你这样动手打老婆的家伙，我们见得多了，一抓住尻子就松了，一放回去又胡作非为。警察说完，照旧把我丢在阴暗狭窄的关押房，他的皮鞋踏出一串有力的呱嗒声，每一下都像是踩在我的脑门上。

老大来镇派出所探视我的时候，已经是第三天了，也可能是第四天，我记不太清了。自打我酒醉醒来之后，就再也没好好睡过觉，我觉得自己也像老大那样抑郁了，这里光线昏暗，人很容易把昼夜过颠倒的。见面后，老大半天一句话也没说，只是透过眼前的栅栏空当，给我递进一根他刚点燃的香烟，我抖索着叼进嘴里，我拼命抽烟的样子，一定像个烟鬼转世，我被烟气呛得大声咳嗽，眼泪都憋出两行来。老大就在外面盯着我看，好像在打

量一个非常陌生的男人。我再也不是他原来的弟弟了。我是个不
折不扣的罪犯。我身上手上都沾满了血。

等我抽完第一根烟，老大又点了两根，一根他自己抽了。我
们都不说话，我们之间隔着坚固的栅栏，彼此就这样陷入云山雾
罩中。后来他嗫嚅着，总算开口了。也许他一直在琢磨该怎么跟
我谈，像他这样念过大学，又在城里工作多年的人，是不会随便
说话的。

这都是咱们兄弟的宿命！他很用劲地一字一句地说着，好像
说话这件事让他非常吃力。命中注定的，得有这么一劫，咱俩打
小最恐惧的事情，现在都发生在自己身上了。你知道这是为什么
吗？因为我们兄妹仨心里都有病，这个病根在很小很小时，就种
在咱们身体里了，根太深了，想拔也拔不掉，所以，我现在能理
解老三了，她之所以不顾我的一再劝告，非要跟那个姓方的男人
好，说白了，她就是为了找到一个能够依靠、给她安全感的人。
她认为自己找到了，我知道多少年来，她最最需要的就是这个，
她想尽快地摆脱那个可怕的梦魇。

我听得懵懵懂懂，但我知道那也是在说他自己的事，他不就
是因为拿砖头砸烂人家脑袋丢了工作吗？我以为老大还会就这个
话题继续唠叨下去，可是老大忽然停住了，他把手里的烟头一点
儿一点儿掐灭，然后抬起头看着我。

还有一件事，也是关系到老三的。那阵子，我刚上大学不久，
放寒假的时候我回来了，那晚被两个要好的同学叫去小聚，回来
时已经很晚很晚了，因为怕吵醒大家，我就蹑手蹑脚走进院子，
刚走到堂屋窗跟前，就听见爸妈在屋里争吵，我没敢惊动他们，
就站在外面偷听了一会儿。我听咱妈恨恨地说，你这个老畜生，
连猪狗都不如，毕竟她爸长爸短地叫了你那么多年。不用猜，爸

肯定又喝了酒，舌头根有点儿直，我听他嚷道，狗屁，老子够仁义的，没把你跟那小野种赶出家门就不赖了。妈说你现在赶也不迟啊，爸说反正我不能太便宜了她，妈又狠狠地说，要是你敢动她一手指头，我就骗了你这个老酒鬼，我说到做到。这时妈大概说不下去了，隔着窗户我听见她呜呜咽咽的抽泣声，听起来又伤心又愧疚。我当时真傻，居然没有把他俩的话当回事，以为只是很普通的一次吵闹，现在我终于明白了，自从老三在这个家一天天长成个大姑娘后，妈成天都在提心吊胆地过日子，她总担心老三会受到咱爸的伤害。这个男人尽管是咱们的父亲，尽管已经死了好几年了，可我觉得他真的很邪恶，他这一辈子除了喝酒打骂老婆，竟然还对老三虎视眈眈的，就因为老三不是他亲生的，他一直想找机会报复母亲。

我不知道老大怎么突然跟我翻起这些陈芝麻烂谷子，反正我的心情已经坏到了极点，再加上这么一件家丑也无所谓了。现在我谁也恨不起来。要恨就恨我自己。我隐隐觉得，我们的骨子里都有一种可怕的东西，就像老大刚才说的什么宿命。老大在离开前，像是要做一个重大决定，他一本正经地对我说，老二，你放心，不管你和国英怎样，家里的事还有我这个大哥呢，我会把大龙小龙照顾得好好的。我真没想到他会这么说，他的话让我忽然想起多年前那个用单薄的身体掩护我的大哥，我的心里稍稍宽慰了一些。

直到后来老三哭哭啼啼见到我时，我才从她嘴里得知，为了能救醒国英，老大几乎把自己的积蓄通通取出来了。老三说，实在不够的话，她城里还有一套三居室的房子，是那个男人出车祸前过户给她的，她可以把房子卖掉。我使劲摇摇头说，这可不行，二哥不能把你的生活全毁了。后来老三又说，大哥已经去找国英娘家人谈了，希望他们那边不要起诉你。我看着脸色苍白如纸的妹妹，一时间心如刀绞，我连着说了好多遍，都是我连累了你们……

老三始终吧嗒吧嗒流着眼泪，她穿过栅栏紧紧攥住我的手。去他娘的血型，我才不在乎呢，在这世上我可只有这一个亲妹妹。

炎　凉

　　这里是个再偏僻不过的小镇子，东西南北统共两条窄街，相互交错，街道走不了几步就到头了，五尺铺，单听名字就知道有多可怜了。当然，这种说法未免有点儿夸张了，不过这爿小镇子确实不大点儿。头一回走在镇街上，我粗略地打量了打量，在靠近十字路口交叉处，有一家供销社，有一家理发馆和粮油站，还有一间药材铺子，都零散地分布在那两条灰头土脸的主街上。镇子最北边是个很小的汽车站，土院子里偶尔停着一辆公共汽车，看上去破破烂烂的，有两块窗玻璃永远都露着个大窟窿，是这里发往县城方向的唯一的公共车，通常早上出发，傍晚再摇摇晃晃赶回来过夜。靠近车站附近有一所学校，小学和中学混在一起的那种，我干爹家的姑娘们就在这里上学。最南端还有镇委会，很孤立的一个院子，砖墙头上曲曲弯弯地拉着铁丝网，里面有两三排平房，镇上的派出所也夹在里面。

　　要说街中心最醒目的东西，就数那块巨大的语录碑，好像有两层楼那么高，快赶上古城墙垛子厚实了，上面的大字已经看不太清楚了。无疑，它是当时镇上最高大的建筑物。我站在下面抬头望时，脑袋一个劲儿犯晕乎，真想不通，当初人们是怎么费心吃力地把它夯筑起来的。以至于多年以后，当建筑队的工人们大刀阔斧拆除它的时候，我心里竟有种最高大最神圣的东西顷刻倒塌的错觉。镇上的住户基本都在语录碑的后面的一大片房子里生活，这里大概有好几百户人家，里面还有许许多多弯曲的窄巷子，跟蚂蚁洞穴一般。我干爹家当然也在其中。

那天，我干爹转了转他那黑白分明的眼珠子，然后对着一屋子姑娘说："咱家小雨是年头上生的，你就管她叫二姐吧，一家子人没个叫法，日子久了就生分了。"我本来是不情愿叫她的，可我又怕干爹冲我翻眼珠吹胡须，再说人在屋檐下，哪有不低头的理，我在外面要了好几年饭，这个理还是懂得的。所以，我还是很不甘心地叫了小雨一声二姐。可小雨好像比我还不情愿呢，她连眼皮子都懒得抬一下，让我觉得好窝囊。我只好冲她做了个鬼怪脸，说实话我不喜欢她，一点儿也不，她这人好像属仙人掌的浑身上下都有刺，谁碰她她准保扎谁一下。要说呢，还是妹妹小虹最乖巧伶俐，没过两天就跟我混熟了，成天价跟在我屁股后面笑眉笑眼的，可惜的是她就是不会说话。

刚到干爹家，我还以为她也像她二姐那样，不把我当回事，不稀罕跟我说啥，随后我才知道，她根本就不会说话。其实，小虹刚生下来还是会说话的，可后来生了场病，发高烧不退，好些天都昏迷不醒，当时一家人都以为她没得救了，可后来她还是睁开了眼睛，却只是盯着人看，从此再也不能正常说话了，好在耳朵还能依稀听得到声音，算是不幸中的万幸了。旁人不论跟她说啥，她会眨巴着两只乌黑的眼睛点头或摇头，喉咙里偶尔会发出呜啊呜啊的声音。我也听干爹一再叹息，说虹虹这丫头比那姐俩都灵醒，不承想成了哑巴。我因为凭空地冒出了这么一个不会说话的妹妹，心里当然会有种说不清楚的滋味。

这个家还有更让我感到不自在的人，那就是我干妈。她完完全全是个女疯子，全镇子上的人都这么叫她。干妈成天蓬头垢面，疯起来简直有些邪乎。她总是睡到半天晌午才糊里糊涂爬起来，头发乱草样蓬乄着，从不知道梳理梳理，连衣服裤子都穿不利索，总是敞胸露怀地往街上乱窜，一只松甩甩的奶头子耷拉下来老长。她嘴里永远像老母鸡一样叨叨咕咕，鬼才能听清楚她在说些啥。有时见着一个什么人，她会鬼鬼祟祟迎上去，也不顾人家忙闲，缠磨住对方说那些永远也说不完的车轱辘话，不外乎是她闺女当了三八红旗手，镇上县上的头头今天要来家里送喜报，还要给她这个当娘的胸口挂大红花……常常惹得旁人哭笑不得。后来我才弄清楚，我这个疯干妈所说的闺女，正是早几年在镇上的一场武斗中被大火烧死的，听说尸身都焦枯了，根本就无法辨认，死得惨极了。也难怪，干妈人会疯成这样，人心都是肉长的，换了旁人估计也一样。

一开始，疯干妈也不太理识我，只是冲我莫名其妙地傻笑过几回，弄得我心里一阵阵发毛，两条胳膊上尽往出爬密密麻麻的鸡皮疙瘩。有一天大早起，我刚从屋里走出来，人还迷迷糊糊揉着眼睛呢，疯干妈就猛不丁站在我眼前了，简直跟女鬼似的盯着我的脸，那双眼似乎有些泛青绿色的光，那张面孔锅底样黑漆漆的，还有那一副鬼祟阴郁的表情，把我吓得一连大叫了几声。我的牙齿嗒嗒地打架，我定了下神，然后，拼命推开她，转身就往屋里钻。干爹闻声冲我嚷嚷："好生生的，你叫唤啥？难道是撞上鬼啦？"那时，我已经跌跌撞撞钻进堂屋，上气接不住下气，躲在门缝后面往外瞧，生怕她会撵过来纠缠我，要知道疯子跟常人是很不同的，说不准会做出啥怪事来。结果，等了好大一阵，除了听见干爹的几句恼火的质问，再没看见疯干妈的影子。我估摸着她也没啥恶意，要不早跟进来纠缠我了，疯子就是疯子，总是叫人捉摸不透。反正她疯她的吧，又不关我什么事，只要我夜里有地方睡上囫囵觉，白天不缺那三顿饭就成。反正刚来那时，我的想法就这么简单。

有一件事，倒是一开始就在我心里留下了影儿。我刚到干爹家的那天晌午，正赶上一个女街坊来家里串门子。她后来搭手同那姐妹仨给疯干妈洗头换衣裳，当时动静弄得确实很大，乍一听倒不像是在给人清洁换洗，好像是一伙人围在院里杀猪。因为疯子根本不听任何人的话，她们只能把她的两只手从背后反捆死，大大小小几个女人七手八脚搬着疯子的头，硬往脸盆里摁啊摁的，疯子不明就里哇哇喊叫着，湿了水的头发甩出无数的水点子，弄得院里跟下雨似的。那个年轻妇女袖子撸得老高，表情庄严，微微皱着眉头，看她脸面还很清秀。她的两只胳膊白得像刚剥了皮的水萝卜，她干活确实泼辣得很，任由疯子肆意折腾叫闹，她始终执拗地跟洗一件心爱的黑布衫似的，用尽全身力气把疯子的头按在盆里使劲搓揉。在疯子的忍耐达到极限并开始嗷嗷叫的时候，妇女猛地将早就准备好的一瓢清水接过手来，哗啦——全部浇在疯子的头发上，那水大概是有些凉的，疯子被激得浑身打了两个冷战，倒是比先前安生了，半天站在院里一副茫然无措的傻相，整个人就呆成一只落汤鸡样。妇女便乘机拉过一条旧毛巾，像擦婴孩似的将疯子的头脸揽过来，好一通擦。与此同时，那姐妹仨也松开了疯子的手，一个个扯胳膊的扯胳膊，拽袖子的拽袖子，动作麻利地将疯子身上的脏衣裳全脱了下来，又极其迅速地给她换上一身干净的布衫子。

　　女人们忙乎的时候，疯子的眼神不知不觉地停在我的脸上，她始终侧着脑袋，目光乜斜，嘴角朝下耷拉着，一串亮晶晶的口水滴答到地上，几只黑蚂蚁正在她脚下跑得慌慌张张的。这时，那个妇女也看到了我，她明显地愣了一愣，本来忙碌的双手忽然一顿，之后，就像没了力气似的低垂下去。她这一怔，旁边那姐妹仨也像受了传染，都不由得停下手里的事情，好奇而陌生的眼光一律直戳戳地投向我，像是要立刻把我这个陌生人赶出院子似的。当时她们都在上下打量着我，就像她们从来没有见过任何男的一样。我听见那妇女始终在自言自语，声音却又足以让所有在场的人听得清楚。她一连啧了好几下嘴皮子。

　　"哎呀，太像了，简直像神了……"

　　我当然不明白她在那里嘀咕些什么，什么像啊不像的，我就是我，也不知她说的我像谁，我脸上又没长出两个鼻子三只眼睛。就在这时，干爹脚步腾腾地出现在我身后，刚才是干爹给我指的路，他让我先进门去，他自己大概想去茅房方便一下。此刻，干爹好像也愣住了，院里的所有人都木愣起来，对于这场忽然到来的团聚，在场的每个人都没做好准备。唯独疯子仿佛获救了一般，刚才她一直被别人控制着，现在她总算可以不受约束天马行空了。于是，大伙不无惊讶地看到，刚刚换上新衣裳的疯子扭着屁股，野马似的朝街路上一路疯跑而去。

　　也不知怎的，妇女先前那股子冲天干劲，这阵子全松懈了，她一见到我和干爹，好像连魂都没了，整个人瓜瓜地僵在院里，半天都没再动，似乎连眼珠子都快直了。那姐妹仨倒不太注意我干爹，她们一见疯子往外跑，一个个大呼小叫地撵了出去，好像那个疯子把家里最值钱的宝贝顺带卷跑了。

　　干爹这才回过神。他一脸慌张地对我说："赶紧去追呀，她是你干妈，这孩子咋一点眼色也没？"听他这么说，我才赶忙往门外跑。我一边跑，心里一边嘀咕：自己咋摊上这么个疯干妈呀？刚才她们洗头的情景，多像一场滑稽的闹剧。疯干妈跑起来飞快，我们几个追得上气不接下气，一路上遇见好多人，都停下来或站在路旁瞧热闹，我多少有些臊得慌，那些目光好像都是冲我来的。他们七嘴八舌吵吵着。"快看快看，疯子又跑出来了。"也有人很疑心地问："咦，今儿日怪了，那家人咋又多出个男娃子？""兴许是他干儿子吧！"我知道那些人是在说我，忙低了头拼命往前跑，一不留神，就跟迎面过来的一个人撞了个满怀。

没等我细看，一记巴掌早劈头盖脸朝我头上抡来，我脚下还没站稳，根本闪躲不及，正好挨了那一下。狗日的好大的手劲，我差点儿没晕过去。我一骨碌想从路上爬起来，却又有一只大脚片子正朝我屁股上踢来，正中尾巴骨尖，疼得我一连叫了好几声。"老子给你娃点颜色看，走路不长眼睛啊？"我龇牙咧嘴从地上爬起来，一边用手拍屁股和膝上的尘土，一边抬眼朝那瓮声瓮气的家伙看去。冲我下手的是个男人，也许他并没有看上去那么大，只是他脸上到处是胡子，像说书人嘴里的猛张飞，胡子险些就遮没了他的嘴巴和鼻头。我本来想发作，见他模样实在凶悍，好汉不吃眼前亏，只好恨恨地朝地上吐了口唾沫，竟是鲜红的一团沫子，娘呀，我又流血了！我这人打小有个怪病根儿，就是生怕血，一见到红通通的血，不管是鸡血、狗血，还是蚊子吸了人的乌血，脑子立刻就轰轰乱响，耳朵里嘶嘶鸣叫，喉咙里腻歪歪地想吐，最严重的时候眼前会猛一黑，天旋地转，人就跌倒在地上了，啥也不知晓了。

当时，那圈脸胡又瞪了我一眼，见我懵懵懂懂不知所措，也就不再纠缠了，他转身迈步，跟什么事也没发生过似的摇摇晃晃走开了。我正站在路上犯糊涂的时候，那姐妹仨早已经拉拉扯扯把疯子逮了回来，那架势就像在赶一头不听话的母牲口。她们从我身旁经过的时候，我注意到疯子正在冲我斜着脸憨笑，那笑容直叫人心里发毛。被她那么一笑，我气不打一处来，她竟然还敢笑我，我这顿揍还不都是为她挨的！倒霉死了，怎么摊上这么个古怪的干妈。我心里这样默默叨咕着，注意力也就从地上那摊血上转移开了。我虚虚脱脱地跟在她们后面，一同往回走去。路旁有几个半大孩子大声嚷嚷起来："看呀，疯子洗头啦，疯子换了新衣裳！快来看啊，疯子男人回家喽……疯子黑里要跟她男人睡觉了……"这又惹得街边人群一阵哄笑，我羞得始终不敢抬头，心里忽然有种上当受骗的感觉。

　　我记住了那个阴郁的圈脸胡，那家伙长得像个瘟神，眼光比刀子都凶，说话粗声粗气，感觉走路都有些横着来的螃蟹样。那个在院子里自言自语、又冲我一个劲儿发愣的妇女，是镇子上的一个女裁缝，听说针线活做得又麻利又好，她整天待在家里，专门给别人做那些永远也做不完的衣裳，缝纫机踏得飞快。我也是后来才慢慢听到些风言风语，说这个女人原先跟我干爹好像相好过一段。当然，那个时候干妈人还没有疯张呢，干爹跟丁裁缝的事后来让大伙捕风捉影添油加醋传开了。那时候，我干爹也还没有离家外出，他跟丁裁缝同在镇上的被服社里干活，丁裁缝在缝纫组里，干爹在库房里每天负责搬运布匹货物。那时，丁裁缝的男人刚刚病故，一个寡妇带着几岁大的孩子过生活。干爹本来就人高马大的，身上有的是力气，他私下里老帮着丁裁缝做些重家务活，像买煤啦，脱脱煤饼子啦，或者上层房泥什么的。丁裁缝呢，不管做了啥好吃的，一准会叫干爹去她家里吃，或者，她自己拿铝饭盒装好，趁上班时送过来。后来时世发生变化，群众死抓住这些小事不放，丁裁缝就一次次被揪出来当破鞋游街挨斗，干爹自然也逃不脱干系，他被接连恶斗过好一阵子。后来我干爹大概是叫人斗怕了，或者，还有别的什么缘由，一天深夜里，他终于撇下一家老小一个人外逃了，这一出去就是好几年光景，直到外面的风声消停了，他才敢带着我重新回到五尺铺。

有件事我打一开始就感到好奇，既然丁裁缝跟干爹都那样过了，她怎么还能隔三岔五跑到家来，帮着那姐妹仨整理家务，给疯子洗澡换衣裳？还有，那姐妹仨竟然跟丁裁缝配合得那么默契，给我的印象是，丁裁缝才是她们仨的亲妈，而她们的亲妈反倒成为家里的一个累赘，一个摆设，一个无足轻重的疯子。这个问题好像很复杂，我是死活也弄不明白的，可能是年纪小，本来脑瓜子又笨，这世上有好些事情，根本是我无法想象和理解的。就像我一直都想不通，自己的爸妈怎么一夜之间就变成了他们说的"阶级敌人"和"反革命"，而我们一家又怎么好端端地就家破人亡了，我自己又怎么就成了无依无靠的流浪儿，又怎么稀里糊涂地跑到这样陌生的地方，给别人做了干儿子……这之前我确实要过一阵子饭，一年到头东奔西颠，不管见了啥人，我都瑟瑟缩缩伸出脏得像小鸡爪子样的手，嘴里不停地央求着："行个好，可怜可怜我，行个好啊，散点儿吃的吧，我肚子饿啊！"后来，也不知怎的，也许是他们说的缘分吧，三要两要地就要到我干爹的眼皮子底下。当时，我患上了重伤风，全身没有一丝力气，肚子空空的，有两天没进一粒米了，我歪歪斜斜跪趴在路边，见人就伸出自己的脏手。有时真恨不得变成一条乖巧的小狗，叫哪个好心人把我抱回家才好呢。

我干爹可真算个大能人嘞！旁人饿得连屁也放不出个臭味时，他竟能变着法儿，从林子中和排水沟里弄来些活物，什么麻雀啦，蟑鸡啦，黄鼠子啦，泥鳅啦，鲇鱼啦，田鸡啦，摇头虫啦，还有半死不活的野狗……那时节我跟着他，没少吃这些杂七杂八的活物。所以，没过多久，我的面色渐渐好转了，说话就有了些底气，喊起这个新认下的干爹，也就有几分理直气壮了。还记得头一回喊我干爹的时候，估计我的声音还没猫娃子叫得欢实。难怪我干爹说我跟个娘儿们似的。我看他要冲我翻着眼珠子，才又怯怯地唤了声："干——爹。"哪想他听了越发胀气，作势拍了我一巴掌。"真没出息，你大点声叫！别跟蚊子样拿鼻子哼哼。"他一嗍，我都要尿裤子了，但我还是拿出吃奶的力气，重新叫他干爹，兴许是叫得太用力了，嗓子干得难受，我蹲在地上咳嗽了半晌，差点没把胃液呕出来。干爹这才勉勉强强又在我肩膀头上拍了拍，我竟没防住一屁股跌坐在地上。他上上下下打量我，嘴里总算挤出一串满意的嘿嘿声。也许是从我叫干爹以后，他才把我当自己人了，没事时跟我叨叨他的那些法宝。"现今人人都穷得剩下腿脖嘟夹俩卵蛋子，跟他们讨吃要喝，怕能要来个屁！得靠自己想法子。"所以，我常想，这辈子能遇见干爹，准是我家前八辈子里修来的福分，是祖坟冒青烟的大好事——尽管我都忘了祖坟埋在啥地方，或者，它早就让人给掘了，反正这些对我来说已无关紧要了。若不是我干爹肯收养我，让我给他做干儿子，在我最艰难的时候，匀给我一口吃喝，我又怎么可能变成多年后的那个我呢？做人得凭良心，我这条命等于是我干爹给捡回来的，我这辈子跟定他了，他让我往东我绝不往西，他让我打狗，我绝不去撵鸡！

　　到家第二天吃饭前，干爹非让我跟那三姐妹在他面前跪成一排。小云小雨她们都很不乐意的样子，唯独小虹很乖，默默地先跪下了，我当然也得听干爹的话，忙跪倒服服帖帖磕了三个响头。这天干爹情绪高涨，开始跟大家高谈阔论："三国时候，刘关张桃园三结义，不求同日生只求同日死，你们姊妹四个往后也要像老古人那样，有难同当，有福同享啊！"后来就在饭桌上，干爹又郑重其事地给我安了个新名字。他盯着我的脸绞尽脑汁合计好大一会儿，才胸有成竹地说："你能来咱这个家，就是个缘分，往后到底叫你个啥好呢？"说着，他的眼珠子滴溜溜满屋子转起来，转来转去，他就死死盯着屋顶中央那根又粗又直的大梁，上面有道尺把长的黑裂缝，仿佛被雷电劈开的一般。当时，我正埋头吞野菜糊糊。我已经很长时间没有坐在家里吃过一顿像样的饭了，我的嘴巴呼噜呼噜直响，简直像头贪吃的猪，头脸和鼻梁上都是细密的汗珠子，根本顾不上说话。

突然，干爹像中了邪似的大叫起来："有了，有了，我看你呀，就叫雷雷！都说平地一声雷嘛，这名字又硬强又响亮！从今往后你就叫雷雷吧！"我迟疑了好一会儿，这种事情似乎有些奇怪，因为干爹起的这个新名字，我忽然觉得自己要变成另外一个什么人了，就好比我以前是根木头，现在却莫名其妙地改叫石头了，这是完全不搭界的两种东西，真的叫人一时难以适应。但转念我又寻思，他们家的几个姑娘无非是云啊雨啊的，到我这也得顺着过去那个意思走，一家人的名字得讲究些，起"雷"字大概最恰当不过了，谁叫我是个男的呢。于是，我边吞咽菜糊糊，边冲干爹傻了吧唧地点头，好像吃东西的那个家伙跟点头的并不是同一个人。这里的一切不由我做主，雷雷就雷雷吧，听着也还顺耳，况且，我已经是人家的人了，怎么叫都成。这样一来，我便更名换姓，雷雷这名字听起来倒很有男子汉气魄，我也就认命了。我也能感觉到，这一天干爹高兴得无可不可的。

我干爹拿他厚厚的手掌来回地摩挲着我这个干儿子的脑顶心，好像刚刚逮回家来的一条小狗，因为给它起了新名字，就得一遍一遍叫个不停，好让小狗也能尽快知道自己叫什么，以后才能更好地听主人的话。他一面抚摩着我的脑袋，一面再三地嘱咐那姐妹仨：

"从今往后啊，雷雷就正式是咱家的人了，你们仨对他要像自己的亲兄弟一样，谁都不许挤对他嫌弃他，这个家有你们一顿饭，就要添他一双筷子！就算我们穷得只剩下一碗粥了，也要多分给他两口喝。"

听到我干爹这么说，我才有勇气抬起头瞅瞅屋里的人：小云正在扒拉最后一口饭，她吃东西的时候，下巴总是在碗里拱来拱去，弄得嘴巴四周黑黑一圈子，生了胡须一样好笑；小雨腮帮子一鼓一鼓的，好像她吃进去的不是菜糊糊，而是一对香喷喷的鸡蛋，总是舍不得咬碎，就那么鼓鼓囊囊地含着不动；唯独小虹，两只小手托着下巴颏，正眨着黑豆样的眼珠看着雷雷呢。我干爹的话音一落，她就率先点头，并且还偷偷地冲我笑了一下。也就在那时，我不经意间发现，小雨正拿眼剜自己的妹妹呢。她怎么会这样做呢，她好像天生跟我是对头，我能感觉到她打骨子里是瞧不起我的，至少一开始就是这样。

没过多久，小虹就悄悄地给我洗过一件布衫，还有一条裤子。裤子和布衫都洗得干干净净，她肯定偷偷地用了家里好多胰子。那些洗过的衣裳再穿在我身上，走起路来，鼻子里总能闻到那么一股子清淡的香味，就好像有个香喷喷的女孩子成天时刻相随。

如果我没记错的话，事情的经过大概是这样的：那一天我从茅房里走出来，就猴子似的爬上了一棵老榆树。那树上有只鸟窝，我刚一到五尺铺时就注意到它了。那棵大榆树就倚靠在巷道里的公共茅房的后墙根下，大概因为这里有着天然的肥料，这棵榆树长得又粗又壮，枝繁叶茂。见四下里无人，我往手心啐了两口唾沫，噌噌噌，三下五除二就爬上了树头。一只老鸹被从窝巢里惊起，呱啦呱啦地在头顶一通乱叫。都说老鸹这鸟不吉祥，谁碰上它谁倒霉，我却不信这个邪。我迫不及待地伸手进去一摸，里面果然有好多热乎乎的鸟蛋呢。我乐得直吹口哨，随手将那些鸟蛋装进裤兜里。结果等我从树上下来，鸟蛋竟挤破了两只，裤子弄得黏糊糊的，凉丝丝地粘在大腿上了。我哪里还顾得上这些事，唯独觉得蛋破了可惜死了。

接下来，我就一气跑到镇子东面，那里有一座石板桥，桥头的石头碑上刻着"中华桥"三个大字，看得出老早以前字是涂过红油漆的，如今已斑斑驳驳的，颜色有些剥落了。我站在桥上往下面看，桥下的河水尽是黄泥汤，但水并不大，缓缓流着，奄奄一息的样子，靠岸的地方大块大块的沙泥都裸露了出来。我顺着那土坡快步溜跑下去，在河底裸露的沙泥滩上，用手掏了两把湿胶泥，又把鸟蛋一只一只掏出来，用湿泥巴小心地包裹好，像包饺子似的，不多不少，正好六只。再找来一些干柴草和枯树枝，就点着火开始烤那六只裹好的泥蛋蛋了。

等把外表的泥皮烤干了，里面的鸟蛋也就烤熟了。我就坐在岸边把火烫的泥壳往掉剥，十根手指都烫得要起泡了。正当我准备美餐一顿的时候，小虹不知从哪里钻出来，吓了我一跳。我生怕被她看见自己的这副馋相，慌急慌忙把那些滚烫的东西揣进兜里，已经剥开壳正在冒热气的那只，被我情急之中一口吞进嘴里去了。这时，小虹不声不响地在我旁边蹲下来，害得我只好忍着巨烫，硬把那只鸟蛋咽进肚子里，泪水顿时在我眼眶里直打旋儿。

小虹用一根手指指了指旁边的一棵树，又指了指我们面前的那堆灰烬。我说："你比画什么，我看不懂，你跟着我来到底想干啥？"小虹就用手窝成两个圆圈圈，接着，那两个蛋形的圈圈忽然变成一只鸟儿，轻轻扇着翅膀，在她面前飞了起来，而且，越飞越高。她这样比画过了半天，我才终于猜出她的意思了，小虹大概是要告诉我，那些蛋会孵出小鸟的。"这个谁不知道，不过你可不知道鸟蛋有多好吃呢。"小虹有些伤感地冲我摇了摇头。"我不骗你，真的！味道好得很，不信，你也来尝一个？"说着，我就从裤兜里掏出已经烤干了的泥蛋蛋给她看，她肯定没想到，那些鸟蛋被我弄成这种怪模样，就忍不住笑了起来。她一笑，两腮就露出浅浅的酒窝，受看得很。

小虹天生的瓜子脸，眉眼微蹙着，加上那一对不偏不斜不大不小的酒窝，模样真的没得说。当下我先剥好了一只烤熟的蛋，用两根手指夹着，走到她跟前。"我来你家也好些天了，今儿我这当哥的要给你个好吃头。"小虹大概不太想吃，慌忙拿手捂住了自己的嘴。我说："小傻瓜，这个真的好吃呢，不信，哥给你放到嘴里尝尝，要是不好吃的话，以后我就不再当你哥了。"可她还是不肯放下手，身体也一个劲儿往一旁躲闪。看她那副好笑的样子，我故意逗她，假装一下子把蛋塞进自己嘴里，鼓起一只腮帮子给她看，还假装吧唧吧唧嚼了起来。她见我分明已经吃下了刚才那只鸟蛋，才放心地把捂在嘴上的手松开，没想到我却变戏法似的，忽然就将捏在另一只手里的蛋拿到她眼前了，她显然吃了一惊，嘴巴顿时张开了，我乘机将那鸟蛋准确无误地放到她的嘴里了。"你一定得吃，不吃就是看不起我这当哥哥的。"小虹怔了一会儿，她明显犹豫着，嘴巴终于慢条斯理地嚅动起来。也许，她真的不想吃这东西，可她又不想失去我这个哥哥。看她吃东西时的谨小慎微的样子，我心里顿时涌起一股连自己都说不清楚的东西，酸酸的，又有几分暖意。可以说，这种类似兄妹情义的东西最初就是从小虹这里体会到的，我以前太孤单了，家里就我一个小孩，加上又稀里糊涂流浪了几年，世态炎凉见了不少，如今身边猛不丁冒出个小尾巴似的妹妹，感觉真的很不同。

晚上，小虹一声不响地把我脱下来的裤子和布衫全拿去洗了，然后，一一晾在院里的晒绳上。在这个家里，她似乎是最明白投桃报李这个道理的人。第二天早上，我一觉睡醒，迷迷糊糊透过窗户一望，自己的衣裳好像长了翅膀，正在院里神清气爽地随风舞动呢。我揉着凝结在眼圈干巴巴的眼屎，心里顿时有种说不出来的滋味，甜滋滋，暖融融的，跟刚喝下一杯热糖茶一样浑身舒爽。我趁别的人还熟睡着，就蹑手蹑脚下了地，光着两只脚片子，溜到屋外去。衣服裤子大概远远就看见主人了，它们挥舞得更厉害了，在晨风里啪啪作响，好像这辈子头一回被水洗过一样，又像是要扑过来热情地拥抱自己的主人。其实，这倒是实情，我在外面讨饭的时节，哪里还顾得上洗衣裳呢，肚子都塞不饱啊。再说了，哪有叫花子把自己洗得干干净净的理？那样的话，谁还会可怜你呢！人家准保会奚落你，还要饭呢，连弄虚作假装讨吃都不会！所以，我早已习惯了邋里邋遢过日子，现在自己的衣裳有人给洗，这简直有些受宠若惊。

这时，我又想到那个鸟窝和那些被烤熟的蛋，又想到昨天小虹吃到我烤的鸟蛋时惊奇的模样，忽然觉得这个妹妹真的有情有义，她是知恩图报呢！往后啊，我得加倍对她好才是。我只顾胡乱想着，却没顾及脚底下，猛地感到一股钻心地疼，脚底心让院里的一个碎玻璃碴子刺中了。我吱吱地咧嘴尖叫，同时抱起那只受伤的脚，扫了一眼，果然血正往外冒呢，半只脚片子红得像涂了油彩。我那些年四处浪荡，也算见多识广，连死人弃婴都见过无数，可有一样，就是怕看见生血，只要一见到鲜红鲜红的血光在眼前晃，脑子就轰隆隆响，人立刻就发蒙了。我当即感觉眼前一红一黑又一白，便跟个瘟鸡似的跌倒在院子当间了。

醒缓过来时，我干爹长长的黑指甲还死死地摁在我的鼻孔下面，那里火辣辣的。我想自己大概是让他硬给掐得疼醒过来的。那姐妹仨也都团围着我看呢，一个个神情怪异，好像我马上就要咽下最后一口气了，她们都是来给我送终的。这时，我也忽然就注意到小虹那双眼湿漉漉的，扑闪闪的两汪泪水，快要撑破她的眼眶了。我干爹接连叹息道："咋流那么点子血就晕倒了，就是纸糊的人，怕也没你那么闪的！"

没等我开口说话，我干爹又对那姐妹俩说："雷雷身子忒虚了，白天你们上邻居家看看，能不能借俩鸡蛋回来给他补补？"一听干爹说鸡蛋，我的口水都快流到枕头面上了，一个鸡蛋至少赶上十个鸟蛋大呢，吃起来那该有多美气。一时间我的脑子里尽是鸡蛋，煮的，炸的，还有荷包的，口水止不住往下淌，脑子似乎就不那么晕了。自从在外流浪后，我是再也没有吃过一口这些东西了，要是真能吃上两个荷包蛋，就是让我立刻去死也甘心了。

可是，除了小虹红着眼圈冲干爹点头，另外那姐俩完全没有丝毫表情，尤其是小雨，竟然狠狠地白了我一眼，鼻孔喷出一串不满的哼哼声。小云也在旁边支支吾吾："上谁家能借得来呢？别说蛋，咱镇上连根鸡毛也难找见，这年头谁家还养鸡呢？"她这话倒不假，我这些日子在镇上好像连声鸡叫都没听到，要是听到的话，我也许早就下手了，根本等不到我干爹现在发话。

我干爹无奈地看看屋顶，那里正好有个破洞，草席子呼扇着灰尘，像只突兀的天眼，放射进一孔蓝光，外面是个大晴天。我干爹又嘱咐她们姐妹在家好好照看我，自己便早早出门去了。干爹前脚一走，小雨就开始发难，她指着院里晒绳上正在随风摇摆的衣裳，愤愤然地质问小云："大姐，你咋手那么贱，凭啥给旁人洗那些破衣烂衫？"老大哈欠连天，茫然地望望窗外，纳闷地说："我吃饱撑的呀？我哪有那号闲力气。"小雨听了，立刻把目光瞥向小虹。我生怕她会骂小虹，就忙应声，说那是我自己洗的，不关别人的事。小雨声调一下子抬高了八度。

"放屁！你想骗谁呢？瞧你那副懒猪相，我还没听过，圈里猪也知道洗澡的！"

小雨太过分了，竟然把我说成一头猪，我身上是脏了些，可那不是生活所迫嘛，谁愿意把自己弄得脏兮兮的？我气得一下子就坐了起来。

"你说话咋那么难听？"

"南听了往北听呀！"

小雨更是摆出一副天不怕地不怕的革命架势，好像她才是这个家的老大。"你倒挺会装洋蒜的，刚才不是还躺在那里装死狗吗，怎么这阵子又神气活现的了？！"她的嘴真毒，一会儿把我比猪，一会儿又将我比狗，我当然知道她心里是咋想的，她想说我猪狗都不如，我最好赶快滚出她们家。我偏气她说："人家不就是洗洗衣裳嘛，犯了你哪门子法，轮到你说三道四的！"小雨把杏核眼一翻，双手抌腰，一副厉害的虎姐相。

"猪洗自己当然不犯法，可人要是非去洗猪就是犯贱！"

她怎么能骂妹妹贱呢？我实在有点儿忍无可忍，便呼地又从炕上跳起来。小雨乜斜着我说："咋啦？难道你还想在我们家逞威风？告诉你吧，姑奶奶可不是吃素的！"小虹似乎也有点儿害怕了，赶紧上来拽拽我的胳膊，又去把小雨往后轻轻地推了推，哪知小雨竟冲妹妹呸了一下，唾沫星子全飘到我脸上了。"你手咋那么长，家里的胰子全让你用光了，往后让我们还咋洗衣裳？"我

的脑瓜子彻底清醒了，刚才还糊里糊涂的，听见她那么厉害地训
斥小虹，热血一下子就冲到脑瓜顶，我也犯起浑来，猛地从炕上
蹦到地上，二话不说伸手就推了小雨一把，哪知她弱不禁风，竟
趔趄着扑通倒在地上，后脑勺也磕着了柜角，疼得哎哟起来。不
过，小雨马上站了起来，她大概不想姐妹们看她的笑话，就虎视
眈眈地瞪着我，目光好凶啊。我也不甘示弱看着她。小虹一定感
到害怕了，脖子缩到了衣领里。小云见这情形，也张着嘴有点不
知所措，不过依着她的性子是不会上来帮手的。

　　我还以为小雨会扑过来跟我恶战一场，但我马上意识到自己
错了。小雨一扭身跑到屋外去了，眼见着她三扯两抓，就将绳子
上的衣裳全扯到地上，然后，她双脚跟神婆子跳大神似的，挨个
在地上的衣裤上一通胡乱踢踏。我压根儿没料到她还会来这一套，
这算什么，阴损缺德，打不过人家，就欺负人家的东西，那些衣
裳是招她了，还是惹她了？我当然不能忍气吞声，可我身上只有
一条短裤衩，我顾不得许多了，我三步并作两步也跑到院子里。

　　我真不知道自己当时哪来那么大力气，猛然从身后把她的腰
给箍住了，随后就势往我怀里一带，小雨整个人就像一片薄薄的
软云彩，轻飘飘地被我举过头顶，我当时真想把她扔到地上，先
摔她个狗啃屎再说。可终究还是没那么干，主要是下不了狠心，
万一摔出个三长两短，也太对不起干爹了。不过，我也不能就那
么太便宜她，我心血来潮地把她高举起来，脚下开始疯狂地转磨
磨，她吓得尖叫起来。我转一圈，她就扯开嗓门叫唤一圈，叫得
像条可怜的小母狗，她肯定快被我吓死过去了。

　　小云和小虹相继跑到院里，生怕我做出傻事来。小云一个劲
儿嚷着："雷雷啊雷雷，你快放下她，你快把她放下来吧，算姐求
你了。"没想到她倒那么快就改口叫我新名字了，可我还不习惯

别人喊这个名字，好像那是在叫别的一个什么人。所以，我听了反倒更来了劲，她越是想让我放，我就偏不放，我非要好好治治这个小雨，她也太跋扈了，我得给她点颜色瞧瞧，要不然她老以为自己是天下第一呢。这时，小雨却突然哭了，刚才只是哇哇叫，现在我听得清楚，她在我头顶呜哇呜哇地大号起来，完全不像先头那么斗志昂扬了，再勇猛的女人一哭起来就变成弱势群体了。这时，小虹也直冲我连比画带哇啦的，看她又着急又说不出来的样子，我的心肠忽地就软了。这是我的弱点，我最怕听到女人哭了。就猛地停下脚不转了，小雨早跟一片麻袋似的瘫软在地上，老半天也不能动弹。

小虹已经悄无声息将落在地上的衣裳都拾起来，又挨个地拍拍打打抖干净了灰尘。小云这才反应过来，忙上前搀小雨，哪知，小雨却给她个狗咬吕洞宾——不识好人心，忽然用力推了她一把，并拖着很长的哭腔喊："滚开，谁稀罕你来扶我！"小云躲闪不及，一个屁蹲坐在院子里，脸色涨得通红。我和小虹相视一笑，她的酒窝真的好看，不知老天爷是怎么给她长上去的！干脆这样说吧，小虹的那双酒窝要是再高一点、再深一点、再大一点，都不好看，就她现在这个自自然然的样子，最是美丽动人的。

我以一个胜利者的姿态，大摇大摆进屋去穿衣服套裤子，浑身上下都香喷喷的，多少有种首战告捷的气派，边穿边自言自语："有多久没穿过这么干净衣裳啦！从今往后，我得干干净净活人了，再不那么邋里邋遢的了，要知道，我也是有妹妹疼的人啦！"这样说着心里简直跟灌了蜜糖一样，别提多自在了。等换好衣裳，人果然精神多了。我就特想出门去走一走。小雨连看也不看我一眼，一个人坐在门槛上噘着嘴，脸蛋都恼羞得发红了。也许她是让我刚才那么一通折腾给怔住了。小虹却悄悄地跟在我屁股后面，小尾巴似的，我走多快她就跟多快。

　　等到了街面上，我才忽然站定，感觉小虹快跟上来了，我也不回头，却只往后伸去一根手指头勾她。小虹愣了一愣，马上就高高兴兴地用她的小手抓住了我的指头，然后，我就拉着她的手，嘴里小声喊着"一二一"齐整整地往前走，真好像一对刚刚打了胜仗的解放军战士。走了一会儿，我又问她："刚才，你害怕不？"她使劲点了点头，但立刻又摇头。"你二姐那样不仗义，得有个人管教管教她。"小虹冲我眨眼笑了笑，继而又使劲点了点头。

　　这时，我发现小虹的那双酒窝也跟着笑，一左一右地笑，不由得伸出另一只手去摸那小酒窝，她稍稍一闪，可还是让我摸着了，那脸蛋面粉样又面又滑手。我吃了一惊。长这么大，还是头一回摸人家女孩子的脸皮呢，心就怦怦乱跳起来。小虹顿时害了羞，可能是不习惯有人对她动手动脚。可我实在是忍不住，心痒痒，摸完了左边，又想去摸右边。小虹后来不再躲了，由着我的性子摸来摸去。可不知怎的，那酒窝只要一摸就消失了，像天上的一朵云彩随风散去了，真是太神奇了。

　　我继续拉着小虹的手一路往前走，嘴里不无感激地说："穿上干净衣裳就跟过年一样！"小虹就用手指我的衣裳，又指她自己，再比画着搓洗衣裳的样子。我猜想，她大概是想说以后还要给我洗呢。我心里暖暖的，就拿手指轻轻刮了一下她的鼻子，那鼻子小巧玲珑，配在她脸上显出几分俏皮来。我笑着说："你真是我的好妹妹！"小虹听了，脸红了起来。我俩迎着刚升起来的太阳往前走，阳光在树梢间闪啊闪的，一道银，一道金，好生刺人眼。我心里一直是暖和的，感觉整个人从来没那么神清气爽过。

　　远远看见那天来家里的丁裁缝，正从一个院门里闪出来，手里端着明晃晃的搪瓷尿盆，盆沿上好像还有字，看着鲜红鲜红的很惹眼。太阳这家伙也不嫌害臊，偏偏一头扎进她的尿盆里游啊游的，把里面搅得泛起一圈圈金光，在人眼前乱闪。小虹像是怕被丁裁缝看见，拼命想把手从我手里拽出来。可我偏偏抓得死紧，她死活也拿不出来。丁裁缝瓷愣愣地端着尿盆，头发睡得扁塌塌的，衣裳扣子也没扣完全，胸前凸出两半团圆白。她似乎忘了去倒尿，只顾盯着我俩打量起来。她身上有一股子好闻的味道，说不清是花还是草的味儿，隔着几步远就闻着香香的，往人心肺里钻。

"你娘这些天好着没？"丁裁缝一边打问小虹，一边用余光看着我，或者，她只是想问我的，因为小虹不能告诉她什么。疯子还有啥好和坏的，反正每天都一个样。我心里这样想着，可嘴里却说："我干妈好着呢，她能吃能睡的。"丁裁缝依旧是一眼上一眼下打量着我，好像我们头一回见面。说心里话，被一个女人这样打量心里总觉得不太舒服。

小虹暗中拿指甲一再挠我手心，意思是催我快走呢，不要跟她啰唆。我又听见丁裁缝自言自语道："好着就好啊！"又嘀咕说："咋长得这么像唉，神了……"说得我一头雾水，到底谁像谁，是我像小虹，还是小虹像我？这女人咋一见面就说这些没头没尾的话。我就有点儿想走开了，说："那你先忙着吧！"便拉起小虹径直往前走。走了好一会儿，猛一回头，发现那个女人仍旧木头人一样僵在路中央，远远地望着我们。太阳还在那尿盆跟前摇头晃脑，真的一点儿也不害臊。以前，我从来都没发现，太阳原来是个最没意思的家伙，看它脸皮老红扑扑的，其实是这天底下最最不知羞的东西，好像没它不敢正眼瞧的。我转头去问小虹："那个女的咋回事，老神神道道的。"小虹一声不吭。我又问小虹："她说那话到底啥意思呀，老说像不像的，让人摸不着头尾。"小虹当然回答不了我的问题，或者，她心里清清楚楚，就是嘴里说不出，要她拿手比画恐怕也不太容易讲清楚。唉，小虹这丫头真是可惜了，她要是能说话，我们俩在一起该多美呀！

　　沿着街道又往前走了一会儿，风吹得小虹的头发在耳边哗哗哼着歌儿。我忽然听见有人喊小虹的名字，忙停下脚步回头望，见一个比小虹还要矮些的男孩子，疲疲塌塌向我们跑过来。他肯定也是刚从被窝里钻出来，眼屎粘了满眼圈，大口大口喘着气，一股股馊味道从嘴巴里喷出来。"喂，站住，快站住，我妈让把这东西交给你！"小家伙不住地打着哈欠，随手就将一个纸包递上来。小虹只是愣着，半天也没伸手去接那个东西，相反，她把两只手全都背到身后去了，好像那东西烫手呢，不敢轻易接。我不清楚小虹为啥那样做，可也不想跟这个小家伙啰唆什么，毕竟不认识他。"小仨儿，你到底要不要？"对方大概有些不耐烦了，正眼屎巴巴地翻着白眼球瞪小虹，随后，啪地将那个牛皮纸包撂在小虹的脚下了。"哼，爱要不要，反正东西送给你们了！"小家伙用力一吸鼻涕，扭过头又疲疲塌塌顺着原路跑开了。

　　我隐隐听见那男孩子边打哈欠边数落我们，好像还骂小虹是个大傻瓜，给东西都不知道接一下，还有哑巴什么的，反正都是些难听的话。我忽然有些生气了，就势抬起脚，朝地上的纸包踢去，东西被我踢出几步开外，纸包散开了，里面钻出两只黑乎乎的物件。我这才看清竟是一双黑布鞋，尺码不小，大概只有干爹能穿得了。我脑子里又浮现出那个丁裁缝的模样，还有那天她给疯干妈洗头的情形，再加上眼前这双有些蹊跷的黑布鞋，我心里有种说不出来的感觉，隐隐觉得，丁裁缝和干爹家肯定关系不一般。小虹见我还在发愣，才悄无声地过去弯下腰，一只一只把地上的东西捡起来，又将鞋面对准鞋面，砰砰地拍打了几下灰尘，这才并拢了抓在手里。

可就在这天晚上，我干爹非要我们把那双黑布鞋还给丁裁缝，说是心意他领了，可无论如何不能拿人家的东西。说心里话，那双布鞋做得没得挑，针脚又细又密，帮子是帮子底是底的，鞋里面还衬了一双新鞋垫，鞋垫上还绣了两朵好看的牡丹花，要是送给我穿，我睡着了都能笑出声来。可我干爹只扫了一眼，就板着脸说："往后都记住，没有我的话，你们谁也不许随便拿旁人的东西，哪怕是根针也不成！"我和小虹互相看了看。小虹有话说不出口，只是低了头，可我心知肚明的。"不是我俩非要拿，是她家小子扔在路上就跑了，我和小虹没法子才捡回来的。"干爹说："让你们还回去就还回去，哪那么多废话！"干爹口气不容置疑，我也就不敢犟嘴了。小雨在一旁怪怪地笑着，有些扇阴风点鬼火的架势。干爹又说："你们几个都听好了，咱人穷可不能志短，老大老二你俩是当姐的，往后凡事都要给弟妹带个好头。"小云好像没睡醒，木呆呆地望着干爹，眼角挂着两颗白眼屎。小雨马上接过话茬，斗鸡样梗着脖子，说："这个家本来就缺吃少穿，旁人送双鞋没啥不好，那也比领个吃闲饭的回家强！"

我当然知道她还在为一早的事怀恨呢，所以才拿鞋来说事。也就在我胡思乱想时，我干爹突然把一个响亮的耳光甩到小雨的脸上。"一家人不说两家话，他就是咱家的人！"干爹把眼睛瞪得铃铛大。"往后不许你们对雷雷说三道四的！"小雨始终捂着脸，目光硬硬地瞪着干爹，剑拔弩张的样子，像是要起来造反了。

我真的有些害怕，不管怎么说，不能因为我一个人，弄得干爹家里鸡飞狗跳不安生。我赶紧拿起桌子上的那双黑布鞋，二话不说就往出走。等我走到门外，小虹撵了上来。我在夜色中瞅了瞅小虹，她的眼睛黑黑亮亮的，一眨一眨。我就知道她在跟我说话，她的眼睛告诉我，千万别生小雨的气。我忽然一抬头，发现天上有两颗很亮很亮的星星，它们挨得很近很近，就像拉着手一动不动站在我们头顶上。"小虹你真好，你要是能说话，那该有多好啊！"小虹听后笑了，虽然外面很黑，可我能看清那双酒窝也在笑，浅浅的，甜甜的，像水中的涟漪悄悄地往我心里渗。我就想这酒窝肯定是老天爷赏赐给她的最好的礼物，老天爷真是有心，见小虹说不了话，所以就多送了她一双酒窝子，这就让她比一般人生动了许多。于是，我一把拉过小虹的手。"快跟哥走吧，咱这就把东西送回去，别惹干爹他不痛快了。"

有些事情是注定要发生的，想躲也躲不开，丁裁缝白天送给我干爹的那双鞋，竟成了这天晚上将要发生的事情的导火索，很多时候看似没有任何关联的一物一事，却在暗中紧紧扭结在一起。退一步说，若是干爹接受了那双鞋，也就不会有下面遇见的事了。我们都被蒙在鼓里，谁也不知道以后将会发生什么，未来似乎永远藏在黑暗中。我只知道自己拉着小虹的小手，她的手软软的，好像没有骨头，拉着拉着就潮湿起来，不知是我出的汗，还是她的。反正，这些汗水把我俩的手牢牢地粘住了似的，谁也分不开。我们踩着路上的一层淡淡的星光，很快就来到丁裁缝家。敲了一会儿门，半天也没人应，我跟小虹交换了眼神，便径直推开虚掩的院门走进去，反正是来还人家东西的，又不是来做贼，先进门去再说，这双鞋今晚非得物归原主，要不干爹肯定不答应。

一进丁裁缝家的小院，便听见堂屋里有些不明原因的响动，间或是丁零咣隆的碰撞，好像桌倒椅翻一般，还有可怕的尖叫声，虽然压着嗓子在喊，却能听得出是女人，叫得好生恐怖，遭强人打劫了一般。我和小虹顿时吃了一惊，不知屋里发生了啥事，可也顾不上犹豫和多想，人往往是让事情赶着往前走的。我当即带头闯了进去。果然，是丁裁缝在那里喊叫，她家屋里的桌子板凳的腿子全都朝上了，一张裁剪用的大木板案子也斜到墙角，尺子、画粉和炭火熨斗，也全都落在地上。那只发红的铸铁熨斗恰好躺在我脚下，里面的火炭还没熄灭，带着火星的炭灰溅了一地。床上有副粗壮的身板正死死压着那个女人。我俩进屋以后，那个光膀子流氓居然旁若无人，依旧手忙脚乱扯女人的衣裳，边扯边气吁吁地嚷叫："娘的别叫唤了，老子瞧得起你！别给脸不要脸了……"

小虹被眼前的情形彻底吓蒙了，大张着嘴嗷地叫出一声来。她这一叫不要紧，正在床上耍流氓的男人回过头，不过他人依旧骑跨在那女人身上。我就注意到那家伙的裤子是半解开的，像正等着大夫给他屁股打上一针才肯罢休。我忽然认出他来，这人正是那天在街巷里莫名其妙揍了我一顿的圈脸胡，这家伙就算烧成死灰我也辨得清楚。

真是冤家路窄！我当时也不知哪来的那么大勇气，直感觉浑身上下热血沸腾，脑子里一片炽烈，竟一勾腰顺手就把脚底下的那只熨斗抄了起来，好在那熨斗把有五寸来长的木柄，要不非把手烫熟了不可。就在那圈脸胡还愣神的工夫，我猛地冲了过去，同时，抢起依旧滚烫似火的熨斗，不管三七二十一，照着那家伙的屁股就是一下。耳朵里顿时听到一种杀猪般的嚎叫，这家伙露在外面的黑麻麻的屁股刺啦响了一声，一股焦煳的皮肉臭味霎时在屋子里弥散开来。

我当时也吓傻了。一时间我手里的熨斗放下也不是，拿着也不是。圈脸胡疼得哭爹叫娘，他几乎是连喊带跳地从屋里蹿了出去，裤子都来不及提，便一溜烟逃到院里，好像又撞在院里的一个什么硬物上，咣当一声巨响，随后，院里才恢复了平静。这时，丁裁缝早已乘机从床上爬起来，慌里慌忙理整自己的衣裳，手忙脚乱地系胸口的纽扣。我的目光也就随着她的手指僵在那里，她那胸口又白又柔，有种说不出的类似晒热的棉花团一样的温暖和软和，她只顾忙着系，不想那里竟少了两粒，肯定是叫刚才那个流氓撕脱的。她边摸索系扣子，边一挪一挪地蹭下了床，因为胸口处丢了扣子，她只好勉强拿手掌摁在那里，同时，腾出另一只手，不停地将抚着乱糟糟的头发。

等她终于抬头正眼看着我时，我也慌忙将抓在手里的熨斗递还给她。她怔了怔，好像那东西刚才也烫了她一下似的，半晌，她才红头涨脸战战兢兢地伸手接了过去。熨斗的手柄很短，我必须等她接住了才能撒手，这样一来，我和她的手就捏在了一起，那手很滑，我的眼睛只顾盯着那雪白的颈窝子，等感觉到自己捏住了人家的手，我才赶紧松开，可差一点没把熨斗扔在地上。

丁裁缝接过熨斗后，才像噩梦方醒，表情极为尴尬，她的脸一直红到耳朵根子上了，目光躲躲闪闪的。她欲言又止，最后，只是用劲抿了抿嘴唇，就弯下身去默默地收拾地上的东西。不知怎的，这种时候我反倒觉得她比上两回见面时都有味道都好看，也许女人在尴尬和混乱中表现出的才是最真实的一面，此刻我对她有种说不清楚的奇妙感觉。

这屋里实在太乱了，好人做到底，于是我也三下五除二，帮着她把屋里撞翻的桌椅和那张裁剪案子一一扶正。小虹也默默地把地上的小件零碎东西捡起来，帮忙归整好。

随后，小虹在身后拿手指拽了两下我的布衫，我明白她的意思。我转身从小虹的手里接过那双布鞋。"这东西你还是自己收着吧，省得我和小虹回家挨干爹的骂。"丁裁缝看了看我手里的鞋，又瞧了瞧我，半天也不情愿去接。她竟有点儿语无伦次。"这是咋说的，不就是双鞋嘛……那个二流子不知在哪里灌了马尿，跑到我门上寻衅……今天多亏你来得及时啊，可帮了我一个大忙呀！"

可以说长了这么大，我似乎还是头一回听到旁人夸赞，脸上就烧着了样不自在，一时也不知道该说啥好。小虹又拽了一把我的衣袖，我才想起来我干爹的嘱咐，就对丁裁缝说："我干爹说心意他领了，东西还是留给你。"说完，就拉起小虹的手往出走。等丁裁缝反应过来，连着喂喂了好几声，她还想叫住我们说什么，可我和小虹已经走到院里了。这时，我又看见院里正反扣着一只搪瓷尿盆，这东西正是那天早晨丁裁缝端在手上的东西，心里便由不住想笑。我觉得自己总算是出了胸中那口恶气。

于是，刚一到街上，我就迫不及待放声大笑起来。我还顺口唱了一句歌子："雄赳赳气昂昂，跨过鸭绿江……保家园，为和平……"

过去常听人说，夜里傻笑要让打出稀屎来，我一直没弄明白这话啥意思。我明明闯了祸，自己却一点儿也不觉得，我拉着小虹一路欢天喜地跑回了家，好像干了多么了不起的大事。小虹始终没有笑，反倒很紧张地不停望着我，还一个劲儿拿手指掐我手心，意思是让我别那么傻笑傻唱的，可我就是忍不住，要知道我长这么大，还是头一次那么勇敢地出手救人，关键是被我拿熨斗烧了屁股的流氓本来就是我的仇人！这叫运气好，偏巧让我赶上了，活该那狗东西倒霉。

晚上，我和干爹睡外屋的小床上，那娘儿四个睡在里间屋。一家人刚躺下不长时间，便听门外有人叫我干爹的名字，喊了好几嗓子，惹得巷道里狗声四起。我干爹一骨碌爬起身，打着哈欠不满地问："谁呀？都半夜了有啥事！"然后他磨蹭着披了布衫，下地去开门。工夫不大，他又闷头闷脑回来了，脚步急匆匆的，进屋就把我从被窝薅起来了。"你可闯大祸了，知不知道你惹着谁了，你还跟没事人似的躺着。"我干爹确实很恼火的样子，但已顾不上理识我了，忙草草地穿上裤子衣裳，又慌慌张张再次出了门。

他前脚刚走不一会儿，外屋那俩姐妹就兴奋得跟树上跳下来的猴子一样，嘴巴吧唧吧唧个不停，说着说着她们竟然开了灯，好像看不清对方的表情，会影响到说话的气氛。

小云问："老二，你说他到底干啥坏事了？"

小雨咂巴着嘴皮说："你没听见咱爸生气的样子，我想肯定是出大事了！"

小云说："到底能出啥事呢？"

小雨说："我早就说爸是吃饱了撑的，好端端非要收个什么干儿子！"

小云说："他不会是偷了旁人的东西吧？"

"哼，那也难说，瞧他一副贼眉鼠眼的样子，说不定还是抢人了呢！"

"他才多大，能抢得了谁？"

"那可也难说，俗话说'知人知面不知心'，谁知道他以前都干过啥坏事呢。"

这些话我可不爱听了。我要过几年饭不假，可我从来都没有抢过人偷过东西，那样我不成强盗了吗？这时，老大老二又开始轮番询问小虹。

小云说："晚上你不是跟他一起出的门，他到底干啥坏事了，害得爸半夜三更往外跑？"

小虹也许睡着了，也许还醒着，只是没有她俩那么无聊，唯恐天下不乱。

小雨说:"小三你要老实交代!他不会是把那个寡妇……怎么样了吧?"

"喂,小三,是的话,你就点点头,不是,你就摇头,听懂没?别跟傻瓜一样!"

小云也问小虹听清楚没有,又说:"知道你哑了,耳朵又不聋!"

小雨说:"哑巴到底是哑巴,关键时候能活活急死人!"

她俩真是太过分了。我实在不想听她们这样刁难小虹。我突然光着脚跳到地上,然后腾腾几步走到里屋。灯光昏暗,我的影子被放得老大老大的,像只鬼影,把她俩都吓了一跳。

我大声说:"好汉做事好汉当,这事跟小虹一点关系也没有!你们别跟审贼似的没完没了,我实话告诉你俩吧,是我拿熨斗烫了那个坏蛋圈脸胡的屁股,谁叫那狗东西欺负女人呢!"话一出嘴,我禁不住嘿嘿嘿笑了起来,完全忘了干爹刚才那一脸的紧张和不安。我忍俊不禁,越想越觉得好笑。

这下子老大老二全傻眼了,两人面面相觑着,半天小云才结结巴巴说:"你,你,你还有,有心思,在这笑啊,这回咱,咱,咱家,可算是捅了个大马蜂窝啦!不信等着瞧吧,往后有你哭不出来的时候。"我听她跟预言家似的这么一说,才渐渐止住笑声。小雨也煞有介事地开始数落我:"你真是疯了,敢去烫他的屁股,老虎屁股你都敢摸啊?我看你真是吃了熊心豹子胆了!"

小云天生胆小又爱唠叨,心里从来藏不住什么事,当下她就一股脑地讲起了那个二流子的事。"你还不知道吧,那个坏蛋可是咱镇上一霸,他书没念上两天就让学校撵回家,家里人也拿他没法子,他成天价在街上坑蒙拐骗惹是生非,谁见了都怕三分呢,没有不绕开他走的；那些脸蛋生得水灵点的大丫头、小媳妇，只要让他撞上，准没个好的，他动手动脚啥流氓事都敢做呢……"说到这，小云脸皮明显羞红起来，她不想再往下说了，肯定是那家伙做的坏事让她羞于启齿了。

小虹始终一动不动趴在枕头上，两只眼睛又着急又担心地眨着，眼泪都快流出来了，又好像，她正在那里绞尽脑汁替我想脱身的法子呢。我看小雨眼珠转了转，语气也不像先前那么生硬了，她故意压低声音说："强龙压不住地头蛇，往后那个坏蛋肯定不会放过你的，依我看呢，你不如三十六计——走为上呢。"小雨不愧是念书的人，说出的话都文绉绉的，好像很有道理。她生怕我听不懂，又补上一句。"这叫作好汉不吃眼前亏，你最好连夜跑了算了，要不然天王老子来了也救不了你。"

就在几人七嘴八舌吵吵的时候，忽见疯干妈直挺挺地从被窝里爬了起来，好像一具早没生气的尸首显灵了，那模样实在够吓人的！她嘴里黏黏糊糊嘀咕着："刮风了，要下雨了……这屋里黑洞洞的……灯咋不亮啊？"我凑近她听了半天，也没弄清楚她那堆疯话到底啥意思。过了一会儿，她幽灵似的摸索着下了地，又晃晃荡荡往门外走去。我想她十有八九是想起夜，就支棱着耳朵听着，啪嗒啪嗒，鞋底一下一下敲打着地面，声音传得好远好远。

我对小云她们说："要不要下去看看？"她俩谁都没吭声，刚才还说得热闹起劲呢，转眼工夫全入了梦乡，呼吸又轻又匀。我回头看小虹，她依旧趴在枕头上，眼睛又黑又闪，她也侧着耳朵听着外面的脚步声。我依稀听见类似风吹窗户纸的呜呜声。小虹终于还是坐了起来，用手指了指外面，又用手背来回抹自己的眼睛。我似懂非懂，但还是鼓起勇气往出走，毕竟我是男的，我不出去她们更不敢了。

外面屋檐底下，黑黑的一团东西瑟缩着，疯干妈果然蹲在那里。

我犹犹豫豫走过去的时候，已不觉得外面多黑了，相反能看清疯干妈两手捧脸蹴在窗根下，身体一抽一抽地抖着。我嘴里喀嚅片刻，最终跟蚊子一样叫了声："干妈——"真不明白深更半夜的，她到底蹲在这里想干什么。我想勾下腰伸手去扶她起来，哪知，刚一碰到她的胳膊，她突然怪叫了一声，那声音响彻黑夜，估计五尺铺没睡着的人和树上的鸟和虫子都听到了。

我顿时出了一身白毛汗。正惶恐不安时，小虹悄无声息地走出来，她径自蹲到了疯干妈跟前，却没有立刻拉她起来的意思，而是跟哄小孩子那样，把疯干妈紧紧搂住了，然后用手轻轻地拍着她的后背，一下一下，不急不缓。

疯干妈又开始黏黏糊糊嘀咕起来："……天黑的，要刮大风了……你姐姐出门也没多穿件衣裳。"疯干妈的这些不着边际的话总是模棱两可的，中间还夹杂着暗哑的呜呜声，让人茫然而不知所措。我只是定定地站着，像流浪汉看到街头乞讨的一双母女那样，苦于囊中羞涩，只是毫无作为地看着这娘儿俩。

眼前这情形似曾相识，当初我无家可归在外乞讨的日子，无疑也是这么凄惶的，此刻我仿佛又在镜子里看到了自己的过去，心中一时百感交集。若不是我干爹肯收留，自己现在还不知会怎么样呢。家对我这种人来说，就是再好不过的避风湾，没有家的日子，一个人孤零零的就像一片树叶在风中飘荡。我现在好歹有个睡觉的地方，再也不必担心会露宿街头了。也就刚想到这里，我竟忽然感到无比后怕了——万一事情真的像那姐俩所说的，我的好日子才刚开始也就到头了。

　　据说，那一熨斗，正好烙在姓曹的尾巴骨上，烫焦了对方巴掌大的一片皮肉，听说那个地方都稀泥样焦烂了。卫生所的大夫说，倘若当时我下手再低一寸，就把人家的屁眼给封死了，真要那样的话，那人就彻底毁了，有处进没处出，活生生成个饭桶了。大夫给上了点药，用消过毒的凡士林纱布和卫生棉简单地包扎起来，又给屁股上打了一针破伤风，再就是开了三天的四环素，还有几片去痛药，让疼得厉害时就吃上一半片，缓解缓解。这坏蛋一面疼得狼样嚎叫，一面凶巴巴地恐吓干爹。"算你有种，老子这辈子跟你没完，你干儿子烫坏了我，我要让你家断子绝孙！"我干爹哑巴吃黄连，有苦也说不出来，毕竟出了这么大的事，毕竟人家受了不小的伤害，他只能点头如捣蒜不停嘴地说软和话。

　　那晚，干爹一回到家，就急急火火对我说："看来咱爷儿俩的缘分到头了，孩子你明天一早起来，收拾收拾走吧，走得越远越好，最好这辈子再也莫回五尺铺来！"

　　我盯着干爹那张黑青黑青的脸，扭着劲儿说："干爹，我哪都不去！"

　　干爹发狠道："你作了孽，事情可就由不得你了，你必须得给我走人！不走真的没活路！俗话说'好鞋不踩臭狗屎'，谁叫你惹了那个畜生，谁也没辙啊！"

　　我看干爹一脸的无奈，就扑通跪在床上了。

　　"干爹呀，我还没报答你的恩情呢，我干的事我自己担着，我不怕他。再说我走了，他还照样来问你要人的呀，我不能连累你们。"

　　干爹长长叹了口气，半晌无话。

　　我乘机又说："是他要流氓在先的，就算是吃官司，我也不怕他，我就不信这天底下还没个说理的地方了，大不了跟他拼命。"

　　干爹软塌塌地坐在床沿上，点了根纸烟，猛吸了两口，又咳嗽了几声，才犹犹豫豫地说："那是个二流子，邪路上的人，何况你我，干爹是怕他迟早会对你下毒手啊！唉，你说你……这其实也怪我啊，我真不该让你去丁裁缝家。"

　　不等干爹话说完，我咣咣地在床沿上连连磕起了响头。

　　"就算我跑了，可跑了和尚，跑不了庙啊，到时候他能放过干爹和姐妹们吗？干爹，我不走，就是把刀搭到脖子上，我也要死在这个家里啊！干爹你让我一个人去哪？我没爹没娘孤儿一个，我早就把你当成自己的亲人了，你就是我的亲爹，将来我还要给您老人家披麻戴孝抬灵送终……"

　　说到这，我自己忍不住哭了起来，哭声大得连我自己都觉得刺耳。我有很久很久没这样放声大哭过了，前些年受了再大的苦，我也没这样伤心地号啕大哭过。都说男儿有泪不轻流啊，可我还是不争气地在干爹眼前哭个没完。

　　干爹忽然撇开脸去，顺手抹了一下眼圈，可能是烟熏着了他的眼睛。随即，又转过脸，语重心长地对我说："不是干爹心硬，你就听我一句劝，出去躲一躲吧，镇上谁也惹不起那姓曹的，哪怕等事情平息下来你再回来也成。"

　　我听了更加难过了，哭得也更凶了。里屋的姐妹也跟着呜呜咽咽起来，可我能听出来，抽泣得最厉害的就数小虹。小虹除了不能像正常人说话，她的感情比任何一个人都要丰富，她的眼睛会说话，她的酒窝会笑，她哭也是用心在哭呢！小虹带头一哭，小云就跟着吸溜起鼻子来，她这个人天生的墙头草，爱随着风向一边倒。当然还听到了小雨的声音，三分哭腔，七分演戏，总让人觉得假惺惺的，她这样装哭还不如笑着好呢。我心里自然明白，小雨早巴不得我快点远走高飞呢。这个家有她无我，有我无她，也许我俩这辈子犯着冲克呢。

　　就这样我死活哪都不去，干爹也无计可施，那坏蛋倒也没有立竿见影地闯到家里闹事。估计一时半会儿，他还不方便出门行动，烫伤是不太容易长好的。

　　丁裁缝又不请自来了，一见面就说："那天真是多亏了你，也不知咋感谢你才好呢。"说着话，她脸上就现出两团火烧云霞。小雨端着脸盆正要出门倒脏水，一见丁裁缝来了，就把一盆脏水泼到院子里，说："做英雄当然好了，就怕他小命不长了！"我明白她的意思，她天天都巴不得姓曹的拎着菜刀闯进家来把我拾掇了。丁裁缝说："小雨净瞎说，天塌了不是还有大个子顶着嘛，我看谁还能生吃了他？"这话我爱听，特别是从丁裁缝嘴里说出来，毕竟当时是为她才出手伤的人。不过，我心里也清楚得很，之所以出手也不全是为了她，当然也想报复一下这个坏蛋，谁叫他那天莫名其妙地揍我一顿呢，要知道那天可是我初来乍到的好日子，偏偏那狗日的要给我疼痛和难堪，这叫"人不犯我我不犯人，人若犯我我必犯人"！小雨目光怪怪地看看我，又瞅瞅丁裁缝，随后转身趿趿拉拉进屋去，脸盆又在门框上磕了一下，咣啷啷响着，声音很难听。

　　我一直靠墙站在屋檐下，一句话也不想多说。院里有两棵碗口粗的白杨树，直戳戳插进天空里，天就被活生生戳出两个窟窿，又似放绿光的眼睛，高高在上盯着地上的人。树中间拴着根晾衣裳的绳子，发了白的绳上没有晒什么东西，它就在风里悠闲地一晃一荡，像有双看不见的手在那里不停地摇啊摇。我又想起那天早晨，小虹把我的衣服裤子晾在上面的情景，心里便不由得舒爽了许多。我相信用不了几天，我的衣裳还会挂在绳上那样不停摇晃。

这时，小虹从屋里悄悄地走出来，丁裁缝一见她，就伸出戴着顶针的手在她头上轻柔地摸了摸，嘴里说："小虹真是越长越受看了，就是不会说话，可惜了。"我也转过脸去看小虹，她刚刚梳洗过，扎了两根辫子，刘海儿乖巧地抿在额前，看上去湿漉漉的。自从我到这个家以来，小虹好像每天都这样，总是把自己收拾得清清爽爽才出门。她好像很会梳头，不像那姐妹俩，头发总不太讲究，即便扎了辫子，也一长一短，看着有些怪滑稽的。尤其是小云，浑身上下总那么邋邋遢遢的，啥时候见她都跟刚睡醒一样没精打采的。

我正发着呆，听见丁裁缝又对小虹说："小虹你要快快长，等个子再高点儿，我就去跟你爸说，让姨教你学裁剪好不好？"小虹抬起脸，眼睛一眨一眨盯着丁裁缝，好像不能相信自己的耳朵。丁裁缝的话我也没想到，这倒是件美事，小虹不会说话，又念不了书，要是将来能跟着丁裁缝学学手艺，那是最好不过的。于是，我忙接过话头说："那敢情好啊，这天底下啥时候都饿不着手艺人嘛！"丁裁缝就看着我，很赞赏地点了点头，她点头的时候脸上有笑，笑得很开，我能感觉到她是真心冲我笑。"你把心放宽，这盐从哪咸醋从哪酸，我心里都有数，有啥大不了的事，我都替你扛着！"

丁裁缝又把话头转到那件事情上了。她确实是个顶聪明的女人，心灵才能手巧，难怪她会给别人做那么多漂亮的衣裳。听她的口气倒像个老爷们儿，硬铮铮的，天不怕地不怕的，这让我对她兀自多了几分佩服，所以，我才特意抬头仔细打量她。丁裁缝年纪并不大，看上去也就三十出头的样子，梳着精干新式的剪发头，眉目清秀，一边的嘴角下方有颗芝麻粒大小的黑痣。这种东西生错了位置，或个头太大，或者上面再生一撮汗毛，往往就会变得非常狰狞，可在她脸上却显得格外有味道，跟小虹脸蛋上的酒窝如出一辙，都是天生的一个好点缀。今天她上身穿了一件小翻领碎花底的布衫，腿上的裤子有两道很直棱的裤缝，衬托得两条腿直直的、长长的，不像别的生育过的女人，斜腰歪髋，身子完全走了样儿。我的目光继续往下走，发现她脚上竟然是一双带坡跟儿的黑皮鞋，擦得光光堂堂，跟她人一样，透着那股子洋气劲儿。我在五尺铺街面上好像还是头一回见女人穿这种鞋，便忽然又对丁裁缝有些刮目相看了，这女人确实与众不同，感觉她好像是来这个地方做客的，完全不像这里的居民。

小云边掏着鼻孔，边乐颠颠地凑过来，想要讨好似的说："丁姨，你今天穿得真洋气啊，像个刚过门的新姐姐。"丁裁缝说："去你的吧，啥洋气土气的，我都快老掉渣了，要不是干着那裁缝活，我才懒得拾掇自己呢。"小云就拿手指去摸她的小翻领布衫，好像她这辈子都没穿过像样的衣裳似的。我怀疑她把刚才沾到手指头上的鼻屎全摸到人家身上了，心里就多少有些厌恶她。听丁裁缝说她身上穿的都是自己瞎琢磨缝出来的，小云嘴里更是一连声地啧啧起来。后来，她就说自己也想学裁剪的事，让丁裁缝无论如何要收她做学徒。我才明白了她刚才夸赞人家的缘由，这小云表面上看是粗粗笨笨的一个人，不承想心里却藏着自己的小九九呢，我也许是低估了她——她必定是听丁裁缝说要教小虹手艺，才动开心眼子了。

丁裁缝始终没正面应答小云，只搪塞说："其实呀，裁缝没啥学头，忙起来忙个半死，逢年过节还得点灯熬夜给人赶活，我怕你们都吃不了那个苦呢。"小云听了嘴巴立刻噘起老高，都能挂住半瓶子酱油了，刚才那一脸献谀的傻笑全没了。她不满地说："姨心长偏着呢，先头明明还说要教我妹妹，这会儿又说我下不得苦，就是吃盐我也比她多吃半碗哩，咋就不如她个小东西呢？再说你怎么教她，她连句话也说不了！"丁裁缝见小云这样说，忙张开手把她亲热地揽了一下，说："我刚才也就顺嘴说说，这事我可做不了主，到时候都得听你爸的，傻闺女你可别往心里去。"小云绷着的脸稍稍松了松，将信将疑地看着丁裁缝，像是很有信心地说："那我就跟我爸说去，到时候姨你可不能耍赖糊弄我呀！"丁裁缝看看她，笑了笑，说："我还有个事呢，就先走了。"她往外走了好几步，又回过头说："抽个空子到我家里去，我给你们烙烫面饼。"她的话当然是对我们几个人说的，可奇怪的是，我心里却分明觉得，从丁裁缝的眼神看，她仅仅是想邀请我一个人去她家的。

我听说那天丁裁缝离开这后，径直去了那个坏蛋家里。当时，我们谁都不清楚，她口袋里揣着个雪花膏盒子，里面装的是专治烫伤的獾油，这东西简直珍贵得没法说，真的是有钱没地方买。镇上的人都知道，丁裁缝去年给镇长做过四个兜的灰的卡制服，镇长穿上神气得不得了。那天她揣着的那一小盒子獾油，就是镇长亲自送给她的。

街上大喇叭里预告电影消息，说晚上要放《洪湖赤卫队》，还说是带彩的。我早早就吃完了饭，带上小马扎出门，准备去抢个好点儿的位置观看。小虹轻轻地跟着我，黑暗中的一切都变得既陌生又神奇，就连行走的声音也和白天截然不同。这种脚步声很明显带着一种激奋的节奏，带着怦怦乱颤的心跳声，让人产生许多幻想和冲动。

因为是镇上前所未有的一场彩色电影，来的观众就比往常多出好几倍，感觉到处都是人头，黑压压的，像一片稠密的向日葵在夜色中摇摇晃晃，甚至连路边的每棵杨柳树上，也都爬上了猴子一样晃荡的人影，那种惊险的程度跟玩杂耍的差不多。我和小虹在人堆里外转悠了好一阵子，也没找到一个好些的位置。最后，我们不得不挤在放映机桌旁的一个死角里，这里实在太拥挤了，带来的马扎根本放不到地面上。看电影的人已经将整个十字路口堵死了，到处是人山人海的样子。突然眼前一亮，银幕上色彩鲜活的景象把所有人都给惊呆了：每根脖颈都最大限度地被拉长，再拉长，长得不能再长了。感觉好像天空根本不该是那么瓦蓝瓦蓝的，树林草丛不该是翠绿翠绿的，人的脸不该是肉色饱满的，而那些嘴唇更不该是那么鲜红的……总而言之，银幕上的一切颜色都来得比生活更加迅猛和鲜艳夺目。现场的气氛太过热烈吧，大伙的激情早已点燃了小镇的黑夜。就在这个很革命的故事达到高潮之际——也就是那个赤卫队的韩英书记掏枪宣布叛徒王金彪死刑的一刹那，清脆的枪声骤然响起。随即，我耳中猛然听见轰隆一声巨响，犹如炸弹突然爆炸，眼前有一道火光冲天而起，观众正前方的银幕就忽然熄灭，变黑了，半天才又渐渐显出幕布原有的苍白面孔来。

　　原来是放映机发热引起的火。胶片在吱吱旋转的片带轮上，变成一条卷曲的火龙，塑料胶片燃烧后所产生的熏人眼鼻的嚣张臭气，迅速在人堆里弥漫开来。靠近放映机周围的一大群男女老少，顿时大声喊叫起来，大伙跟一群无辜的绵羊似的惊慌失措，骚动不安。人们纷纷朝四下里闪躲逃窜，唯恐被大火烧着。

　　我和小虹刚反应过来，我还没来得及拉抓她的手，我们俩就已被落荒而逃的人群给冲散了。在黑暗中人总是很盲目的，永远不知道下一刻将要发生什么。人们各顾各地往四面八方撤离，先前的万分欣喜已荡然无存，此刻每个人都拼了命撒腿如飞。起初，我只是慌乱地在人群里呼喊着小虹的名字，四处张望着寻找她。突然，一截摇摇晃晃的电线火蛇样横在我眼前了，那线烧得吱吱啦啦作响。我想都没想就抄起手里的马扎，冲着迸射着火星的电线连着挥舞了几下。电线是临时从旁边的一根电线杆上接过来的，被我那么用力一挥，当即就扯断了。一旦电源被断开，危险也就宣告解除了。放映员很快就把火扑灭了。在我转身要离开时，他大声叫住了我，并走过来，一把握住了我的手。

"小伙子啊，今天多亏了你帮我的忙啊！"

那感觉就像刚才电影里刘闯跟韩英革命同志之间那种友好而有力的一次紧握。

"这火一烧起来，弄得人手忙脚乱的，我都忘了先断开电，只顾着扑火了。"

放映员脸上有一层浸了汗水的黑灰，上身只剩一条背心，他人骨架宽大，却干瘦如柴，大概是经常熬夜的缘故。此刻，他整个人看上去灰头土脸的，多少有些死里逃生的狼狈相。

"没想到你年纪轻轻的这么勇敢，遇事处理得很果断嘛！"

被人家这样一通表扬，我自己都不好意思了，不知该说点儿啥好。

后来直到帮着放映员收拾完幕布、喇叭、电线、机器和桌凳，看他蹬起一辆满满当当的人力三轮车，吱吱扭扭消失在夜色中，我才意识到时候不早，该回家去了。我几乎是一路奔跑着回去的，当时心里有种很满足的感觉，我像马驹一样奔驰在巷道里，手里拎着那只刚刚立过功的马扎，心情好得一塌糊涂。

可万万没想到的是，等我到家以后，才知道小虹到现在还没有回来呢。我忙去问小雨她们，这两个人已经懒洋洋地躺下了。小雨打了个哈欠说："你不是拉她看电影去了吗？你问我，我问谁

去！"我说："我们是一齐看电影，可我以为她先回来了。"小雨
闭上眼睛说："你哪来那么多以为？你不会是把她给弄丢了，跑回
家强词夺理吧？"小云已经睡眼惺忪了，也跟着嘟囔道："我一晚
上都在家，连她影子也没见着。"我才意识到问题有些严重了。显
然，小虹根本还没回家。我二话不说，又连忙往外跑去。

　　巷子里黑咕隆咚的，唯一的一盏路灯在很远处亮着，昏暗的
灯光比萤火虫的屁股亮不了多少。我沿着巷子跑到街上，路过的
几家店铺都已经关门了，到处都死气沉沉的。我又一口气跑到刚
才放电影的十字路口，除了孤傲而又巨大的语录碑不露声色地矗
立在夜色中，还有刚才被观众丢在地上的砖头块或废旧报纸，这
里简直像块墓地那样阴森森的，刚才的热闹景象仿佛只是我的一
种幻觉。

　　我不由倒吸了一口凉气，接着又打了两个寒战，一种极不好
的感觉，忽然攫住了我的身体。我像是壮胆似的高声叫喊："虹
虹、小虹妹妹，你到底在哪里呀？"回答我的是飘来旋去的一串
回音，像是我自己的声音，又不像，苍白，惶恐，还有些鬼鬼祟
祟，我好像从来没有被自己的声音吓住过。可是现在，我承认自
己有些害怕了，甚至怕得要命，连牙齿都咯咯地发起颤了，小腹
里有一股蛇一样骚动不安的东西急欲涌泻出来。我晃着腿脚急忙
跑到语录碑后面，裤子还没彻底褪完，就急不可待地尿了出来。
可是，还没等我转过身去，忽然有种感觉，就在距离我几步远紧
靠着语录碑下面，有个矮小的影子微微动了一下。同时，那里发
出轻微的呜呜声。

　　起初，我以为是一只野狗和猫什么的，并没有太在意，只想
赶快到别的什么地方去找小虹。但是，就在我刚转过身，那个矮
小的影子似乎又努力动了一动，像是在地上挣扎着慢慢爬动。我

不由自主地向那边靠近一些，与此同时，听到那团影子正拼命发出一种绝望、凄惨的呜呜声。我人顿时怔住了。我脑子里一片空白。我的汗毛一根一根往起竖着。我的脚步已经丝毫不受脑子支配了，它们完全是循着那微弱凄凉的声音，一步一步移过去的。然后，我在黑影跟前屏住呼吸，并且遏制住发颤的两腿，尽量让自己站稳，别倒下去。有那么一瞬间，我几乎连头也不敢低下去，我变得异常懦弱，我不敢也不想正视眼前的一切，可思绪不由人，它们竟一个劲儿朝着我自己都不愿意猜想的方向一味地滑下去——如果这时，谁在后面大喊一声的话，我一定会吓得晕过去。

就在我迟疑的工夫，地上的黑影摸索着慢慢地将手放到了我的鞋头上，然后，像瞎子那样试探地摸着我的一只脚脖子。突然，一把紧紧地抱住了我的双腿，好像用尽了最后的一丝力气，"呜……呜……呜！"当这种气若游丝又异常压抑的呜呜声，再次传进我耳朵里时，我的眼泪再也止不住了，我像疯了似的双膝跪在地上，一把将颤抖着的黑影搂进自己怀里。那种感觉实在是太悲戚了，甚至是有些惨烈的，尤其是在这万籁俱寂的秋夜里。渺小的黑影被我那样搂住以后，就变成了一个大活人，一个叫小虹的小丫头，我在这世上最好最好的小尾巴妹妹……

借着从不远处投来的一丝朦胧晦涩的灯光，我渐渐地看清了她的样子，又好像不是用眼睛看，而是用我的身心一点一点感觉到的。她死死抱着我时痛不欲生的战栗，她抽抽噎噎无法诉说的暗哑的声音，还有，她此刻叫我不敢正视的随时可能熄灭掉的幽暗的眼神，面对这一切我简直不知所措了。估计在我发现小虹之前，她大概一直瑟缩在这肮脏龌龊的犄角旮旯里，她的头发疯草样散乱着，原先好看清爽的脸蛋，也糊得黑一道白一道的，她身上的衣裤沾满灰尘和叫人难以想象的秽物。她始终抱紧我的腿，好像这世上再也没有什么值得她这样用力抱着的东西了。我也紧紧抱住她，我真想一直这样抱着她，再也不松开。

那一刻，先前银幕上的色彩和声音又突如其来，千军万马般奔驰而过，一种比枪林弹雨和出生入死还要紧张、还要悲怆的东西正洗劫着我。我们头顶的夜空里，始终弥漫着秋天特有的潮湿霜气，让人感觉有一些险恶。我一直用力搂着潮湿的小虹，她的头发和半拉脸几乎挡住了我的视线，说不清是谁的眼泪在我俩之间悄悄流淌，我感觉到那泪水滑过面颊，一下子刺痛了我，我的鼻孔被什么东西塞住了，我喘不过气来。我不知道该怎么把这可怜的小妹妹领回家去，就像我一直没有弄明白自己是怎么把她弄丢的。我更不知道该怎么开口跟她说话，我甚至变得跟这可怜的小妹妹一样不会说话了，好久好久像个哑巴一样。我突然开始痛恨今晚的一切，包括刚刚散了的那场该死的电影，以及那莫名其妙烧起来的火和放映员。

事实上，对于这晚发生的事，我当时的认识根本就很肤浅和有限，我仅仅以为小虹因为找不到我，而躲在那里着急得哭鼻子呢，或者，只是被那些看电影的人群在混乱中挤推倒了，在地上重重地跌了一跤，也就仅此而已，而我始终不知道由于自己的失职，她被坏人糟蹋了——几年后街上严打，那个坏蛋才被公安逮走了，他招认这件案子，说是为了报我那一熨斗之仇，我听说后恨不能杀了我自己，我知道自己这辈子犯的错永远也无法弥补了。

那天，我把小虹从地上扶起来，轻轻地拍掉她身上的灰尘，她的上衣扣子竟然散开着几粒，我默默地替她重新扣好，有一粒竟不知去向。我安慰她说："不哭了，咱们赶紧回家吧，要不她们该着急了。"她无声无息站在那里像根木头。我又说："来吧，哥背你回去。"她还是一动不动，像只木偶，要是放在往常，她可能早迫不及待地趴到我背上来了。后来，还是我硬把她背到身上的，她身体很凉，感觉不到一点儿温度，像一块薄冰。我一路背着她往回走，觉得她轻轻的，似乎没有什么分量。我无话找话地谈起了刚才的电影。我说："彩色的真好看，以后再放咱们还早早来看。"可她始终不出声，静默到让人害怕的程度。我便隐隐地有一丝担忧，我自己也说不清楚到底担心些什么。

等回到家把小虹放下来，我才发现自己的衣服靠近肩膀头的地方湿漉漉的。原来，小虹一路上都在默默地流眼泪。

自从干爹同意小虹去裁缝铺做了小学徒以后，丁裁缝就不怎么常来家里了。我整天闲着无聊，路过裁缝铺的时候，就想进去看一眼小虹。那天丁裁缝正趴在案子跟前，左手抓一把尺子，右手捏半拉画粉，在一块摊开的布料上比比画画，布面上都是些或直或曲的线条，再沿着这些画好的线条裁裁剪剪一番，最后拿到缝纫机上连缀起来，就能让平平常常的一块料子变成神奇好看的衣服或裤子。反正，我是外行，看不大明白。我见小虹自始至终都安静地站在丁裁缝身旁，两只眼睛一眨一眨的，目光跟着对方手里的尺子和画粉灵醒地移动着。丁裁缝一边在布料上画来画去，一边跟小虹说这个地方该怎样怎样画，那个地方该如何如何转弯，大概都是些裁剪时要注意的要领吧，我就跟听了天书一样糊涂。小虹不时地点点头，她的目光始终跟着对方的手在聪慧地动着。

丁裁缝见我来了，停下手里的活说："你来得正好，咱们干脆包顿饺子吧，改善改善生活！自打你妹妹当了我的徒弟，杂七杂八没少给我干活呢，今天也算是犒劳犒劳她，你呢也跟她沾沾光吧。"我嘴里说自己还是回去吃吧，可心里一点儿都不想走，好吃莫过饺子，以前流浪的时候做梦都想吃上一顿呢。也就说话的工夫，丁裁缝臂弯里已挎着一只空布兜子准备出门了，她还叮嘱我陪着小虹好好在家等她。

丁裁缝前脚刚走，我就有点儿原形毕露了。我挡住小虹手里的活，让她歇一歇，好听我说说话。小虹却很固执地摇头，又跟我接连比画了好几个手势。跟她在一起时间久了，她的那些手势我基本上都能明白，她干她的活，我说我的话，她只用耳朵听着就成，这样两不耽误。

丁裁缝很快就从街上买东西回来了，一进屋就忙着和面、剁馅子、擀面皮、包饺子。小虹一直给她打下手，其实我也想干点什么的，丁裁缝却说："去去去，男孩子围着锅台转，长大了准没出息！"我才没好意思再掺和进去。后来，丁裁缝的儿子从学校里回来了，知道家里今天有饺子吃，便一副欢天喜地的样子。丁裁缝叫我带他去把脏爪子洗干净。这小家伙天生一副爱调皮捣蛋的样子，满院子上蹿下跳，一刻都不肯老实。我估计家里没有男人管着他，都让丁裁缝给惯坏的。趁洗手的工夫，他在院里跟我胡乱闹腾起来，把脸盆里的水泼得我浑身都是，地上也跟刚下了场雨似的湿漉漉的。我随便说了他两句，他就梗着脖颈跟我翻眼珠吐舌头，嘴里还叨叨咕咕的，摆出一副天不怕地不怕的小无赖相。后来，丁裁缝在伙房里冲我们喊话："饺子好了，你们俩男的先吃吧。"我答应说："还是大伙一起吃吧。"丁裁缝坚持说："这是头一锅，我和小虹再包些随后就吃，今天你是客人要先吃。"

说话的工夫，小虹已把饺子端到堂屋里了。丁裁缝的儿子一见饺子上来了，马上笑嘻嘻地扔下我自己扑到饭桌上，他也不怕烫，饿虎扑食一般，伸手就从小虹手里的碟子里抓了个热饺子吃。嘴皮子当然挨了烫，他老鼠似的吱吱乱叫，又很狼狈地将吞进嘴里的饺子吐到手心里，嘘嘘地胡乱吹着气，也根本等不得那饺子彻底凉下来，便又急不可耐地塞进嘴里大嚼起来。

小虹把碟子放在桌子上，见我站在屋里不动地方，又过来伸出沾满了面粉的雪白的手拉我，手里比画着让我也赶快坐下来吃。我说还是等她们俩过来后一起吃。那小家伙见我俩推推让让，竟又来了兴致，热饺子也管不住他的嘴，他在一旁嘻嘻哈哈地说："婆姨汉子，香油罐子，当着人面亲热，真不害臊！"我狠狠瞪了他一眼，严肃地说："好好吃你的饭，别在那里胡说八道了，当心热饺子烫嘴！"他却反驳说："哑巴本来就是你的小媳妇嘛，你去街上问问，谁不知道！"小虹听了顿时小脸憋得通红通红的，扭头就往伙房跑去。我根本不想再搭理这个难缠的小家伙了，就埋头拿了筷子去夹饺子。哪知他却一把将碟子拉到自己跟前，很不乐意让我吃的样子。

"谁不知道你小媳妇偷偷把你喂饱了，这些都归我啦！"

这家伙用一种很奇怪的眼神盯着我，就像我真的做了什么见不得人的事。

我只好放下筷子，跟他辩解道："谁说她是我媳妇了？你别满嘴跑火车了！"

"你敢说哑巴不是你媳妇？要不人家才不稀罕收你这个小讨吃做干儿子呢！"

这话的确叫人恼火，我一气之下就不假思索地说："真是狗眼看人低。"

哪知这句气话偏偏叫他抓住不放了，他说我骂他是狗，骂他是狗那就等于骂他妈也是狗。他一边愤愤地冲我嚷，一边不依不饶地伸手抓扯我的衣服。我又好气又好笑，跟他解释说自己根本没想骂他，更没有骂他妈的意思。可他就是死拉硬拽，嘴里越发地不干不净起来，还非要把我推到屋子外面去。

恰巧这时，小虹正好给我们送饺子汤来了。我回头走神的工夫，那个小家伙又乘机使坏，他用力推了我一把，我没站稳，身子趔趄着猛然撞上了小虹，小虹一点防备都没有，端在她手里的一碗饺子汤顿时泼洒了出来，当即把我烫得龇牙咧嘴，人差点儿从地上蹦了起来。小虹也哇哇惊叫着，滚烫的饺子汤肯定把她的手烫坏了。这种时候，我顾不得自己身上也挨了烫，忙把她手里的碗接过来放在桌子上，又轻轻地拿起她沾满汤汁的手用自己的袖子轻轻擦了擦，又用嘴替她一下一下吹着。她的两只手背果然发红了，看着着实叫人心疼。

"骗人大王，刚才明明说她不是你媳妇，这阵子不害臊，拉住人家的手不放，羞！羞！羞！把脸抠！"没想到都这种时候了，那小家伙还不依不饶地在一旁说怪话，甚至还故意用他油腻腻的手指挠着脸皮羞臊我。

"喂，你到底有完没完了，你再敢多说一句，看我不拾掇你！"说话时，我真是恨不得上去狠狠给他一拳头。

小虹见我作势真的要去揍他，急忙皱着眉头连连冲我又摇头又摆手。我估摸她的意思是，不要因为这事惹得丁裁缝再冲她儿子发火，那样一来大家都闹得不愉快了。我这才没跟那小家伙一般见识，但心里多少有点儿不自在，后来连香喷喷的饺子也吃得没了啥滋味。小家伙那一通莫名其妙的怪话，的确让人极为反感，小虹怎么可能是我的小媳妇呢，这话到底从何说起？不过说心里话，到现在为止，我确实打心底里开始喜欢小虹了，可这种感情跟那小家伙说的完全是两码事。我一直把小虹当成是自己的亲妹妹看的。

我被小家伙弄得太尴尬了，就跟丁裁缝打声招呼急忙离开了。

外面的空气真干净，树上的叶子发出青涩的气味，白天让日头晒得太久了，现在它们可以大口大口呼吸了，空气里到处都是树叶的味道。鸟儿早躲在树枝头上打盹了，一群一群的星星，在夜空中神秘地游荡，透过树叶的罅隙，星星不停地闪着幽冥的银光，又似一只只小眼睛，眨巴眨巴地盯着地上的人，像是在替家家户户看门守院。

哪知丁裁缝也紧跟着我走过来，她大概想送送我。

开始我们谁也不说话，只是肩并着肩走。巷子两旁的树一棵一棵往我们身后悄悄地走着，好像有意躲开似的。隔那么一二十步，会有一盏路灯，光线仅那么暗暗的一团，昏蒙蒙的喝醉酒似的打不起精神。还有好几盏是黑着的，上面的灯泡早被捣蛋的孩子们拿弹弓击碎了，一直也没人再去补换。

走在黑暗里时，我就想丁裁缝会不会害怕？都说女人胆子很小，要是突然扑过来一只野狗或黑猫，她一定会害怕得尖叫吧？脑子里始终这样奇怪地思想着，我下意识地朝她靠近，以此打消她在我想象中的那种胆怯。

丁裁缝忽然问我："你真的把这里当自己的家啊？"

这个问题突如其来，我一时竟被她问住了，不知该怎么回答。

想了一会儿，我有些嗫嚅地说："我觉得吧，不管在哪里，可能都一样。"这样说了，又怕她不明白我的意思，所以，想了想又解释道："其实，我早就没有家了。"见她吃惊的样子，我这才把过去的事原原本本都讲给她听。

那时我还小，只记得有一次爸妈又在家大吵大闹，我爸气急败坏摔门而去，我妈赌气从柜子里翻出他俩的结婚照，拿了把剪子从中间一铰两半，相上的男女就这样轻易被分开了。这也许就是个凶兆，我家从此遭了厄运，可当时我一点儿也不懂这些，我却趁我妈不注意时，随手翻腾了一通她的柜子。那里有一只暗抽屉，我妈一定是气糊涂了，竟忘了给它上锁。凡是家里值钱的票啦，证啦，手镯子、耳环啦都搁在那里面。我乱翻时在抽屉底无意中发现了一张瘦长条的老相片，它有两张八分钱的邮票上下连接起来那么大，上面站着个军官模样的男人，军衣、马裤、战靴，腰带那里还别着漂亮的手枪和战刀，一副英姿飒爽的样子。这东西我确实头一回见，感觉很稀罕，但我并不清楚上面那个人到底是谁，反正根本不像我爸，就顺手把那张老相片塞进裤兜去学堂念书。兴许是心血来潮，也可能鬼迷了心窍，反正到了课间，我就把那该死的照片掏出来，给旁边的同学一味显摆。有人羡慕地打问我上面那个人是谁，我随口瞎诌说那个军官是我亲舅舅，看得出来，同学们都很羡慕我，因为他们谁也没有那样一个牛气的军官舅舅。但偏偏有个戴眼镜的家伙，平时就喜欢多嘴多舌，他指着照片突然冲大伙嚷嚷说，原来你舅舅是个国民党反动派！见大伙七嘴八舌议论，我也吓了一大跳。我当然晓得国民党都不是好人，他们早让英勇无畏的人民解放军赶到台湾去了。我怕那个戴眼镜的胡说八道，就临时又扯了个小谎说那人根本不是舅舅，照片是从垃圾堆里捡来的。可是，这天放学前，老师忽然很严肃地到班里找我，直说让我把那张照片交出来。老师的眼神像刚刚磨过的一对尖刀，一个劲儿地在我脸上划来划去，搞得人好生紧张，最后我只好乖乖地把揣在裤兜里的东西交了出来。我想这下总该没事了吧。老师拿过照片，又仔仔细细看了半天，像在鉴别一件很值钱的古董。这事大概过去没两天，一大伙子人突然冲进我家，二话不说，就开始翻箱倒柜搜东西了，转眼把家里折腾得乌烟瘴气的。爸妈也被他们轮番地拉到空房子里单独讯问。我才隐隐知晓，是那张该死的照片闯了大祸。照片上的军官当然不是我胡诌八扯的什么舅舅，其实那是我外爷，听说他过去是国民党西北地区的一个高级军官，照片是他当年在西北服役时照下的，是他生前寄给家人的唯一的一张相片。这以后，学校老师又喝令我要跟黑爸妈划清界限，不然的话就不许我再来念书，我能有啥法子呢？在他们开批斗大会的时候，我也仓皇地夹杂在一堆人里，也像旁人那样没心没肺地高举着小拳头乱喊了一通，其实我那都是昧着良心的。再后来，爸妈双双被押送到老远老远的地方去了，我整日整夜替他们担惊受怕，也整日整夜为自己游手好闲惹来巨大灾祸内疚。我嘴里虽说以后不认他们做爸妈了，可我心里没有一天不想念他们，人非草木，孰能无情？毕竟打折骨头还连着筋，一句简单的"划清界限"，哪能割开亲人之间的血缘和浓浓的思念呢？我费了好多工夫，才打听到爸妈劳动的地方。我下定决心出门寻亲，我要跟他们在一起，就算吃苦受罪也不怕。我不知道自己走了多少天，鞋都磨破了，脚趾几乎都露在了外面，夜里随便找个柴草堆蜷一宿，渴了就掬两口渠沟里的咸水喝，饿了便去人家菜地里偷瓜果吃，被人逮住扇几个耳刮子，也是家常便饭。可我始终没找到他们，没有人告诉我爸妈到底在什么地方，也许他们早已离开人世了。我心灰意冷开始四处流浪，直到有一天遇见我干爹……

听完我说的这通话，丁裁缝愣住了，她停住脚步久久看着我，眼神里流露出一种愧疚和痛苦不安的神色。随即，她无奈地低下头，像是刻意躲开我注视着她的目光。

"没想到会是这样，又惹你伤心了吧？"她很谨慎地说。

我赶忙说："没啥，真的，事情已经过去了，我现在跟干爹来这里挺好的，不然我还在四处流浪呢。"

说完，我自嘲似的哈哈两声，其实我知道，这个话题一点儿也不好笑，尤其是在这种时候，尤其我是在跟一个女人说话，而她总是以宽容和平和的目光迎接着我。

丁裁缝就不再说什么了，我们都默默往前走着。

我俩紧挨着，她走路时身子挺得直直的，就像她亲手熨出的笔直的裤缝。还有她脸上搽的雪花膏的淡香，随着她的脚步，一丝一丝钻进我的鼻孔里。我多少有一些陶醉，我误以为那是树叶或什么花的香味，其实是她身上的一股温和的香气扑鼻而来，这气息像极了记忆中的母亲。

恰在这时，丁裁缝说了一句听起来有些莫名其妙的话，我才从懵懂中清醒过来。"打我头回在你干爹家见到你，就觉得你好面熟，你长得太像一个人了！"她神秘地笑着，好像故意卖个小关子，"你知道那人是谁吗？"我当然无从猜到，事实上我还沉溺在母亲般的芳香气息中。

"你简直像极了我孩子他爸年轻时的样子……"

听她这样说，我又想起头一回见到她的情形。我忽然觉得，自己好像越来越喜欢这个陌生的地方了，我应该好好地生活下去，然后变成另一个自己。

无　病

如果没有记错的话，后来的事情，都是从这个傍晚开始的。

那天我一推开房门，满屋子都是烟气，直冲人的肺管。我捂着鼻孔，不由得干咳起来。通向前阳台的晒得发黄的木门虚掩着，晾衣架上搭着的蓝色条纹床单，似在微微摆晃。床单旁边，是一条印有"囍"字的几乎褪了色的大红枕巾，这些都是我哥平时用的卧具，早晨出门前，我才抽空把它们清洗干净晾好的。这套两居室的小房子，还不足五十平方米，是我哥后来新租下的，房子很旧了，又在顶楼，天花板上有好几圈孩子尿样的水渍，准是夏天雨水滴漏的结果。此前，我哥将原先结婚时买的那套房子转手了，这样一来，他就再也不用月月为房贷的事操心，压力也就小多了。更重要的是，出门进门，再也碰不到那个令我哥生厌的男人了。

等我们兄妹俩在这里安定下来，我就主动跟我哥提出来，租金由我来出，他听了，立刻又跟我瞪眼睛。我忙改口说，那我至少出一半吧。他还是气呼呼的，差一点儿就冲我举起了巴掌。我明白他的意思，他是当大哥的，不会让自己的妹妹出房租钱。可他为我丢了工作也是事实，人家报社不要他了，连记者证也被吊销了。他现在只好委曲求全，给一家杂志社做做文字校对，每审读完一期稿子，人家给他开不足两千块劳务费。所以，除了去那家杂志社交接任务，他平时基本上不怎么出门，活都是拿回来在家干，老厚老厚的一摞打印稿，字都小得像黑蚂蚁，我随便扫一眼，顿时觉得头晕眼花。我可不像我哥，我天生就不是读书的料。我哥总是把自己关在北面的那间小屋子里，没日没夜地盯着那些东西校对。也许是审稿的缘故，他烟抽得好凶，屋里烟熏火燎，像失了火，味道难闻死了。可我不敢也不能跟他抱怨什么，要知道是我毁了他原来的生活，尽管我哥从来没有这么对我讲过。

我妈后来过世，肯定也跟这件事有关。老人家肯定到死也不会相信，自己一直引以为荣的儿子，有朝一日竟会在城里丢了饭碗，而最让我妈感到愧疚的，一定是当初，她不该冒冒失失把我送进城里，送到我哥身边，好心办坏事，我成了埋在我哥身边的一颗炸弹。我想，我妈就是在这样的悔恨与愧疚中，郁郁而终的。那次，我们兄妹赶回老家给妈办完丧事，我哥整个人都颓萎了，他跟我返城的路上，手里始终抱着老人的遗像，一句话也不跟我说，浮肿的双眼死死盯视着车窗外，活像是一尊木雕。现在，我们的爹妈都相继下世了，我二哥顾产真正成为一家之主。我俩离开老家的那天，二哥是这样对我说的：往后有了闲工夫，就回来转转。那一刻，我才真正懂得，家其实就是爹娘，没了爹娘，也就没了这个家。

记得我妈以前常说，有缘千里来相会。我跟老方之间大概就属于这类情况。

老方比我大了将近二十岁，我哥说他都能当你爹了。我知道我哥说的都是气话。这也不能怪他，谁叫老方害得我哥被公安拘留，后来连饭碗也弄丢了。其实，我知道这也不能全怪人家老方，毕竟那天动手打人的是我哥。我长这么大，从没见我哥那么凶过。在我心目中，他总是温文尔雅，是个知书达理的白面书生，我从小就很崇拜他。我哥学习成绩在我们老家一直很棒，特别是他考上大学进城工作后，我们村老老少少没人不夸他的。我那时就暗暗发誓，这辈子一定要像哥那样，也要好好念书，将来离开那个破地方。我真是万万没想到，我哥发起火来，真像一头野兽。那晚，我亲眼见他举起砖头，扑上去就把老方的脑瓜子打出了血，那血流得像关不住的水龙头，着实把我给吓傻了。我哥说他讨厌老方，说老方总是在他面前咕咚咕咚喝可乐，感觉跟乡下人饮驴似的。他说他讨厌可乐这种东西，更讨厌老方旁若无人喝可乐的蠢模样。

我知道我哥是在扯谎。哪能为这么一点儿事，就把人家脑壳打烂的理？

其实说白了，我哥就是不想让老方对我好。说心里话，一开始，我也不太喜欢这个虎虎实实的老方，他长得五大三粗的不说，脖子上还老像拴狗一样套着个金链子，有事没事总爱呼哧呼哧冒虚汗，身上老一股馊抹布味。可那阵子，我需要一份挣钱的活，我不能成天像我哥养的那只豚鼠待在家里，白吃我哥的，白喝我哥的。当初，我妈之所以把我送到城里来，就是想让我在这里找个事做，将来也像我哥那样站稳脚跟，在城里安安稳稳过小日子。可偏偏是，那个住在我哥对门的老方，主动说他能给我一份工作，中午还管一顿饭，活不累，工钱也不错，所以我就爽快地答应了。

渐渐地，我发现，老方这人挺不错的，他对女人很细心，花起钱来也不小气。

　　我刚去他店里上班，一把活还没干呢，他就先带我买了好看的裙子，说是店里的工装。他给人感觉像个大叔，我在他的店里干得还算舒心，他月月除了准时发我工钱，还总要给我几百元提成，说要是销售业绩再好，还能多给点儿。有时，店里关门晚了，他就用轿车载我回家，还事先买点儿好吃的放在车上，让我带着回家当夜宵。一来二去，好比水到渠成，我真就被这个虎虎的男人打动了。不管怎么说，老方让我觉得很踏实，我在城里需要这样一个靠山，我总不能永远跟我哥住在一起吧，毕竟他有自己的生活。再者说，我究竟还年轻，好多事都不太懂，可以说我对男人基本上没什么概念，就是觉得，在这个人地两生的城市里，能有一个人对我好就足够了。我当初真傻，根本没有考虑过我哥的内心感受，直到那晚，老方开车送我回来，就在我哥家楼下的空地上，老方的脑袋被喝得醉醺醺的我哥冲上来，狠狠地拍了几砖头。

　　出了那件事之后，我哥的女同事就是那个黄莺姐，也好心好意劝过我两次，她说你最好离那个男人远点，你哥真的很不喜欢他。还说她已经帮我联系好了新工作，让我去她朋友开的一家私人幼儿园当老师，就是教小朋友唱唱歌、跳跳舞、做做游戏什么的。可我干不了这活，我天生五音不全，唱起歌来比鸭子叫还难听，会吓着那些孩子，跳舞就更不行了。其实，我心里还是放不下老方和他的店，他那里需要我。

　　那一阵子，老方的脑袋昏昏沉沉，我哥把他打出很严重的脑震荡，老方说，他脑壳里每天都有一万只苍蝇飞来飞去，嗡嗡作响。我说都怪我哥不好，让你受了这么大伤害。老方就很感动，胖胖大大的一个老爷们儿，当着我的面居然哭了，眼泪鼻涕乱淌。他求我帮他照看他家的那条沙皮狗，我觉得他自己都伤成这样了，还一心惦记着那条母狗，这样的男人对女人应该也会很上心吧。世上好多事就是这么怪，如果我哥不采取那么极端的方式，也许我跟老方并不见得能发展下去，可现在阴差阳错，我反倒更加在乎老方了。当然，最让我感动的是，我哥确实对老方出手够狠的，而他却一点儿也不怀恨在心，后来还是他主动提出跟我哥和解的，不然的话，我哥肯定不是被拘留两天的事，闹不好是要被判刑坐牢的。

这天傍晚，若不是我一进门，就惦记着要去阳台收床单，我想可能以后就再也见不到我哥了。当时，天色已经昏暗下来，阳台空间本来就很小，加上撑开的那一面床单，几乎挡住了阳台所有窗户。我伸手去拉已经晒干的床单时，呼啦一下，它就像一面大旗从杆子上滑落下来。也就在这一瞬间，我整个人都震呆了。眼前的情景，几乎让我失声尖叫起来：

哥！你怎么站在这啊？吓死人啦！

怎么说呢，那感觉就像魔术师在玩大变活人，被整面床单遮挡住的我哥，活像一只巨大的蝙蝠，猛地出现在我眼前。他站在紧挨着窗户的那个旧鞋柜上，整个身体几乎贴在窗玻璃上，一只脚已经伸出了黑乎乎的窗外，像是在试探外面的高低和深浅，他脚上没有穿拖鞋，甚至连袜子也没穿，脚指头发出白惨惨的光，闪亮得直刺我的眼。他因为站得很高，我必须仰视着，才能勉强看清他的脸。他下巴上胡子拉碴的，青灰色的脸一点儿表情都没有，只有呆滞的目光毫无保留地飘向窗外，像是在跟远方的什么人对视着。

我稍一迟疑，猛地上前，一把死死抱住了那只立在鞋柜上的小腿。

哥你快下来，窗子开得那么大，掉下去可就没命了！

　　我再次被自己的叫喊声吓住了。同时，我的心跳已到了极点，咚咚咚咚咚咚……我就那么死命抱住我哥一条腿，像抱着一根救命稻草。求求你了，快点下来，快点下来吧，哥，你这是要干啥啊？吓不吓人呀！然而，不管我多么用力，他就是一动不动，好像是在做最后的决定，是不是就这样纵身一跳。

　　那些日子，我哥的情绪的确糟透了，动不动就摔东西，胡乱骂人，再不就把自己灌得酩酊大醉，钻进卫生间吐得昏天黑地。有一天，他在饭桌上看着看着手里的稿子，突然就把那一厚摞子东西扔在地上，这样做似乎还不够解恨，又猛地起身，用两只脚使劲踩了半天，嘴里乱嚷着，妈的，写的都是些什么玩意儿？全是垃圾！简直狗屎不如！我赶紧抢步过去，好不容易推开了他，手忙脚乱从地上挽救起那摞无辜的打印稿。当时，我的眼泪唰地流了出来，不知是为那摞被踩得脏兮兮的稿子，还是为了我哥。

　　此时此刻，我哥仍执拗地站在阳台窗前，尽管我已经将所有窗户都关得严严实实，可还是一个劲儿地感到心惊肉跳。万一夜里，万一趁我睡着了，他再爬到阳台鞋柜上，怎么办？因为这套出租房在顶楼，房主并没有安装钢筋护栏。我哥要是真的就这样有个三长两短，那我可怎么办呀？现在，我只能死拉硬拽，几乎连吃奶的劲儿都用上了，好不容易才把我哥弄回他睡觉的房间。这间屋也有一扇小窗户，同样没有装护栏，想要跳下去，也会很方便。我犹豫再三忐忑再四，想着晚上还是跟他睡在同一间屋比较好，这样我也好监视他的一举一动。

　　我哥当然不同意我睡在他身边。

　　其实，在上床之前，他似乎跟正常人没什么两样，他悄无声息换好了睡衣，扣子扣得整整齐齐，一丝不苟。这套睡衣还是离婚前我嫂子买给他的，同样是细条纹图案的纯棉质地，我发现他这个人其实很念旧的，就连过去结婚时置办的枕巾，他也在敝帚自珍地继续用着。我洗衣服的时候早就发现，那条枕巾的边都毛了，后脑勺经常枕着的地方，几乎快磨破了洞，我特意给他买了一条新的，可他就是舍不得换，说是还能凑合着用呢。

思前想后，我还是偷偷给黄莺姐打了个电话。我把声音压得低低的，生怕让我哥听到。我把自己的恐惧和担忧一股脑都跟对方说了。黄莺姐迟疑了一会儿，她的声音有点颤，显然，她也被我哥现在的状况吓得不轻。要知道她原先是我哥的同事，她也许比我更了解我哥。她说自己正在外地开会，她答应我等回来以后会来看看我哥的。可问题是，我哥他谁也不想见，包括跟他在报社一起供职多年的黄莺姐。我哥跟我嫂离婚后，黄莺姐一直跟他走得很近，那时我还以为，黄莺姐会成为我未来的新嫂子，可现在看来，只是我一厢情愿罢了，我哥对她好像没有那种意思，非但没有，现在甚至连面也不愿见一次。

在我哥进屋睡觉以前，我始终坐在客厅里假装看电视，其实是一直默默地察言观色。他刷牙的样子好像比平时还认真，嘴角挂着厚厚一圈雪白的泡沫，哗啦哗啦洗漱完毕，他又自言自语地说了一句先睡了，就闷着头钻进自己的房间。我赶忙跟过去，轻轻敲了敲门，问，哥，你没事吧？估计他已经躺下了，床身吱吱地叫了两声，然后隔着门板，我听见他咕哝说，傻丫头，我好好的，刚才就是想到阳台透透气，你别大惊小怪的！可我还是将信将疑。要知道他先前的样子，可不像现在这样正常，那感觉很像一个人正在梦游，面无表情，眼神黯淡，简直有点儿灵魂出窍呢。

也许，我真的是多心了。

但愿吧！

女人注定是藏不住事的。

那几天我心里焦躁得厉害，眼皮子整天不停地跳，趁着店里没顾客的时候，就把我哥的情况一五一十讲给老方听。

现今的老方，比原先那可精神多了，衣服的颜色好鲜亮，T恤衫是眼下最时髦的桃粉色，裤子是米黄色纯棉水洗布，都是我帮他精心挑选的，这身行头使他看上去朝气蓬勃，多少有点儿成功人士的样子了。以前，老方总是穿得灰头土脸，而且，身上总有一股子酸不拉唧的抹布味儿。这也不能都怪他邋遢，他一个人背井离乡，在这个陌生的城市里辗转打拼很不容易。他从最初站在市场桥头，成天价举着粉刷家当揽零活开始，到带领七八个人的装修队上门包工，再后来手头有了一些积蓄，他又瞅准机会，在街面盘下了一套门面房，二楼作为他的装修公司办公室，一楼装潢成十分精致的店铺，专门经销女士的护肤美容产品。老方说，打从头一眼在我哥家门口看见我的时候，他就想好了要请我去他店里帮忙，他还说他看人是很准的。我就娇嗔地问他，我在他眼里是个啥样的人。老方嘿嘿笑笑，用肥厚的手掌拨拉拨拉他那头硬扎扎的短寸，欲言又止，模样好憨。于是我说，你不说，我也能猜得到，你就是个大骗子。老方笑得更憨。我喜欢他这样没心没肺地冲我笑。有时，我觉得他像个大哥哥，有时又觉得他更像家乡的某个叔伯，至于男女之间的那种感觉，总是时隐时现的。

老方听我诉说完，皱了半天眉头，连连晃着大脑袋说，不成，不成，这样下去呀，早晚是要出大事的！我噘着嘴说，老鸹嘴不吉利！人家是想让你分担分担，你反倒跑来火上浇油呢。老方看出我情绪不佳，忙口气和缓地替我分析起来。

你大哥就是心思太重，当初咱俩其实啥也没有，他偏偏往歪里瞎琢磨，到头来算是害人害己，他们这些知识分子啊，没事就爱胡思乱想，针尖大点儿事，他能闹成天大，不像我们这些大老粗，饿了就吃，累了就睡，你哥脑子里的弯弯绕太多了，鬼知道他都在想些啥呢。你可时时都得多长个心眼子！我以前干过的一家装修活，男人在单位好像还是个不小的头头呢，你猜后来怎么的？那家漂漂亮亮的女人，得了什么忧郁症，老担心男人出轨，自己年纪轻轻的，夜里从十几层高的楼上跳下去，脑浆子白花花摔出一地！

我听老方说得煞有介事，越发忐忑起来。那我总不能一天二十四小时守着他，什么也不干了吧？老方稍作合计，说，干脆这样，我先带几个工人，给你们租的房子安上一套防盗栏，这样，你哥至少不会从窗口跳下去。听老方这样真诚地说，我多少感到踏实一点儿了。正如老方这个人给我的那份踏实感。有时，我真的弄不明白，老方这么一个爽快人，我哥怎么就死活瞧不上人家呢？还是，他俩上辈子原本就是一对冤家，今生今世非得仇人相见。

这事我留了个心眼，我偷偷绕开我哥，直接去找那个房东谈。

房东是个暮气沉沉的老男人，说起话来黏黏糊糊，习惯转动着一双黑豆小眼跟人讨价还价。听说我们想安防护栏，他头摇得赛过拨浪鼓，一个劲儿说，六层高的楼，贼娃子是爬不上去的，根本没那个必要。我当然不想让房东知道我哥有自杀的倾向，那样他兴许会把房子收回来。我说安上也没有坏处啊，他说反正他不想花那些冤枉钱。半天，我说我的理，他说他的难处，死活也谈不到一起。回过头我把结果跟老方学说了一遍，老方说，这种小市民，都是些守财奴，别理他的，咱先装上再说。我说那不便宜了房东，老方说反正也没几个钱，大不了以后赖他两个月房租。我一想也对，就说那也不能让你破费，你从我工资里扣吧。老方像是没听见似的，转过身就叽叽咕咕给他的工长拨电话，很快就把事情吩咐下去了。

翻过天，正好是我哥去给那家杂志社交稿的日子。

老方就乘虚而入。把他最信任的工长和两个小工派了过来，我留在家里做接应。工人又钻又焊又敲地折腾了一下午，等傍晚我哥回来之前，包括前后阳台和两间卧室的窗户，都装上了银灰色的护栏，看上去又结实又牢靠，我那颗悬着的心，才算咽进肚子里。哪知我哥气哼哼地指着阳台的护栏嚷道，妈的，这是谁干的？弄得跟监狱一样！他这样大声一嚷，我才认认真真盯着护栏向外面张望，原先还算开阔的视野，现在确实让一条一条的钢筋分隔成小块了，感觉还真有点儿不太舒服。可我不能说实话，我推说谁知道呢，大概房东觉得这样安全一点儿吧，人家也是好心嘛。

说话的时候，我偷眼观察我哥。他独自站在阳台窗前，不，现在应该是钢筋护栏前，像一个无法逃脱禁闭间的囚犯，正大口大口吸着烟，他的背影显得黑瘦而单薄，腰身多少有些佝偻，很久没有理过的头发，乱蓬蓬的似一团茅草，后脖颈眼看被长长的发梢遮没了。他从拘留所回来以后，就再也没有出门理过发。后来，我去厨房做饭的时候，他还是把自己一个人关在阳台里拼命吸烟。烟成了他最信任最依赖的伴侣，仿佛只有在吞云吐雾的时刻，他才能让自己镇定下来。

那段日子，对一个像我这样年纪轻轻的姑娘家来说，可能也是最幸福的。

也许我真的不该这样，我甚至觉得这一切都是非分之想，可我就是管不住我自己，我竟然有点儿喜欢上老方了，这丝毫不以谁的意志所动,哪怕我喜欢的这个男人是我哥的仇人。我明明知道,我哥就是死也不会答应这件事的,可面对老方的热情攻势,我还是让步了。关键是,老方并不像我哥想的那么坏,他虽然有些大大咧咧不拘小节,甚至还会自以为是,可他待我是真心的,不管我说什么,他通常都会言听计从,就拿安装护栏这件事来说,老方确实解决了我的后顾之忧。

我到城里后,从未觉得这个城市跟我有半毛钱关系,这是别人的城市,是城里人的城市,我只是一个来找事做混饭吃的姑娘,我寄宿在我哥身边,像只土生土长的乡下蜗牛,因为一不小心爬上了开往城里的货车,然后就懵懵懂懂被带到这里。我一直认为,老方是这个城市第一个给我开绿灯的人,他在我最需要的时候出现在我面前,最重要的是,这种出现合情合理,没有丝毫叫人觉得不妥的地方。自打我给老方看守店铺以来,他也从不把我当外人,像什么出货进货管账销售,都教给我去做。一开始,我还真担心自己笨手笨脚学不会呢,可老方说,你就是差一张上大学的小纸片,除此之外,你不比任何一个城里姑娘差。这句话对我鼓励极大。

我当然不能辜负老方对我的期望,加上我从小长在乡下,天生就能吃苦耐劳,别人稍微一点拨,我立刻就通了,不到半年工夫,我就把老方的这家美容产品代销店打理得顺风顺水井井有条。我还扭转了以前等客上门的被动局面,利用吃饭和休息时间,四处发送小传单和优惠卡,把周边大大小小的生活区都跑遍了,渐渐地,竟有了一批相对固定的回头客。同时,我还报名参加了一个夜间美容培训班,认认真真跟师傅学习护理方法和按摩技巧。这样没过多久,我就开始给那些爱美的女士办护理月卡,利用自己刚学的三脚猫功夫,为她们提供美容服务。这事连老方也大吃一惊，一个劲儿夸我，没看出来，你真是个天才啊！现在，我似乎越来越觉得，这个城市终于跟我这个人有了丝丝缕缕的联系，我的双手已经抚摸过很多很多女人的脸面，我想方设法让她们称心满意，她们也给予我丰厚的回报。

老方大概觉得我一个人都快忙不过来了，他就主动提出来，说店里可以再招一个人用，可我还是坚持自己先干着，等以后生意真的好了再说。老方心疼地看着我说，那就难为你了，想想又说，你干美容护理挣来的辛苦钱，店里一分也不要。我知道老方是想变个法儿贴补我们，他很清楚我哥现在的状况。可我同样还是拒绝了，我说我已经拿了一份薪水，这本来就是我分内的活。我想起了我妈在世时常挂在嘴边的话，她说是自个儿的终归是自个儿的，不是自个儿的强求不来。她还说过，吃小亏的人，才有大福气。我妈一辈子养育了我们三兄妹，她省吃俭用含辛茹苦把我哥供养成大学生，又让他在城里安家落户，后来又坚持要把我也送到城里过好日子。我妈临终时拉着我和大哥的手说，你们都要好好的，妈就是死了也能闭眼。这句话像一颗钉子，一直深深地戳在我心坎上，我想不管到什么时候，都不能辜负了她老人家。

我在城里过的头一个生日，是老方一手替我张罗的，事先我一点儿也不知晓。那是在我二十岁之前，头一回那么隆重地过自己的生日，除了大大的生日蛋糕，还有一束红艳艳的玫瑰花，这些东西以前我从来也没想过，只是偶尔在电视剧里见过，简直比做梦还虚幻。过去在老家，我妈总是有干不完的农活和家务事，所以，根本不可能腾出手，给哪个孩子好好过生日。记忆中，只是吃过那么几次像样的长寿面，面条是我妈亲手擀的，又细又长，下在锅里白花花的，再在汤里卧两个荷包蛋，撒一撮葱花，调几滴胡麻香油，就算是很奢侈了。

老方说要带我去外面饭馆吃点好的。他事先订好的那个包房还没开灯，老方是摸着黑把我轻轻地摁在一把软扶手椅上的，然后他就嚓地一下打亮了火机，火苗扑扑闪跳，好像我们老家夏夜里的萤火虫，他的样子多少有些神秘，弯着腰，一根一根，点燃了饭桌中央圆盘上的蜡烛，我静静地数着，一共是十九根，随着烛光越来越亮，我终于看出桌上摆着一个很大很大的蛋糕，而且，那蛋糕上面还写着"顾乐生日快乐"，我一下子就愣住了，眼泪很不争气地在眼圈打旋儿。

老方点燃所有蜡烛后，才笑着对我说，这大半年多亏了你这个小寿星。我迟疑着，一时不明白他怎么知道我生日，事实上，有时连我自己都不大记得清，乡下孩子的生活都是粗陋的，根本没有那么多精细和浪漫可言。老方见我直出神，忙说，快点起来呀，该小寿星吹蜡烛许愿了。我才犹豫地站起身，等我呼呼吹灭了那些蜡烛，老方恰好打开了包房里的枝形吊灯，屋子一下子变得金碧辉煌了，他顺手从手提袋里拿出一束包装好的东西递到我眼前，生日快乐！红得耀眼的玫瑰花，不用猜，不多不少十九朵，我再也忍不住泪水。这倒不完全是乡下丫头很容易被漂亮的蛋糕和鲜花打动，而是我为这段日子所经历的一切，为我和我哥，尤其是想到我哥，我竟不由得流出泪来。我边抽泣边咕哝，我哥他太可怜了，都怪我不好，是我害了他……老方无声地用一只手臂从背后揽着我，肥厚的手掌一下一下拍着我的肩头，我觉得自己像个孩子，在蒙眬的泪光中，情不自禁地把头靠在这个男人结实的胸膛上。

就在这晚吹生日蜡烛时，我在心里默默地给我哥许了个愿，希望以后他能快快乐乐的，正如当初他给我起名时想的那样。我小时候，我爸整天不着家，说是去帮四乡八邻料理什么红白喜事，其实他就是迷恋喝酒，那种场合酒是可以管够的，所以他每每把自己灌得像只醉猫，半夜三更才摇晃回来，还要冲我妈撒酒疯。那时，我总是战战兢兢蜷在我妈的被窝里，连头脸也不敢露出来，我怕看见我爸那张因醉酒红得发亮的脸，还有那种又缥缈又愚蠢的眼神，他总是没完没了数落我妈，嫌她这样不好那样也不是，唾沫星子飞溅，我妈要是稍有反感和不满的举动，他不分青红皂白动手就打，仿佛体内多余的酒精，快要把这个阴郁的男人点燃了，他非得狠狠发泄一通不可。等我哥长到十五岁，终于有一次，在我爸又冲我妈举起拳头的时候，他突然就从床上跳下来，像只初生的牛犊一样，用他的脑壳，奋力撞向那个醉醺醺仍在逞强发威的男人，我爸应声倒地，他仰面朝天砸在地板上，活像一大块冻肉，咚隆一声，半天都没有再爬起来。我哥跟打了鸡血似的，还在大声喊叫着，让你再打我妈，有本事你冲我来呀！我妈简直吓呆了，她惊恐地睁大了本来已经绝望了的眼睛，近乎哀求地盯着我哥，好像不认识这个儿子了……事情过去那么久了，可我一直记得清清楚楚，那大概是我童年里最惊心动魄的一晚，打那之后，我爸喝醉了明显不那么闹腾人了，就算他想找我妈的茬儿，也得掂量掂量那个个头已经赶上他高的儿子。

　　我哥拿砖头砸烂老方脑壳的那晚，我仿佛又一次回到了从前，回到那个充满了恐惧气味的乡村夜晚。也直到这时我才意识到，我哥骨子里其实就是一个很血性的人，他有正义感，善恶分明，好冲动，关键时刻，他会不计后果挺身而出，这可能就是他的个性。

　　老方时不时跟我说，性格是能决定一个人成败的。我能明白他的意思。尽管我非常不乐意用这种逻辑往我哥身上套，可有时我又禁不住要往这方面想。人是很奇怪的动物。起初，我刚来城里的时候，觉得自己非常脆弱，好像事事都离不开我哥的庇护，那时我哥就像父亲一样，人们常说长兄如父嘛。可过了一段日子，我在城里有了事做，特别是我哥出事和我妈去世后，我忽然觉得自己长大了，无形中就担负起了要好好照顾我哥的担子。本来我是来城里投靠我哥的，可谁知世事难料，现在我又得像姐姐或长辈那样，反过来替他操心了。因为不管到什么时候，我都不会忘记我妈临终时的那句话，她说只要我们兄妹都好好的，她死也瞑目了。就算为了我妈的遗言，我也不能不管我哥。

然而，事情根本不像我想的那么简单。

新安装的坚固的钢筋护栏，只让我的心宽松了那么几天，新的麻烦又来了。我发现我哥的饭量越来越小了。我通常会在头天晚上，也就是做饭的时候，多做出一个人的量，然后将饭菜分别装进两只塑料盒子里，家里有一台微波炉（还是我哥新婚时添置的），这样到了第二天中午，我哥不必操心做饭的事，他只需把那两只盒子放进微波炉里，转上两分钟，就能吃上现成的。可那晚，我哥在饭桌上吃得很慢很慢，老是对着饭菜出神，我问他是不是菜炒得不合口，他却放下筷子，对我说，以后少给他盛点儿，晚上吃多了，顶在胃里难受。我想想也有道理，就在每回盛饭时少舀一勺米饭，可他似乎吃得还是很艰难，我问他是不是胃里不舒服，要不要去医院瞧瞧，他只是摇摇头，沉默了一会儿说，嚼东西太费劲了，牙根子难受。我以为他的牙长了蛀虫，问他他又不置可否。

第二天，我一直惦记着这事，下班后又去附近的一家药铺咨询，卖药的听了，眉头皱了几皱，说，该不会得了厌食症吧？可以买点消化类的药，吃吃看。我觉得有点儿道理。我哥整天待在家里，大门不出，二门不迈，消化不良也是有的。我把药店开回来的山楂丸、健胃消食片、吗丁啉和养胃舒冲剂，通通放在我哥房间的写字台上，叮嘱他饭前饭后按时吃。我哥从一摞子校对稿中抬起发红的眼睛，扫了我一眼，然后就盯着那些药盒，愤愤地嚷，我没病！你都给我拿走！我说谁说你有病了？这些不过是用来促进消化的，也不看看，你现在都瘦成什么样了，你一个大男人的饭量还不如我呢，这样下去咋行！我几乎是大着嗓门，跟我哥说这些话的。然后，我气呼呼丢下他，并且用力把他的房门一甩，咣的一声，我估计他肯定被我的脾气吓了一跳，要知道我以前是不怎么会发脾气的。

那晚我那些语气很重的话，可能让我哥意识到了什么，他回心转意似的开始默默吃我给他买的药了。后来每顿饭后，他都很自觉地按时去吃几粒，没过多久，那些药就全部吃完了，我自然很高兴，虽然我哥的饭量并没立竿见影地增加多少，可我相信，这样下去他肯定会好起来的。晚上我从老方的店里回来，发现两只饭盒都是空的，于是，我再给他留饭时，就悄悄地加上那么一点儿，同时，我又不声不响地买回一些消化类的药，照样放在他的桌子上。

我一直期待那些药片能赶紧起效，我哥的饭量会猛增，身体强壮起来。这样又维持了一阵子，我就不再给他买药了，因为我再也没有发现他有剩饭菜的情况，每天两只盒子都是空的，这让我悬着的心才放了下来。没过多久，我在打扫房间时注意到，我哥的桌子上竟又堆着大大小小的药盒药瓶，有消化类的，有维生素类的，还有一些治疗常见病的。反正不管有没有病，我总能看见我哥在默默吃着什么药，好像吃药成了他的一种生活习惯和依赖。他每每背对着我，一个人站在餐桌跟前，左手突然迅速往嘴里扔进些什么东西，右手端起水杯，咕咚咕咚大口喝水，然后将脖子高高向后仰起，让人感觉到，吞咽药片对于他来说，似乎比吃饭要快活得多。也许就是从这时起，我哥开始按他的想法随心所欲地服起药来。

天气刚一入秋，我哥就得了一场重感冒，不停地打喷嚏，低烧不退，整天把鼻子擤得呜呜响，我让他去医院看看，他死活不肯，说只要多吃点药就没事了。我急忙又去给他买回快客、三九感冒冲剂，还有消炎用的阿莫西林，我让他按说明书上交代的一日几次、每次几片的规定剂量服用，他倒是干脆得很，竟一次就把一天的药量通通吃下去，我简直担心死了，生怕会有药物中毒的严重后果发生。我一个劲儿埋怨他，你又不是三岁小孩，药咋能胡乱吃呢，你就不怕要了你的命？可事实证明，我的担心似乎是多余的，第二天早晨一觉醒来，我哥不但没有什么不适的反应，感冒症状反倒比前一天减轻了不少，喷嚏基本止住了，烧也明显退了，头脑也不那么发晕了，他又能端坐在桌前给人家校对稿子了。这样一来二去，我哥似乎尝到了胡乱吃药的甜头，不知不觉，他养成了一种在我看来很可怕的习惯，凡是该吃药的时候，他都如法炮制屡试不爽。用他自己的话说，别听医院那些家伙瞎指挥，自己的身体自己最清楚。

可有时候，自己的身体自己未必清楚。

就拿我来说吧，整天早出晚归，白天在街上看店，晚上守着我哥，竟把自己身上那个事忘得一干二净。直到有天店里来的一个女顾客，羞涩地说她想用一下卫生间，等那顾客走后，我无意间发现纸篓里换下的卫生巾，才意识到这个可怕的问题。例假比上一次晚了将近一个半月，这个事实一下子就把我的生活打乱了，中学时候粗略掌握的那点儿生理常识终于派上用场，我心神不宁手忙脚乱，我跟老方只有过一次，就是在我过生日那个晚上，我真是恨死老方了，更恨我自己不争气，我没脸跟我哥说，他要是知道了，准会去找老方算账的，不定又会惹出多大的乱子呢！况且，我跟我哥一再保证，说自己跟老方只是雇佣关系，我给他看店，他给我工资，就是这么简单。尽管我哥对此半信半疑，可他也没有再去找过老方的啰唆。自从我们搬到别的地方，不跟老方住对门了，所谓眼不见心不烦，我哥也就不再关心老方这个人了。

我对这种事一点儿招也没有。

我妈以前跟我讲过，说姑娘家没过门子，就跟男人偷偷好，肚子弄大了再没脸见人，只有去跳河投井的份了。我们老家就有个女的，她在城里给人家当保姆，过年的时候，身上裹着宽宽肥肥的军大衣跑回来，爹妈都没在意，高高兴兴忙过年的事。那天正好是大年三十，到了半夜里，那女的独自出门去蹲茅坑，乡下都是旱厕，四周是一人多高的土围墙，顶上最多苫一片草席子，腊月里天寒地冻，估计当时那女的肚子疼得厉害，又淅淅沥沥流了好多的血，后来竟昏倒在里面，天蒙蒙亮时才被家里人发现，等送到医疗点去抢救，人早已经冻硬棒了，据说一个好大的男胎也死在肚子里。这件事后来就成了反面教材，凡是进城去找活干的姑娘，临出门前，家人都要把这件事跟紧箍咒一样在耳边狠狠念一通。现在一旦想到这事，我真的连死的心思都有了。

哪知，老方听说后竟喜上眉梢，他一把把我从地上抱了起来，稀罕得跟没见过似的，一个劲儿拿他的胡茬儿蹭我的脸。他说，这有啥好害怕的，小傻瓜，你要是真能给我生个大胖儿子，咱老方家祖坟都要冒青烟了！

我很讨厌他这种大男子口气，好像要是怀了女孩，他就不想要似的。我嘟着嘴说，我跟你不清不白的，凭啥要给你们方家生孩子？老方迟疑了一下，说，那我明天就跟你把证领上。我没好气地说，笑话，那你家乡的老婆和姑娘咋办？他嘿嘿傻笑两声，想想又说，放心，反正我是不会让你吃亏的，我迟早要跟她离掉，我那婚都是当年爹妈包办下的，我跟她没有啥感情，这么多年又不在一起生活，以后我一准对你好，我挣的钱全都归你。我说，我才不稀罕呢，我已经吃大亏了，你这个老骗子，现在我该怎么办啊？我哥要是知道了非宰了我不可！老方见我当真抹起了眼泪，就低声下气哄我坐到椅子上，他规规矩矩跪在我面前，两只大手紧紧搂着我的腰。他一本正经地说，反正窗户纸总要捅破，干脆我明天就去找你哥提咱俩的事，大不了让他再砸一次我的脑袋，我骨头硬不怕。我呜呜地抹了一把鼻涕，又使劲捣了他一拳头。你疯了！那样我哥真的会杀了咱俩的！老方一下子没了底气，他多少有些怵我哥的，嘴里咕哝着，这也不成，那也不成，你说让人咋办好啊？

其实，我方寸已乱，一点儿主意也没有，可问题就摆在眼前，光哭天抹泪有啥用呢，总得想法子去解决。我沉默了好一会儿，然后抬起头盯着老方，一眼一眼打量他，像是需要重新认识认识这个男人。老方被我盯得有些发毛，直愣愣地问，你心里到底是咋想的？我这才一字一句地问他，你对我是不是真心的？老方很肯定地冲我点点头，说他要是有半句假话，就让天打五雷轰。我说，你也知道，我现在除了我哥一个亲人，这城里就只有你了，为了你，我已经得罪了我哥，要是有那么一天，连你也变了心，我发誓一定不会饶过你。老方显然被我的眼神和口气给怔住了，但他还是又赌咒又发誓地冲我点头。事实上，我也被自己的样子唬住了。可我还是很冷静地对他说，那明天一早，你就带我上医院吧。老方一听，人顿时蔫了，额头眉头都皱巴巴的，简直像极了他家的那条沙皮狗。

　　城里医院就是不一样，妇产科查得好仔细，还要照一个什么彩超。大夫在我的腹部涂了一层凉森森的胶水一样的玩意儿，然后，就用一个类似圆珠笔头的东西，蘸着那些黏液，开始在我身上探来探去，后来又让我从那张小窄床上坐起身，大夫顺手塞给我几片卫生纸，轻描淡写地说，行了，擦一下吧。我害羞地低头在腹部擦来拭去，这时又听见大夫叮嘱说，初次怀孕，平时要多注意身体，头几个月不能有夫妻生活。我简直羞得不敢抬头了。

　　老方就在门口焦急地等着，见我出来忙凑上前，像搀病人似的扶住我，一个劲儿打问怎么样怎么样。我的脸一定红透了，火烧火燎的，我随手把大夫开的单子递给他看，他迫不及待扫了几眼，又不得要领地说，这些英文字母我也看不懂啊。我没好气地白了他一眼，傻样，谁让你看懂，你只要对我好就行了。说完，我就径直往前走去，心里有种说不出的感觉，结果本来是意料中的，可经由大夫一番折腾，突然就变得很神圣起来。我要有孩子了。我要当妈妈了。这两句话反复在我耳边回荡，让人既感到欣喜，又觉得害怕得要命。实打实地说，来做检查之前，我并没完全想好该怎么办，可是，当大夫亲口告诉我怀孕了的话之后，我才正儿八经想这件事。毕竟我还没有结婚，而且，我喜欢的男人还是个有妇之夫，更要命的是，我哥一点儿都不喜欢这个人。现在，让我做出一个决定，要不要肚子里的孩子，这对我来说实在太难了。

　　我不禁又想起那个稀里糊涂就死在老家茅厕的可怜姑娘，那结局实在太惨了，明明她在城里怀了别人的孩子，可是最终只能一个人偷偷跑回家瞒着亲人自己受苦。因为没人知道那女的怀的是谁的孩子，大伙就七嘴八舌，说什么闲话的都有，有的说她在城里不好好干保姆，偏跟主家男人勾勾搭搭的，硬让女主人给撵了回来；还有的说的更难听了，说她根本就没干什么保姆，而是专门跟不三不四的男人睡觉挣钱。总而言之，人死了也不得消停，让爹娘丢尽了脸面，在人前抬不起头。因为想到这些，我又不断告诫自己，绝不能干傻事，到头来害人害己，我一定要把事情前前后后都想清楚了，再做决定也不迟。

那几天老方哪都不去，整天盯贼一样盯着我。中午陪我吃饭，上下班他都亲自开车接送，要不是有我哥挡在那里，他肯定会一直护送我到家里的。我能感觉到，老方从来没有对什么事这么上心过。

这天我跟老方路过步行街的宠物巷口时，我想都没想就径自走了进去。里面摆满了大大小小花花绿绿的动物笼子，最大的笼子能装得下凶猛的藏獒，最小的就是我哥以前用来养仓鼠的铁丝笼子，那些憨态十足的小动物都被圈在里面，有的闭目养神，有的爬来爬去，有的龇着小奶牙吱吱乱叫。那些卖猫的，卖狗的，卖兔子的摊位，一眼望不到头，将窄窄的巷道堵得水泄不通。要说城里人真会玩，专门在闹市开辟这么一个动物市场，顾客总是熙熙攘攘，男的女的老的少的，尤其是那些天真活泼的小朋友，牵着爹妈的手在巷子里转来转去，小眼睛都直勾勾盯着各种动物，嘴里啧啧有声，女人和孩子又总是经不住诱惑，不时地抱住一只小猫或小狗，喜欢得哇哇乱嚷，好像见到了久别的亲人。

不知为什么，以往我总是觉得这些小动物很烦人，气味又难闻，可现在一点儿也不那么想了。我在一个摊位前停下脚步，几只小猫咪估摸着也就一个来月大，雪白雪白的小身子上，分布着几坨深黄色的斑点，看着就让人喜欢。摊主是个矮胖矮胖的老婆子，见我忽然蹲下来，立刻笑眯眯地从纸箱里捞出一只小猫递到我面前。小猫睡得迷迷瞪瞪，眼睛几乎睁不太开，叫声细嫩微弱，粉粉的小舌尖像春天的桃花瓣，琥珀色的圆眼珠泛着胆怯的荧光，我想都没想，就把小家伙接在手上。它竟一点儿也不认生，雪团似的硬往我胳肢窝里钻啊钻，就跟婴儿见到妈妈似的。我身上那种叫作母性的东西忽然间被唤醒了，我温柔地用手掌轻轻抚摸着小猫的脑袋和身子，那茸茸的手感和热乎乎的心跳，竟来得那么真实和强烈，后来就在我准备放下它的一刻，小家伙突然用小舌头一下一下舔我的手心了，我的心就被舔软了。卖猫的老婆子眼尖，忙说，瞧呀，猫咪跟你多投缘啊，抱回去养着玩呗，才五十块钱，够便宜的。还没等我表态，一直站在我身后的老方早掏出钱塞给了卖猫的。

在毫无思想准备的情况下，我从街上抱回来这只小猫。也许潜意识里，我真的是想试着当一回妈妈了。老方对我总是百依百顺，又懂得投我所好，他一个劲儿对我说，你喜欢的话就养着，猫狗都是通人性的。我还多少有些犹豫不决，可转念又想到了我哥，我倒是觉得现在养一只小动物，兴许会对他的健康有些好处，他一个人成天闷在房子里，除了一大摞稿子和香烟做伴，简直像个孤家寡人。而我之所以心血来潮来逛这宠物巷，很大程度上也是为他着想的，我本意是想买一只他以前最爱养的那种仓鼠或豚鼠，可我实在是不喜欢那种贼头贼脑的家伙，实在是觉得硌硬得很，至于猫我还是可以接受的，再说了，这只白毛黄斑点的小猫确实够可爱的，一般女的见了都会喜欢。

可我万万没想到，我哥那么排斥我养猫这件事。他来给我开门的时候，一眼就瞅见我怀里抱着的小东西了，他愣了几秒，阴郁的眼光凶巴巴地盯着猫咪，好像他这辈子从来没有见过这种动物似的。小猫也冲他不无警觉地喵呜了两声，随即，扭过小脖子，拼命往我胳肢窝里钻。我哥的目光就很不满地挪到我脸上，我预感到情况不妙，但我还是故作镇定地说，这猫可乖呢！哥你放心好了，平时我来管它……没等我把话说完，我哥几乎冲我嚷起来，谁允许你养猫的？你赶紧把这畜生抱走！我可不喜欢这玩意儿，猫是奸臣！他的样子凶得可怕，声音也大得惊人，连我怀里的小猫也紧张得哆嗦起来。

我一时不知该说什么好，外面天色那么暗了，我总不能现在抱着猫，再跑回宠物巷退货吧。所以，我干脆不用跟他解释什么了，反正东西已经抱回家了，生米煮成熟饭，他不喜欢，我也没办法。于是，我低头绕开他，径自跑回自己的房间。我把小猫安置在一只空的鞋盒子里，里面随便铺了一件自己穿旧了的秋衣，好让小家伙在里面舒舒服服待着。

哪知，我哥随后又撵了过来，他气呼呼地站在门口，好像我养猫触痛了他的哪根神经，非要跟我理论理论不可。你耳朵聋了吗，没听懂人话，我说了不准你养它！坚决不行！他再次冲我吼叫着，眼光比先前更阴狠，那架势好像随时会冲进来，一把将小猫抓起并扔出窗外。

哥，你别大喊大叫，好不好，不就是只小猫，我养它碍着你啥事了？你过去不是就喜欢养小动物吗？其实我本来还想说，我这都是为了你才养的，可看他那副不近人情的样子，实在让人扫兴得很。兴许是我的嗓门太高的缘故，刚刚在鞋盒里趴下的猫又抬起小脑袋，冲我怯生生地喵呜起来。我只好随手把房门带上，我估计小猫也该饿了，我得给它弄点吃的，饭桌上还有早上我喝剩的牛奶，我找了个小碟子，倒上一点儿牛奶，再揉一小团面包屑进去，然后用指头搅和搅和，完全不顾我哥那副凶巴巴的模样，就给小猫端去了。小家伙舔食的劲头挺足，红红的小舌头在碟子里吧嗒吧嗒响。我想只要啃吃东西，就好养活。

整个晚上，直到我们吃完饭，我哥也没有再跟我多说一个字，这样也好，井水不犯河水，说心里话，我也懒得再搭理他，我现在真是觉得，他的脾气越来越古怪了，简直像个神经病。等收拾完碗筷，我就一个人躲进房间里，我发现小猫已经在地上尿了一小摊黄尿，还把纸盒里铺好的秋衣扯得乱七八糟，我用卫生纸擦干净地板上的尿液，又把秋衣重新在盒子里铺平整。之后，我和衣躺在床上，让小猫乖乖地趴在我肚子上。小家伙吃饱喝足了，就显得有些懒洋洋的，呼吸声噜噜作响，很像是我们乡下人拉的那种风箱声。它好奇地在我肚子上翻了几个身，又开始用小爪子一下一下清理自己了，它把小爪子用舌头舔那么两下，再用潮湿的爪子去侍弄自己的脸，整个过程极其认真。这让我感到好神奇，这么小小的一只动物，谁也没教过它，它竟什么都会，能吃能喝不说，还能清理自己的皮毛，实在是了不起得很。

这样想的时候，我下意识地轻轻抚摩着自己的腹部，好像我已能感知到那个小生命清晰的存在了。我知道时间不等人，我必须做出一个了断，要么到时候把孩子生下来，要么明天就去忍痛做人流。刚才老方开车送我回来的路上，我就坐在他旁边，有一阵他把肥厚的手掌放在我的腹部，不无焦虑地说，乐乐，你千万要想明白，这可是一条性命啊，咱不能做傻事啊。我明白他说话的意图，可我已经做了傻事。我也能感觉到他是真心想要这个孩子，至少他表现出敢于承担责任的样子。

现在，我煞有介事地摸摸自己的肚子，又抚摩一会儿几乎睡着了的小猫，我从来没有觉得，一个人待在黑暗中感觉那么好，我甚至一点儿也不觉得孤单了。我忽然有种很踏实很踏实的感觉，到城里这么久，还是头一次，身边仅仅多了一只刚满月的猫娃子，世界似乎就不同了。要是真的有个小家伙，成天围在我身边，笑着跳着说着闹着，还不停嘴地叫我妈妈，我会更踏实的吧。

　　我决定留下肚子里的孩子，似乎跟留下那只小猫没多大区别。唯一不同的是，养猫的事不用藏着掖着，尽管我哥气得鼻子不是鼻子，脸不是脸的，可我依然故我。孩子就不同了，小家伙现在当然不显山不露水的，除了我和老方，谁也不知道这个秘密。我想到了一定时候，自然是要告诉我哥的，我一定会想方设法让他接受这个事实，当然，我还要让他当我未来孩子的大舅呢。我下定决心后没过几天，老方就提出来他要回一趟老家，说是那边的事情需要他去处理，他把店里的事都托付给我，装修方面的活自然是由他长期雇用的工长来负责。我没有过问太多，只问他什么时候能回来，他稍加思索说，也就十天半个月吧，又嘱咐我每天抽空去看看他的狗，我说这个不用你操心。

　　老方是开着宝马车一个人上路的。

　　那天，我在帮他收拾行李时，发现在车后备厢里，塞着好几个花花绿绿的纸盒子，都是些小孩子的玩意儿，有色彩艳丽的芭比娃娃、游戏机、彩色画笔和动画拼图之类，我装作什么也没看见，其实我心里明明白白，那都是他给自己的小姑娘买的，还有几只鼓鼓囊囊的服装袋，不用猜里面肯定有他老婆的东西。老方上车前，跟我来了个电影里才有的西式拥抱，他趁机把嘴搭在我耳边说，乐啊，可一定要照顾好你和咱们的孩子，该吃吃该喝喝，千万别老想着省钱。说着，又从裤兜里摸出钱夹，硬是往我手里塞了两千块。我说，你不是月月都给我工钱吗，他说那可不一样，这是专门给你买营养品的。那一刻，我竟有种莫名的愧疚感，觉得自己的决定也许是个错误，我太不近人情了，明明知道人家有妻子女儿，我这样做会让很多人为难的，也许每个人都得为此做出选择和了断。可我已经左右不了自己了，开弓没有回头箭，就像我根本无法阻止一个小生命的到来。我唯一能做的就是安静地等待，等待。

　　自从小猫来到家里，我哥变得越来越沉默寡言。虽说他不再嘟囔着让我把猫赶紧抱走的话，可他也基本上不怎么跟我说话了，兄妹俩住在同一个屋檐下，彼此好几天都不怎么说一句话。我也渐渐习惯了，只是在晚间把饭做好，满满当当端在桌子上，再冲我哥的房间喊两声吃饭了，他才闷声不响地走出来。我尽量不让小猫咪满屋子乱窜，以免惹得我哥吹胡子瞪眼。多半时候，我把猫锁在我自己的房间里。这晚也一样，我们又跟陌路人那样，无声无语地吃完了饭。我哥扔下碗筷，就钻进阳台吸烟去了，他的背影在黑暗中变得模模糊糊。我很麻利地忙完厨房里的活，就打算出去一趟，我得赶到老方家去，那只沙皮狗总得喂食和遛弯。

　　我哥像平常一样打开了电视，声音调得老高，然后一个人坐在客厅里，死死盯着屏幕，又是体育台的足球比赛，他应该算是个球迷吧，反正电视上只要有球赛转播，他都要从头看到尾。他一边盯着绿茵场上跑来跑去的一群小人，一边咕咚咕咚往嘴里灌啤酒。我在自己的房间换衣服的工夫，突然听到外面当啷一声，起初我并没太在意，可很快，就听到一个男人的咆哮声，那叫声来得很迅猛，像是突然被谁激怒了似的，简直到了怒不可遏的程度。我急忙从房间跑到客厅里，只见啤酒罐躺在电视机正下方，屏幕上还残留着液体往下滴淌，遥控器已被摔得四分五裂，一节五号南孚电池，直接轱辘到客厅门口了。我哥愤怒僵硬的背影，如同一个发了狂的斗士，在荧光屏的映射下，模样愈发变得古怪，又活像反特片里的一个很邪恶的反派人物，因为恼羞成怒正在歇斯底里大光其火，因为大光起火越发显得乖戾恐怖。电视里的男解说员，正用那副公鸭般的嗓子语速极快地嘟囔："……现在留给中国队的时间不多了，如果我们的球员还不能抓住补时赛最后一分半钟，有效突破对方的防线破门进球，那么我们将注定无缘本届世界杯赛……"

一群蠢货，这么好的机会……为什么还不射门……射呀，快射呀，你到底犹豫什么呢？磨磨蹭蹭跑来混饭吃的吧……瞧你那只臭脚，往哪儿带球呢，眼睛瞎了吧……该死！该死！我哥一面火冒三丈地吼叫，一边抬起脚就去踹电视机壳，好像那玩意儿是他眼中的一只足球，他可以一脚把它射进绿茵场上的球门里去。咣当——电视机已经严重偏离了原先的位置，差那么一点就要倒向一边去了。我哥那副怒气冲冲的架势，仿佛电视里的那些球员招惹了他，刺痛了他那根脆弱的神经，他非得拿脚把那些被他骂成臭脚和蠢货的小人儿通通踢出来不可，这场面真是让人啼笑皆非。

我虽然不太懂什么足球比赛，可也知道中国足球队是怎么回事，可以说是屡战屡败，屡败屡战，大伙是怒其不争气，哀其不进球，就像宋丹丹在小品里调侃的那样，她说最闹心的事，就是看中国足球。想到这我急忙从后面用力将我哥拽住，并随手关掉了电视机，相信我再晚上那么一秒钟，那台电视机就该彻底报销了，我哥的破坏力已经到了令人发指的程度。我连拉带扯将他弄到卧室门口，可他还是气鼓鼓的，口鼻呼呼乱喘，像我们村里一头正在发脾气的犟牛，喉咙里始终不依不饶地谩骂着。

哥，你这是怎么了？电视机招你惹你了，万一你把它踢爆炸了，伤着你自己该咋办……我如训孩子般一股脑质问着，心里实在害怕得要死。说心里话，我长了这么大，还从来没见过，世上有人这样对待一台电视机的！

我哥大概在地中间站了一分来钟，等我把遥控器壳的碎片、电池，还有啤酒罐——从地上捡起来，他才或多或少平静了一些，继而，眼神变得十分黯淡，目中无人的样子，或者只是鼻观口口观心，忽然陷入某种恍惚中去了，好像这房间里只有他一个人似的，又像是他刚从一场荒诞透顶的怪梦中醒来，一时无法跟现实对接。这实在让人担忧，一个三十多岁的大男人，怎么会荒唐到这种程度，就算人家输掉了比赛，这又关你什么事，你又不是国家足球队的领导，他们踢得太烂，你操哪门子心呀，你可以选择不看嘛，或者换个频道举手之劳，何苦要跟那机器较真呢？我越想越觉得后怕。我不知道我哥到底是怎么了。他咋就变成这么不可理喻的样子！难道他真的病了？

因为心里还惦记着沙皮狗，我虽犹豫了好一会儿，后来还是一个人悄悄出了门。

这时，我哥已经回到他的房间去了，门缝底下露出一道很窄的亮光，他又开始点灯熬油，看那些让他厌恶的稿子了。我心里多少踏实点儿，就算他再发驴脾气，反正那些稿子又不会威胁到他的生命。

我打车赶往老方的住处。沙皮狗应该知道主人出远门了，据老方说，狗是世上最聪明的动物，除了不会说话，什么都知道，上午他出门前拿了换洗的衣服，狗大概看出八九分了。等我打开房门，简直被眼前的情景给惊呆了，从沙发到地板，再到阳台，到处都是雪白雪白的大大小小的棉絮团儿，我好像一不小心，走进了一个弹棉花的作坊里。这狗竟把一对沙发抱枕活脱脱撕开花了。沙皮狗见人进屋，疯狂地冲我扑上来，两只前爪一举一举地抱拢我的腿，湿乎乎的舌头不停舔我的手和裤子，还激动地汪汪个没完没了，好像在冲我发泄它内心的不满。

我真是气不打一处来。讨厌，你们没一个让人省心的！我一边狠狠训斥狗，一边拿起扫帚去收拾那些白花花的残局。狗还是不依不饶地纠缠着我，让我的打扫无法进展下去，我毫不客气地朝它屁股上踢了一脚，它汪地尖叫了一声，有些胆怯地退后几步，终于老实点儿了。我嘴里依旧愤愤地骂着，坏蛋，快滚开，没人愿意理你，谁让你把东西咬坏的，今天就别吃饭了！它似乎听懂了我的话，终于低眉顺眼地趴在地板上，喉咙间弄出那种吱呜吱呜的声音。

直到我把所有的地板用拖布擦得一尘不染，狗依旧趴在那里一动不动，下巴颏儿紧贴地板，眼神中有种可怜分分的味道。看来，狗确实比人好对付多了，只要你让它看到你的怒火，它就会收敛的。这阵，我的火气也消得差不多了，女人总是能够通过多干家务活，让自己不知不觉平静下来。我这才给它的食盒里加了些水和足够的狗粮，它吃得狼吞虎咽，好像什么事也没有发生过。我又乘机在老方的家里转了一圈，说心里话，这里还不能完全算是个家，跟男生宿舍差不了多少，卧室里只有一张大床和一只衣柜，我在床沿上轻轻坐下来，用手掌摸了摸床单，好像在抚摸一个单身男人的全部生活。我索性仰面躺下来，也许耽于对未来的种种幻想，我在胡思乱想中竟闭上了眼睛。不知为什么，自从发现自己怀孕后，我老是爱犯困，白天在店里，也要打好多个哈欠。

睡意悄然袭来，人就那么迷迷糊糊打起了盹。

没多久，我哥怒火中烧地径直闯进这间屋来，他那张脸铁青铁青的，胡子拉碴的下巴颏儿，尖得好像镰刀头，两只眼同时往外喷着火。你个不要脸的小贱货！他一面破口大骂，一面气冲冲扑过来，一把揪住我的头发，使劲往外撕扯。我让你不学好！让你伤风败俗！！他几乎一下子，就把我从床上拖到地板上，我痛得哇哇直叫，他不等我站起身继续拖着我，像拖一条死狗，穿过客厅和走廊，直接把我扔在外面的楼道里。我疼得说不出话来，下身开始流血了，殷殷不止，我只是绝望地朝对门扫了一眼，我曾在里面住过一阵，那时我哥一点儿也不像现在这么凶恶。

　　在最紧要的关头，老方突然急匆匆地顺着楼梯一口气跑上来，他身强力壮，个头硕大，我还从来没有见过他跑得这么快过。这时，我哥正拽着我的一只胳膊，准备把我拖下楼去，老方就跟我哥撞了个正着。两个男人在狭窄的楼道里剑拔弩张，一个瞪眼睛，一个挥拳头，然后跟两只野兽似的，不由分说又扑打在一起。这次，我哥手里没有拿砖头，而老方的拳脚也不是吃素的，他迎面给了我哥一击，那只鼻子顿时被打得血肉模糊，我吓得浑身乱抖，可喉咙里像是被什么东西堵住了，一点儿声音也叫不出来……

　　我一骨碌从老方的床上爬起来，疑疑惑惑地摸摸自己的小腹，又试探性地抚一下屁股，哦，原来只是场梦！幸亏是场梦，什么事也没发生。唯独吃饱喝足的沙皮狗，正乖巧地蹲坐在我脚边，黑黑的眼珠子瞪得溜圆，不时用粉红的舌头舔着自己黑亮的鼻头，像是还在回味什么。这种时候，它倒是有点儿小姑娘的样子了，至少能安安静静地待着，一点儿也不惹人烦。若不是怕惹我哥不高兴，我真想把沙皮狗带回去，那样照看起来就方便多了。

　　等我从老方家赶回来的时候，房间里已是一片漆黑，兴许是开锁的声音惊醒了睡熟中的小猫，它随即出现在我脚下，并讨好似的喵呜了两声，猫瞳在黑暗中发出的光多少有些诡异。我一弯腰把它抱在怀里，小猫的身体柔软极了，这毛茸茸的感觉，很容易让人沉醉。

　　当我蹑手蹑脚洗漱完毕，准备回房休息时，才意识到一个问题，出门前，我明明是把小猫关在自己房间里的，它根本不可能跑出来，可事实上，它却自由自在地待在客厅里，也就是说，它被人放出来了，那一定是我哥干的喽。我想，他也许是良心发现了，觉得自己不该对小动物那么苛刻，他骨子里是喜欢小动物的。但我也只是想想而已，我瞥了一眼我哥房间的门，它依然像平时那样紧紧关闭着。

我确实太困了，一整天跑跑颠颠下来，还要照顾一个坏脾气的男人和一双不懂事的猫狗，也真够我受的。等我抱着小猫躺在床上，却又迟迟不能入眠，我翻来覆去老是琢磨刚才做过的梦，心里总觉得怪怪的，具体哪不对劲，自己一时也搞不清楚。

天将蒙蒙亮，一阵嘈杂声跟黑黑的乌鸦群一样，从楼下升腾起来。

我厌烦地在床上翻了个身，还想再迷糊一会儿。可紧接着，楼道里又响起了一串慌乱而沉重的脚步声，咚咚咚咚，房门很快就被擂得鼓响。我照样闭着眼赖在床上，用被子使劲捂住耳朵，可咚咚声越来越响了，带着一股十万火急的味道，确定有人在不停敲房门，我才迷迷糊糊依依不舍下了床。原以为是我哥出门又忘了带钥匙，可此刻站在门外面的，却是对门那个脸色焦黄的中年妇人。记得我跟我哥刚搬进来那天，这个黄脸妇女就带着孩子般的好奇目光来家里串过门了，当时我们兄妹俩忙得团团转，谁也没工夫搭理她，她有些无趣地满屋子东瞅西瞧。

喂，我说你房里的男的，他是你什么人？对方探头探脑发问时，我仍旧惺忪着眼睛，不停打着哈欠，我的样子一定难看极了。哦，阿姨是说我哥吧，怎么了？黄脸妇人手里拎着两只蓝色的塑料袋，里面大概装着豆浆油条之类的早餐，看来，她确实有点儿紧张，双手正不由自主地抖颤着，我甚至能听到那塑料袋发出的沙沙啦啦的碎响。闺女，你还不快下去瞧瞧，你哥他，他站在楼顶边上，样子吓死人了！黄脸妇人几乎大口大口喘着气对我说，显然她这阵子还心有余悸。我的脑子跟断了电似的，半天没有任何反应。别光愣着啊，我看你哥弄不好是想跳楼！直到妇人急不可耐地提高了嗓门，并冲我喊出这句危言耸听的话时，我才彻底从慵懒的睡梦中惊醒。

清晨特有的平静秩序，就这样被敲碎了。

我忘了自己是怎样跌跌撞撞一路冲下楼去的，连脚上的拖鞋都穿反了个；我更不记得，自己是怎样心惊肉跳地站在楼下扬起脸，朝楼顶的方向焦急张望的。在那片宁静的灰蓝色天空底下，我们租住的这幢半新不旧的居民楼，显得十分突兀，它的轮廓线呆头呆脑又四四方方，正生硬地割裂了眼前一大片天空。最突兀的是在那高高的楼顶上面，一个身着睡衣睡裤的男子，直挺挺站着，像大鸟飞翔时那样自由地张开双臂，似乎能看得出来，那样子像是在做最后的一次尝试，随时都会服从什么召唤，纵身一跃，从高处直飞下来。

我早已惊得目瞪口呆，喉头上下乱颤，我想大声喊叫，可是发出的声音小得可怜，简直比蚊子还小，哥，哥，哥……我觉得这世界突然只剩下我一个人，孤苦伶仃，无依无靠，叫天天不应叫地地不灵。我一点儿也不清楚，我哥他是什么时候出门去的，又是怎么爬到这高高的楼顶上的。我总是睡得很沉很沉。我妈过去常笑话我说，死丫头你要是睡着了，被人抱着扔到寥天地里，自己都不知道。

这种时候，我身边早已经聚集了一大群男男女女，多半都是些有早起锻炼习惯的中老年人，他们个个惊恐不安，大呼小叫，指指点点，可他们说的是什么，我一句也没听清楚。我依稀听到呜呜的风在叫，秋天早晨的风很凉了，吹得人开始瑟瑟发抖，我身上的睡衣正随着风空荡荡地乱摆。我觉得眼前一片麻黑，整个人不受控制地前后摇摆起来，差点没跌坐在地上。我这才哭出声来，这声音来得好汹涌，根本无法抑制住，我好多年没有这样大声哭过了，特别是当着那么多外人，除了我妈去世那次。呜呜呜呜——我越哭声音越大，可我就是说不出一句话来，我甚至连救命啊也喊不出来。我怕自己一旦喊出这三个字，我哥在楼顶上真的会破釜沉舟跳下来。我害怕极了。我有种被什么即将吞没的恐惧。我感觉到脊梁骨嗖嗖冒冷气。这辈子我还从来没有这么害怕过。不对，其实在我很小很小的时候，这种感觉也曾出现过，每当父亲喝得酩酊大醉，他回家跟母亲大吵大闹大打出手的时候，我就怕得要死，我总是把小脑袋和身子缩在被窝里，整个晚上都不敢露出来一下，那时我总是把眼泪一颗一颗都咽进自己的肚子里。我相信只要蒙着头大睡一场一切都会好的。

眼前的空地上，有好多人急急火火跑来跑去。

居委会的大妈们也出动了，她们各自从家里抱来了一床床的棉被和褥子，有几个男人甚至还抬来了几张厚实的旧床垫子，他们把这些东西左一层右一层地，都铺在我哥所站位置的正下方的空地上；几个壮实些的男人，也自发地组织起来，五六个人一组，将两床大棉被用力撑开，把被角牢牢地攥在手里，他们跃跃欲试，随时做好接人的准备。人们始终在大呼小叫又忙得热火朝天，好像这里要举行一个很庄重很盛大的什么仪式。我总算让自己止住了悲声，刚才的怯懦，都让居委会的大妈大伯们的热情赶跑了。我的嗓门突然敞开了，能发出很响亮的声音，于是，我把双掌拢在嘴边，冲着上面大喊起来，哥！千万别干傻事，我求你了！以后啥事我都听你的，我再也不惹你生气了，哥你快好好下来吧，我求求你了啊……喊到最后，我忽然觉得自己腿肚子一软，就地跪了下去。我从来没有觉得自己这么虚弱过。

楼下的人越围越多了。后来，连110的警车也呜哇呜哇开进院里，几名消防干警也参与到营救当中。很快，我就发现，楼顶上不光只有我哥一个人，在他身后悄然出现了一个人影，正慢慢地摸索着靠近我哥。一个领导模样的民警手里捏着一只对讲机，那玩意儿不时发出吱吱啦啦的声音，他径直过来跟我搭话。他说姑娘别哭了，听说你就是那个人的妹妹？我一边用手背揩抹眼泪，一边使劲点着头。你哥最近受过啥刺激没有？昨晚你有没有发现，他有啥反常的举动？民警的问题我听得很清楚，可我不知道该怎么回答，我一直认为只有坏人才被警察讯问。我胆怯地摇了摇头。民警对我的态度似乎很不满意，姑娘你再好好想想！对方用很严肃的目光打量我，口气也变得有点儿生硬了，好像是，他已断定是我把我哥逼到高高的楼顶上去的。

我尽量克制自己的负面情绪，尽管眼泪还是稀里哗啦流个没完。又过了一会儿，我才拖着哭腔说，我哥说他不喜欢小猫，他让我把那只猫抱走，不让我养它，可我没听他的话，他生我的气了……说着，我又止不住呜咽起来。我在想，早知这样，我真不该把小猫抱回家来，现在惹出这么大个乱子。民警听完我的絮叨，就不再问我什么了，他肯定觉得，我纯粹是在胡说八道浪费时间，于是他径直往楼前走了几步，一面手搭凉棚往楼顶方向观察，一面嘴冲着对讲机呜里哇啦吩咐着什么。

现在的情况是，楼顶上的两个人，彼此间也就相距十来步远，我哥的脸已经转向了那个正在靠近他的陌生人了，对方长长地冲他伸出一只胳膊，似乎在跟我哥聊天似的，或者，只是试图把手够过来，趁其不备一把抓住我哥。这时，我哥突然一回头，朝楼下望了一眼，像是在人群中找什么人，或者，他只是想寻找一个最佳的跳楼位置。楼下的围观者顿时一片唏嘘，大伙不由得往后退了退，好像生怕自己会被从天而降的活人砸着。我哥的脚又往楼边移动了两步，这样一来，他真的就站到了楼顶的最边缘处，我几乎能看见他的脚趾了，他居然是光着脚上去的。此刻，他只要身体稍稍往前一倾斜，整个人就会倒栽下来一命呜呼。我的心早提到嗓子眼了。我连一丝儿气也不敢出。我甚至绝望地闭上了眼睛。我就要死了。我最好死掉！

就在这千钧一发之际，黄莺姐突然风风火火赶来了。我不知道是谁通知了她，也许，她只是公事公办跑来调查采访的，他们报社对这类消息的嗅觉，总是比狗鼻子还灵通，要知道这种突发事件，报纸和电视是最爱报道的，我对他们有种唯恐天下不乱的印象。我看见黄莺姐从黑压压的人堆里挤进来的时候，就像看到了大救星，我上前一把抓住了她的手，我说莺子姐，你一定要想想法子，救救我哥，他会没命的……我有一肚子话想要跟她说，可嘴巴却不听我使唤，最后只是更加大声地呜咽起来。黄莺姐匆匆搂了一下我的肩膀，说声妹子别害怕，我会尽力的，就过去跟那名领导模样的民警交涉了。很快，她被获准由一名执勤警引领着，径直穿过耀眼的黄色警戒线，迅速钻进楼道里去了。

我眼睛一眨不眨地盯着楼顶。我哥始终背对我站在上面，活像一只巨鸟展开双翼，他身上那套蓝色带条纹的睡衣，此刻看上去特别刺眼。我终于可以看得更清些了，那个试图拯救我哥的警员，并没有穿警服，跟普通人没什么两样。我哥孤注一掷地跟那人对峙着，时间一分一秒在流逝，他俩已经这样僵持了很长时间了，看来对方并不能说服我哥。

秋天的太阳已经升起老高了，可照在人身上一点儿也不暖和，我还一个劲儿打冷战。我听见身边那些围观的开始七嘴八舌：一个戴眼镜的说，这人八成是得了抑郁症，肯定是不想活了；一个头发染得黄兮兮的女人接过话头说，嗯，有这种可能，他们这些人啊，总觉着处处不如意，整天悲观厌世的，对人生不抱任何希望。戴眼镜的点点头说，这种家伙脑子里经常会产生幻觉，老是觉得别人都想害他，看谁都不顺眼……也许是年龄和见识的缘故，我对什么是抑郁什么是悲观绝望一时还无法理解，尤其是"抑郁症"这三个字，我这辈子还是头一次听到，隐隐觉得他们说的跟我哥的表现有些相似，但我现在哪还有心思想这些，我只求他们能把我哥平平安安救下来，那就谢天谢地了。

我哥到底还是被人七手八脚地从楼顶架了下来。

怎么说呢，他当时的样子真够瘆人的：目光垂散，脸色煞白，一点儿表情也没有，就跟丢了魂似的。我扑上去紧紧抱住他的时候，他就跟不认识我一样。也许考虑到他的安全问题，民警当时并没有把我哥送到家里，而是塞进那辆停在院子的110警车里，直接把他带走了。当然，我也随他一起去了。鸣着警笛的汽车在路上行驶了一会儿，我才发现，黄莺姐一直坐在我身边，我紧紧地抓着她的手。这种时候，我觉得自己好孤单，好像这偌大的世界只剩下我一个了。尽管我哥跟我同乘一辆车，还有跟他要好的黄莺姐，可这种感觉却异常强烈。我的眼前又不时浮现出，不久以前我哥孤零零站在阳台窗前的可怕情形，也许从那一刻起，那个可怕的念头，就跟一颗种子那样在他脑子里生根发芽越长越大，直到这天清晨，他悄无声息地独自一人离开房间，毅然决然地爬上了高高的楼顶。

我一直没敢问黄莺姐，她随警员爬到楼顶上以后，到底跟我哥说了些什么，又是什么让我哥暂时放弃了死的念头。我只是打心底里感激黄莺姐，我觉得她真是我们的大恩人。我哥被送进那家医大的附属医院，在精神科做了详细的检查，尽管他很不配合医生的工作，一个劲儿嚷嚷自己没病，但得出的结论却是非常肯定的。我作为他唯一的亲属，大夫直言不讳地告诉我说，你哥患的就是抑郁症，需要马上进行药物治疗和心理干预。大夫给他开了一些口服药。幸亏，我临上车前口袋里揣着老方给的两千块，不然加上这堆药，还有做 B 超和脑 CT 的费用，我肯定要出丑了。

这位主任大夫目光犀利，面相老成，说一不二，如果不穿白大褂，会让人觉得他像个当官的。大夫最后叮嘱我说，像你哥这种情况，以后最好不要让他单独一个人待在家，即便晚上睡觉，也得有人监护着，以往的临床经验表明，患者随时随地都有可能做出异常的举动。大夫停顿了一下，顺手端起不锈钢茶杯，抿了两口茶继续说，据说，这种病人总能听到一种奇怪的声音，像是谁在召唤他，来吧，来吧，快跳下来吧，下来你就解脱了。大夫声色平静地跟我讲这些时，也许他并没注意到，我脸上早已没了一丝血色，只剩将要夺眶而出的两汪泪水。

这天以后，我的世界完全不同了。

每天，我得死死守在我哥左右，连老方店里的事我也只能搁在一边了，有几个需要做按摩的客户，总不停给我打电话发短信，好像我这个人真的很重要似的。我只能实话实说，请求她们谅解，当然我没敢说我哥得了抑郁症。我每天都怕得要命，怕自己一觉醒来，空荡荡的房间里，只剩下我一个人了。人没有吃不了的苦，只有享不尽的福。我妈过去常把这话挂在嘴边。吃苦其实我真的不怕，怕就怕我哥这种情况，我心里一点儿底都没有。我真的开始后悔了，当初就不该听我妈的话，心血来潮进城找我哥。所以，现在我老在琢磨，要是没有我，就没有老方和那件事，那样的话，我哥现在肯定还在报社好好上他的班呢，说不定他跟黄莺姐还能走到一起。从这个角度讲，我应该恨老方才对，他才是罪魁祸首，可问题是，我根本恨不起来。

偏偏在我最焦头烂额的时候，老方这家伙又不在身边，连个帮我拿主意的人都没有。好在，黄莺姐隔一半天会抽空来一趟，她拎来新鲜的水果和一些书籍给我哥，私下里也向我打问一下我哥的情况。同时，黄莺姐也会给我普及一下有关抑郁症患者的知识，她说得这种病的人，就像是身体被什么东西给困住了，最终导致他的人生也像是被困住了，那种东西看不见摸不着，可它却非常强大，就像给一个人施了魔咒，直到把这个人的身体和精神完全榨干，让患者万念俱灰，只想一死了之。我听得一愣一愣的，真希望这一切都不是真的。黄莺姐每次都要反复叮嘱，说除了按时按顿让我哥服药，最重要的是，要想方设法让他保持心情舒畅，千万不要再刺激他了，他现在十分脆弱，就像那匹快被淹没的骆驼，多一根稻草，都能要了他的命。

我多少明白了黄莺姐的意思，她肯定是指我跟老方的关系。有好几次，我都想一吐为快，可话到嘴边又咽了。我趁她不注意，悄悄抚摸着自己的肚子，这感觉真让人提心吊胆，同时，又有种破釜沉舟的执拗和冲动，我听见内心深处的另一个女人在说，要服从你自己的感受，要服从你自己的选择，孩子是无辜的。过去，我从来没有过这种体验，直到确认自己怀了老方的孩子后，才开始一次又一次听到这个熟悉而又陌生的女人的声音。我想这个女人一定比我更聪明也更泼辣，她扛得住这世上的任何风风雨雨。

记得还在乡里中学念高中那会儿，班上就有个腼腼腆腆的男生，好像喜欢我。他天生一副五短身材，虎头虎脑的，平时不太爱说话，偶尔跟我在一起，他总是耷拉着头，好像犯了啥错似的。有天突然下起大雨，我们都没带雨伞，应该就是在放学的路上，他从我后面赶上来，不声不响就把自己的衬衣脱了，他像撑伞一样用衬衣给我挡着雨，自己却被浇成个落汤鸡样，他身上连件背心也没穿，就那么光溜溜地淋着，雨水顺着胸膛往下淌，他用手臂很难为情地抱着上身，看着好可怜。后来，他把我带到路旁一个看瓜的小棚子里，那是我这辈子头一次那么近距离地跟异性单独待在一起。外面雨下得好急，废弃的瓜棚子里也在滴滴答答下小雨，他居然又跑出去，不知从哪块地里扯来一大片塑料薄膜，他手倒巧，我看他蹲在雨水中，涮洗干净了那片薄膜，然后又折又扯地折腾了那么几下，竟然就做成了一个简易的雨披，他默默地帮我披在头上和身上，他说你要是着急，我这就送你回家。我当时很受感动，眼泪都快流出来了，我很想对他说点什么，或者，紧紧地去拥抱一下他。可说心里话，在这之前，我一点儿也不喜欢这个男生，他除了长得不好看，家庭条件也很一般，他不是我想象中的对象。

我那时懵懵懂懂地觉得，找对象一定要挑个条件好的，最好他将来能带我离开这破农村，也像我哥那样去城里生活。所以，那天包括后来一直到毕业，我都没有跟那个男生说什么，更不可能做什么，尽管他确实对我一直很好。我想，当初我要是真的动了他们说的儿女私情，可能一切都不同了。我现在可能已经嫁人了，也说不定就嫁给那个蹲在雨地里给我做雨披的人了。

这样无边无际胡思乱想时，我才猛然间意识到，老方其实长得挺像那个男生，他俩都是五短身材，都生得虎头虎脑，都不怎么爱说话，唯一不同的是，老方比他更成熟更有男人气。这可真是老天作弄人啊，在不知不觉间，老方竟成了那个男生的影子或替代品。

　　不管大夫怎么说，可我总疑心我哥像是把魂弄丢了。我就想起小时候的事，每当我们谁得了那种很麻烦的病，就是打针吃药老不见好，我妈就神神道道地断定，说准是撞克了，就是黑天出门不小心，碰上了难缠鬼。这种时候，我妈会悄悄地去镇上买些香火纸褙回来，夜里她偷偷摸摸跪在院子外面，一面烧纸一面不停念叨，期盼神明保佑，让孩子的病快好。我稍大点儿以后，还陪着我妈烧过两回这样的纸呢。

　　事出有因，我由不得自己不朝那方面去想。

　　我跟对门的黄脸妇人打听，她说小区外面巷子口有家杂货铺，那里应该能买到我想要的东西。不过，女邻居的眼神却怪得出奇，她肯定是在怀疑，小小年纪，怎么会这么迷信呢？我顾不了那么多，所谓久病乱投医，管他呢，有枣没枣，先打三竿子再说。东西买回来了，我还得踅摸一个能烧纸的地方，楼前空地人多眼杂，不便行事。最后，我挑中巷口那边的一个树坑，那里至少能看见一点儿黄土，我妈说烧纸得在土上烧，不然地下的鬼神根本收不到。我趁我哥睡下的时候，偷到了他的打火机，然后，我蹑手蹑脚拎着那个鼓鼓囊囊的塑料袋，神色诡秘地溜出房间。凡事都是想起来容易，做起来难，烧纸也一样，尤其是在这城里，连我都觉得自己鬼鬼祟祟形迹可疑。我围着那个树坑至少转悠了五六圈，总是有行人不时地打那里经过，好在是黑夜，路灯也不太亮，不然我简直拉不下脸来。

　　但一想到我哥的病情，我也就豁出去了。

　　我垂着头，跪在那个潮乎乎的树坑里，颤颤巍巍点燃了纸褙香火，火光霎时亮起来，炙得人脸滚烫。我实在想不出该向哪位大神祷告，嘴里只好反复地念阿弥陀佛，通常电视里演的都是这样子。正当我虔心念叨的时候，忽然有个很粗暴的声音，冲火光这边大喝：妈的，谁在那里玩火，会把大树烧着的！我心里本来就有点儿打鼓，再加上人家那么一嚷，我简直吓得无可不可。我想弄灭那些正在燃烧的纸钱，可却毫无办法，火越烧越旺了。那个家伙还在冲我大喊大叫不依不饶，情急之下，我不得不站起来，用两只脚轮番踩踏那些烧了一多半的纸钱，火星子溅得我满脚满身，我觉得自己狼狈极了，最后我几乎是落荒而逃的。想想城里真是太憋屈了，竟连一片烧纸的地方也找不到。

既然信神没什么指望，也只能相信人家医生的话了。我苦口婆心好说歹劝，我哥总算是勉勉强强开始服药了。但他的情绪似乎并没有多大改善，依旧不声不响地在昏惨惨的房间里，一坐就是一整天，晚上他也不再盯着看那些电视节目了，电视机自打上次被他踹过几脚之后，好像得了严重的脑震荡，图像不时地会像火苗样上下蹦动，还有一些雪花点儿和乱糟糟的细线条闪来晃去。我想，这样也好，省得我哥看着看着不满意，冲机器乱发脾气。

小猫倒是乖巧伶俐，它已经学会了在固定的沙盘上拉屎撒尿，对房间中的所有物品都兴趣盎然，总是喜欢用小爪子拨拉来拨拉去，尤其是我的鞋子和沙发垫子，它把东西抱在两爪间，左右开弓折腾个没完，好像里面藏着一只狡猾的老鼠，非得把它抠出来不可。小家伙调皮可爱的样子，多少能让我晦暗的心情晴朗那么一点儿。以前，我从来没有想过，其实人真的离不开这些小动物，看着它们在你身边晃来晃去，至少你会觉得自己并不那么孤单。

不过，我哥对小猫的事一点儿也不在意，他现在似乎对一切都无动于衷，他的孤绝和死寂有时真让人感到恐惧。我到今天也搞不清楚，好端端的一个人，怎么忽然会变成这个样子呢？该死的病真是不长眼睛啊，怎么不去找那些当大官的发大财的人去，偏偏缠上了我这苦命的哥哥，要知道他已经够悲催的了，离了老婆，丢了工作，卖了房子，可以说他现在什么都没有了。因为时时刻刻都要为他担惊受怕，有时候我真的觉得，自己也快郁闷死了。

那家杂志社的主编，人长得尖嘴猴腮，头发长得出奇，好像刚从二十世纪八十年代的香港武打片里跑出来的演员。长发主编没进门脸色就好难看，没有一丝笑模样，气哼哼地跟我问话。原来他们的刊物马上就要刊印了，可我哥至今也没能按期交回那批校对稿，而且，电话又不开机，人也联系不上，人家急得快要发疯了。长发主编还是通过报社联系到黄莺姐，又通过黄莺姐好不容易才找到我们的新住处，他登门就是来讨要稿子和兴师问罪的。我一个劲儿解释说，我哥确实病了，最近一直在家里休息。我请长发主编先进屋坐下喝茶，然后才战战兢兢溜进我哥的房间，我哥正在睡觉，他最近变得很虚弱，天刚一擦黑，就上床静静地躺下了，也许是那些药物起了催眠的效用。那摞厚厚的校对稿就堆在桌面上，我蹑手蹑脚从里面捧出来，很不好意思地交给对方。

长发主编气呼呼地吸着烟，斜着眼睛接过那摞稿子，他也是很随意地翻看了那么几页，可翻着翻着，他突然就弹簧似的从沙发上蹦了起来，屁股像是被火烧了，猛地一扬手，就将那些稿子抛撒在空中，纸片哗啦哗啦纷飞着，雪片样落了满地。妈的！搞啥名堂，哪有这么干活的，快去，让那个姓顾的给我滚出来！我简直被这情景吓傻了。我稍一迟疑，忙蹲下身去顺手捡起一张，不看还好，一看连我都被气乐了。在那些雪白的纸片上，几乎无一例外被打了满篇的红叉，那种记号笔的颜色好像鸡血，所有的文字全都被画得血红血红，跟鬼画符似的，根本无法辨认了。

之前，我知道我哥老对这些稿子心怀不满，常常看着看着，就会骂骂咧咧，甚至还扔在地上拿脚踩过一回。可我压根儿没料到，事情会严重到这种地步，他给人家闯了这么大的祸。我一连声地赔礼道歉，请求对方谅解，说大不了给他们赔点损失费。

这不是赔不赔钱的问题，应人事小，误人事大，你懂吗？长发主编一副怒不可遏的样子。他这纯粹是在拿我们的刊物开玩笑，他眼中还有没有我这个主编！你让他赶紧出来，这事必须当面解释清楚！

见人家不依不饶，我只好犹豫着放低了声音说，其实，我哥得了抑郁症。对方显然愣了一下，什么？你是说他得了那种……怪病？我使劲点点头。我真希望我哥从来没有得过这该死的病，大夫对他只是一时误诊。

长发主编一边撇着嘴，一边盯视我的眼睛，好像怀疑我是不是在撒谎，过了那么几秒钟，他才阴阳怪气地嗤了一声。一个大老爷们儿，我就奇了怪了，有什么可抑郁的？我看他就是矫情，纯粹是无病呻吟！说到这，他像女人那样，右手翘着兰花指，往脑后撸了撸乱蓬蓬的长头发，终于打算要拂袖而去了。可这家伙的嘴巴并没闲着，走到门外的时候还在嘟囔，早知道他脑子有毛病，我们杂志社绝不会聘这种人搞校对，真是倒了八辈子血霉！晦气！

打这天起，我哥再也没有做过任何事情。

他现在的样子别说做事，就连跟别人最简单的交流都十分困难，他那么爱钻牛角尖，又爱动怒，身体越来越瘦了，夜里睡不了几个钟头就醒了，一个人盘着腿坐在沙发上，像尊蜡像；白天又无精打采，总是呆望着某个地方一语不发，好像周身上下的零件都被锈住了。尽管我又担心又害怕，可我也知道，如果我的精神也倒了，这世上就再也没人来照顾他了。我得让自己坚强起来，尽量强打起精神。我顿顿都按医嘱，将一把药塞进他手心里，一直盯着他喝了水，咕咚一声，咽下去才离开。听大夫说，他们这种病人会假装吃药，然后趁人不备，再把嘴里的药吐出来扔掉。

每每这种时候，我哥表现得更像一个不听话的大男孩，他总冲我嘟囔半天，讨价还价，说自己没有病，根本不需要吃什么药。我只好说，谁说你有病了？人家大夫开的药，都是帮你调整体质和睡眠的，你吃了身体慢慢就会好起来，就能休息好，休息好你就不会老胡思乱想了，更不会到处乱跑。我当然只字不提他想跳楼的事，那样也许会刺激到他。但他自己也好像已经遗忘了，就跟那天梦游了一次差不多。或者，他心知肚明，只是嘴上什么也不说。

大概是因为长发主编的造访，我打算给我哥剪剪头发。

说心里话，他的头发都快赶上那个主编了，我觉得留这么长的头发，不男不女的暂且不说，尤其像我哥这种情况，看上去简直跟疯人院的疯子无二。那天中午吃过饭，我多烧了一壶开水，我说，哥，我给你洗洗头吧，你的头发都有味了，难闻死了。说这话时，我温柔地把双手搭在他的肩膀头上，一下一下给他按摩颈部和肩周，我学会的那些手艺还是很奏效的，他的脑袋就不受支配似的来回晃动起来，一副很受用的样子。我趁机把自己身上的围裙摘下来，轻轻地围在他的脖子上，然后，我边按摩边说，你头发也太长了，干脆也帮你修一下吧。他不置可否，或者，在我训练有素的按摩中，他真的有些昏昏欲睡了。事不宜迟，我立刻拿起早就准备好的剪刀和梳子，开始干活。这时我才发现，我哥的头发长归长，可前额和脑顶心其实相当稀疏了，鬓角里还藏着根根白发，我的心一下子又潮湿起来，要知道他才三十来岁，正是一个男人的黄金时期啊。我强忍着没让泪水流下来，剪刀在我手里一张一合，我哥的烦恼丝就跟秋天的树叶样，一片一片落下去。

　　小时候，逢年过节，都是母亲给我和两个哥哥拾掇头发。我的头发相对简单些，洗一洗剪剪刘海儿，再扎个羊角辫就好了。两个哥哥则复杂得多，母亲为了省钱，竟摸索着学会了用手推子给哥哥们理发。那只银亮银亮的金属推子，是母亲多年省吃俭用的战果，她是软磨硬泡从镇上理发馆的老师傅手里买回来的旧货，她总是爱惜地用蘸了煤油的小布团，将推子擦了又擦，使金属闪闪发亮。每次理发前，她还要在推齿上滴那么几滴油，不然，那推子准会夹住头发，哥哥们老是鬼哭狼嚎地叫唤，疼死啦，妈，你咋弄的吗……一定是我想着想着走神了，剪刀猛地夹住了头发，我哥吱地叫了一声，吓得我差点扔掉手里的工具。他的表情惊愕而又震怒，瞬间的疼痛，似乎让他回到了过去，回到了童年或少年时的某个生活场景。也许，在这午间明媚的光线中，他仿佛又看见了我们的母亲，正手里捏着银光闪闪的推子，在他头顶默默耕耘。他的眼光随即黯淡下来，他一声不响耷拉着脑袋，仿佛一个罪孽深重的人。我发现我哥的眼眶渐渐湿润起来。

　　有了这次的成功经验，平时我尽量跟我哥多待一会儿。

　　我总是没话找话说：哥，你还记得咱们小时候的事不？有一回，我让一个坏同学欺负了，他把一条毛毛虫塞进我后脖领子里，吓得我呜里哇啦哭叫，他还老用手扯我的小辫子，让我当他的马，你听了气不过，第二天竟找到我们班上，硬把那个家伙从教室里揪出来。后来在土操场上，你对我说，乐乐你先踢他一脚，我害怕，不敢踢，你抬起脚冲那小子屁股狠狠来了一下，那家伙一个狗啃屎趴在地上，然后你又说，乐乐你再去扇他一个嘴巴，我还是不敢，你就黑着脸说，咋那么窝囊？他用哪只手揪你的辫子，你就用哪只手扇他的脸。我生怕你不高兴，就战战兢兢举起手掌，可落下去的时候，还是轻飘飘的跟羽毛一样，你一把推开我说，真没出息，这叫人不犯我我不犯人，人若犯我我必犯人。说着，你又给了那个家伙一巴掌，那男生歪着脖子捂着脸蛋，鼻血都流出来了，眼看就要哭了，我实在看不下眼，就扭头一溜烟跑开了，把你气得鼓鼓的。不过，打那之后，我们班再也没人敢随便欺负我了，因为大伙都知道，我有一个好厉害的大哥……

　　讲着讲着，我突然就把自己讲哭了，泪珠子噼噼啪啪落下来，我已经很久很久没有当着我哥的面流眼泪了。我真希望他还能像小时候那样，搂搂我的肩，摸摸我的脑壳，再拿手指钩一钩我的鼻梁，然后调皮地对我说，羞羞羞，把脸抠，这么大个姑娘家，还好意思哭鼻子呢……可是如今，我哥对我无动于衷，好像刚才我什么也没有讲，他就那么面无表情地枯坐着，活像个死人。

　　我终于有些理解黄莺姐那天说的话了。她说你哥这种人，脑子里像是压着一块石头，而且，那石头还在不停地疯长，整个大脑的回路都被堵得死死的，对别人说的话做的事都毫无反应。我恨那些该死的石头！

　　那几天在家照顾我哥，手机通常放在饭桌上，而且，生怕打搅病人休息，我特意调了振动。所以，这天傍晚，我从烟熏火燎的厨房把饭菜端出来的时候，才发现有两个未接电话，都是老方的，等我再拨过去的时候，那边又没人接听了，我就想等会儿再打吧，先叫我哥出来吃饭。饭刚吃到一半的时候，电话又来了，震得桌面笃笃响。我赶紧拿起手机，一转身钻进卫生间里，我可不能让我哥听到谈话的内容。我估摸着，老方应该在返回途中了，他快十天没照面了，他肯定是想给我个惊喜，说不定这会儿，他人已经到家了。这样想着，心里多少有些激动，对于这种小别后的即将重逢，真就充满了期待。再说，我得好好跟他说说我哥的事呢。手机那头讲话的，却不是老方，一个非常陌生的声音，正冲我喂喂叫喊。

我心头一沉，一种极不好的预感倏地攫住了我。

稍后，我就听到对方在急切地盘问我是机主的什么人，我的心早已经悬在嗓子眼里，心里说可千万别再出啥事啊，我犹豫着说出我是老方的女朋友，这个称呼我还是头一次对外人讲，讲完后，我立刻就有点儿后悔了，我觉得自己真是太冒失了，万一是他老家的亲友怎么办，那会给他惹来不必要的麻烦。我心里正反复自责呢，耳边又传来一阵很急促的喘息声，电话那头的人也一定是吓坏了，他说话时明显带着十万火急的味道：喂，你男朋友他开车追尾了，他的宝马车钻进我们的大货车屁股底下了，整个车顶都让推平了，你得有个思想准备……又一个晴天霹雳砸在我头上。我整个人僵在那里一动不动。我老半天竟欲哭无泪。我看见洗手池上方镜子中那张女人脸，几乎一瞬间扭曲变形了，就像是一只正在迅速脱水而干瘪的苹果。

老方是在即将驶离高速公路时出的事。

当时，他距离我也就剩下半个钟头的车程。我一直在想那两个未接电话，它们之间仅相隔了十几秒，也就是说，如果电话刚一响，我恰好就接上了，那么，也就没有十几秒后老方再打给我，毫无疑问，一边开车一边拨电话，肯定让他分神了，否则，他准能避开前面那辆刚刚超过他的大货车了……我恨我自己，那天为什么没把手机揣在身上。我知道自己可以找出一千条理由，可那一点儿用处也没有。是我害了老方。

我挂断陌生男人的电话，便飞也似的出门打车，赶奔车祸现场。一路上，我都在不停祷告，老方一定不会有事的，他那么强

壮虎头虎脑的,而且,我还给他怀了孩子,我一面想一面下意识
地抚摩着自己的肚子,好像要唤醒那个微小的生命,让小家伙跟
我一起祈祷。我到那里的时候,看见警车顶上的警报器正在乱闪,
那种红蓝相间的灯光,以及快速闪跳的频率,很容易让人想到凶
杀和鲜血,我双腿一软,就倒在地上。

场面显得异常混乱,这条道路暂时被封闭了,成串的车流正
在交警的疏导下向别处绕行。有人正在指挥一辆吊车,轰隆轰隆
往起吊挂那辆巨无霸大货车。从我这个方向,几乎看不见宝马车
的影子,它完全被压在货车底盘下了。汽油味浓得像烈酒,到处
飘散,似乎一点即着。尽管我浑身瘫软而哆嗦着,可我还是让自
己拼命往前爬去,柏油路硬冷硌人,夜色阴沉,秋风在耳边不停
呜咽,像一群悲伤的妇人在集体号啕。我感到一阵绞痛,心脏几
乎已经停止了跳动。后来,是一名交警把我从地上扶起来的,他
问我是谁,我不知道怎么回答的,或者,我什么也没说,只是无
助地点头或摇头。我的恐惧和眼泪,已经替我说明了一切。

不知过了多久,该死的大货车总算被吊了起来,就像一头巨
大而狰狞的鲨鱼,车尾朝天倒立着,一伙警员迅速扑过去实施抢
救,车上的玻璃早就碎裂了,之前那个大货车司机,准是从裂口
处找到老方的手机的,然后才根据机主的最后通话号码拨打给我
的。很快,那边传来一二、一二的号子声,车门被野蛮地撬开了,
一条黑乎乎的东西,硬是从扁瘪瘪的车厢里被扯了出来,我赶紧
闭上眼睛,心中拼命呐喊,老方老方老方啊……可是,不论我怎
样声音沙哑地呼叫,老方再也没能醒来。

交警先对着一动不动的老方,噼噼啪啪拍了一会儿照,然后,
我才被获准上前去辨认。他们又陆续从老方身上取出钱夹、钥匙
串、手表,还有那条金链子通通交给我保管,交警说手机需要拿

回去做进一步事故调查分析。此刻，躺在冷冰冰的柏油路上的那个人，跟睡着了似的，看上去非常陌生，无论如何我也不愿意相信他就是老方。我跪在这个像石头一样纹丝未动的男人身边，真想大哭一场，可我怎么也哭不出来，我简直像个傻瓜，比傻瓜还傻，连最起码的哭也不会了，甚至连眼泪也没有了。

直到警员拉开一条崭新的塑料裹尸袋，准备把老方塞进里面的一刹那，我终于像火山那样爆发了。老方不是垃圾，是个大男人啊，他们不能就那样把他装进不透气的黑袋子里。我歇斯底里地扑上去，见人就推，见人就骂，别动，谁也不能动他，你们都滚开……我始终像个女疯子那样，张牙舞爪，胡喊乱叫。

我妈过去常在几个孩子耳边念叨，她说，世上没有过不去的火焰山。现在，这句话忽然又从我脑子里蹦出来，我想这肯定是我妈在天有灵，她老人家不忍心看着我们在城里受煎熬，她想以一个过来人的口气，指引着我们往前走。我被警车从高速路上送回来的途中，双眼死死盯着黑乎乎的窗外，耳中又依稀听到母亲的这句老生常谈。这晚，我头一次没有回去跟我哥住，而是直接去了老方家里，我只能去那里了。

房门一开，沙皮狗一跃而上，像个急切的孩子一样抱住了我，我也紧紧地搂住它，要知道它每天都被锁在这空荡荡的屋里，每天都在望眼欲穿地等待主人的归来。我抱着狗，像抱着一个懵懂的孩子，眼泪成断线的串珠落个不停。沙皮狗皱着眉头，不停拿舌头舔舐我的脸，泪水的滋味一定让它感到了某种不安。很快，它就嗅到了揣在我裤兜里属于主人的东西和气味。这狗真是太聪明了，它竟用牙齿执拗地叼出了老方的钱夹，灯光下，我才注意到，咖啡色牛皮夹子上，尽是斑斑驳驳的血迹，先前外面太黑，我什么也没看到。

这种时候，我终于能大声地哭出来了。是生死两隔的血迹，让我意识到这世界到底有多残酷。我要是再憋着不哭的话，准会把自己活活憋疯憋死的。狗反反复复嗅着那只钱夹，仿佛在闻主人身体的某个鲜活的部位，后来它开始汪汪汪汪疯狂地乱叫，那哀伤的嘶吠，完全淹没了一个女人的哭声。我忽然觉得，这狗比我还要可怜，它这辈子再也见不到主人最后一面了，而且，它永远也不会明白，老方到底上哪去了，它会日以继夜地苦苦等下去。

后来，我从地上捡起那只被狗舔得湿漉漉的钱夹，一步一摇地走进老方平时睡觉的房间。我把钱夹手表钥匙串，还有那条项链，都款款地摆在他的枕头上，这样看上去好像他就在那里。随后，我让自己侧着身，像忠实的狗一样，蜷缩在枕头旁边，然后慢慢闭上眼睛。

我依稀能闻到一个男人的气味了，浓浓的汗液中，夹杂着一丝血腥。

我甚至能听清那块手表发出的吧嗒吧嗒的声响，显得非常有力，好比一个人的心脏还在鲜活地跳动。

整个晚上，我都在反反复复想，老方要是没出意外的话，现在也该躺在这里了，那样的话，明天一早我睁开眼睛，就能跟他见面了……

我始终没有跟我哥提及老方的事，就像他从来也不跟我讨论自己的病情。

尽管我对此讳莫如深，可我相信，他能感知到我内心巨大的伤痛。我哥跟哑巴一样，什么话也不说，从早到晚安静而顺从地待在屋里，我让他做什么，他就做什么，啥时间该吃饭了，啥时间该吃药了，啥时间该上床休息了，等等，一切都是机械地按部就班，他只是默默地照我说的去做。

有时，他也会奇怪地盯着我，似乎有什么重要的话要对我讲，可老半天却欲言又止。也许他并不清楚，自己的脑子正被一块石头压着，这注定了他不能正常地与别人交流情感。

从车祸现场回来后，我的两只眼睛再也没有干过，终日以泪洗面。我觉得自己现在跟行尸走肉差不多少。我去喂狗的时候，狗就会变成老方的样子，冲我摇尾巴舔舌头，喂猫的时候，猫也会变成老方的样子，瞪着眼珠冲我喵喵直叫，它们全都长得虎头虎脑憨态可掬。我的眼泪一次次弄湿了它们的皮毛。我最怕跟我哥对视，怕他问我乐乐你到底怎么了，那样我会彻底崩溃的。这种时候，我赶紧扭过头去，假装什么也没看见。我只想一个人在房间里安安静静待着，怀里紧紧抱着那只小猫。

树欲静而风不止。

老方的老家终于来人了，临时通知我去跟他们见个面。

那个女的相貌平平，表情有些木讷，身上的穿戴包括发式，都透着一股子乡野气。我暗想，要是我一直待在我们老家，活到她这个年岁，估计也差不多吧。在这妇女身后，怯生生地躲着一个小姑娘，个头不太高，看上去矮墩墩的，大概是随了老方那种身材，脸蛋子红得出奇，像是受了很严重的冻疮，唯独套在身上的新衣新裤，颜色鲜艳，完全是城里孩子的样式。我一眼就看出，这衣服是老方回家时捎去的。此外，还有两个男人，一老一少，老的浑身上下都皱巴巴的，像是刚刚从一个很憋屈的洞子里钻出来的，脸膛黝黑，蹲在角落里不停地吸烟咳嗽。那个前额和鼻头上爬满粉刺的年轻后生，神情有些狠叨叨的，看见我的时候，腮帮子一鼓一鼓，嘴角直往下撇。

我来之前，已经有了心理准备，我把老方的家门钥匙等物，直接交给了老方长期雇用的那个负责装修的工长。能看出来，这个木匠出身的南方男人，心情跟我一样沉痛，他是老方早年在街边揽活时就结识的，可以说多年来风雨无阻，一直追随老方，他们是同甘共苦的伙伴。工长跟大伙简单交代了几句，意思是你们今天三头对面，好好坐下来商量商量，看老方身后的事该怎么妥善解决。

等工长介绍完情况，我才弄清楚，皱巴巴的男人是老方的老父亲，年轻后生是老方的小舅子，那娘儿俩不用说我已猜到，正是老方的妻女。我的身份在这一伙人里，显得最为突兀和尴尬，参加这样的商谈，对我来说简直是种折磨，我几乎想转身逃之夭夭了。使我万万没有料到的是，老方最信任的工长开门见山地说，老方回老家前，已经把这套住房过户到我名下了。这个消息无异于重磅炸弹，一下子就把包括我在内的所有人都震住了。我一时反应不过来，老方为什么要这么做呢，难道他早就有什么不好的预感？尤其是，想到那天跟他分手时的情景，我就使劲摇头，眼泪又止不住淌下来，心里不无埋怨，老方啊老方，你为啥非得这样做，这让我多为难啊？

最先从沙发上跳起来反对的是年轻后生。凭啥？她算老几，我姐夫的财产，通通都归我姐和娃娃，旁人休想占一分一毫！老方的父亲一直默默吸着烟，这阵子，总算是把他皱巴巴虾米样的身子往直挺了挺。小伙子，话可不能那么说，我儿子辛辛苦苦闯下的事业，咋说也有我们老方家一份吧。工长见他们互不相让争执起来，忙插话说，老方确实跟我合计过，他这次回家，把攒下的三十万全取了出来，说他跟老婆再没感情，可这些年她在家里拉扯娃娃过日子，总得有个交代，不然良心上过不去。老方的父亲一听这话，马上拍着桌子吼嚷，好啊，好啊，你们不声不响地昧走了三十万，连句实话也没有，如今还不知足啊，可怜我儿子那么仁义哟……老方的小舅子当仁不让，梗着脖颈强词夺理，说那笔钱是给他姐的精神损失费，可他外甥女今年才满十岁，往后还要念书出嫁过日子，这些费用理该从姐夫的遗产里出。老方的父亲气得一通猛咳，脸膛憋得紫黑紫黑的，像只秋后的老茄子，他嗓子里含着黏痰，用手指着年轻后生的鼻子道，你这话放在屁里，怕都挑不出来，我儿子人都殁了，哪还管得了那么多闲事，你们这是诚心要讹人吧！

双方各执一词，弄得不可开交。

工长不得不再次出面调停。我听见他郑重其事地说，还有个特殊情况，你们恐怕还不知晓。说到这里，工长突然指了指我，我的心一下子又提到嗓子眼里。这姑娘怀了老方的孩子，照你们刚才的说法，人家娘儿俩以后也得过日子不是，既然老方走前做好了安排，肯定有他自己的道理，毕竟亡人为大嘛，咱们还是别违拗了。

老方的父亲听了这番话，才竭力瞪大那双被皱纹包裹的三角眼，在我的肚子上瞄来瞄去，可惜，我的肚子依旧很平坦，他注定什么也看不出来。老头想了想，又不无狡黠地咕哝着，你要是这么说，到时候她能给咱方家生下个大胖小子，我看啥事都好商量嘛……

哪知，老头的话音未落，那边又叫嚣起来，哼，没啥商量的，谁能证明她肚子里怀的是我姐夫的种？就算是，她也就是个小三，又不是明媒正娶的，有啥资格跑来跟我姐抢财产……

腹内一阵翻涌，兴许是妊娠反应吧，我觉得自己从来没有这么恶心过。

我忽然想到以前历史课讲过的"瓜分"这个词。我从他们每个人脸上，看到了侵略者可怕的狰狞，奇怪的是，他们竟没有一个人显露出过度的悲伤，包括那个红着脸蛋子的小姑娘，她始终旁若无人地往嘴里塞着糖果，腮帮子跟鱼似的往外一鼓一鼓。按理说，失去最亲的人，一定非常难过，我不明白事情为什么会这样。

我的脑袋忽然一阵生疼，仿佛里面被塞满大大小小的石头，在一片嘈杂声中，每块石头都在急速膨胀变大，要爆开似的，压得我几乎抬不起头来。我感到天旋地转，昏昏沉沉，无法呼吸。我似乎终于理解了我哥那种生不如死的状况，我真怕跟他是同病相怜。我不能病，也不敢病，我病倒了谁来照顾我哥呢？我实在不能待在这房间里了。我不想再看到他们唾沫横飞面红耳赤争来吵去的样子。

从进门到出去，我一句话也没有跟他们说。我的眼前一遍又一遍浮现出那个情景，就是老方在路上开着车，最后两次打电话给我。那时，他离老家越来越远，而我离他越来越近了，他终于摆脱了过去那段不如意的生活，他一定有许多许多话要对我说，他要亲口告诉我老家的事终于办妥了，接下来，他将履行自己的承诺，为我举办一场隆重而幸福的婚礼，好让我肚子里孩子有一个名正言顺的爸爸。他也许还想告诉我，有关我俩未来的事……不过，我其实什么也不需要，只盼着他能平平安安地回到我身边。

最后一次离开这所令人伤感的房子时，我手里只牵走了那条已经忧郁成疾的沙皮狗。这狗成天趴在窝里默默流眼泪，给它的狗粮也不怎么好好吃了。我知道在狗的世界里，有一个人是最让它牵肠挂肚的。

而我又何尝不是？